Avtar Singh
Nekropolis

metro wurde begründet
von Thomas Wörtche

Zu diesem Buch
»Diese Stadt ist eine riesige Nekropole. Ganze Wohngebiete sind dort errichtet worden, wo einst Friedhöfe lagen«, sagt Inspektor Singh. Er muss die aufsehenerregendsten, rätselhaftesten Kriminalfälle dieser überbordenden Stadt lösen. In U-Bahnhöfen brechen mysteriöse Gang-Kriege aus. Eine junge Frau aus dem Nordosten wird vergewaltigt. Das dreijährige Kind einer einflussreichen Familie wird entführt. Ein Toter wird gefunden, der eine Halskette aus abgeschnittenen Fingern trägt. Kommissar Dayal und sein Team arbeiten mit den modernsten Techniken und stoßen auf archaische Bräuche und Kulte. Ihre Ermittlungen führen uns in die Villen der Reichen, in die Hütten der Slums.

»Singhs Kriminalroman, der in Delhi spielt, wo Wohngebiete über zubetonierten Friedhöfen entstanden sind, weshalb die Stadt auch gerne Nekropolis genannt wird, ist ein ziemlich genaues Panorama des heutigen Indiens. Sein erzählerischer Duktus lässt den üblichen Duktus eines Kriminalromans weit hinter sich. Große Literatur!«
sandammeer.at

Der Autor
Avtar Singh, geboren 1972, studierte Englisch und Philosophie in Kalifornien, arbeitete bei verschiedenen Zeitschriften (u. a. *Time Out Delhi*) und ist Chefredakteur von *The Indian Quarterly*. Nekropolis ist sein zweiter Roman. Avtar Singh lebt mit seiner Familie in Neu-Delhi.

Der Übersetzer
Lutz Kliche, geboren 1953, verbrachte fünfzehn Jahre in Zentralamerika und Mexiko. Er arbeitet als Übersetzer, Lektor und Literaturvermittler in Deutschland. Zu den von ihm übersetzten Autoren gehören Ernesto Cardenal, Gioconda Belli, Eduardo Galeano und Sergio Ramírez.

Mehr über den Autor und sein Werk auf *www.unionsverlag.com*

Avtar Singh

Nekropolis

Kriminalroman

Aus dem Englischen von
Lutz Kliche

Unionsverlag

Die Originalausgabe erschien 2014 im Verlag Fourth Estate
(Imprint HarperCollins Publishers India Limited), Neu-Delhi.
Die Übersetzung wurde vom SüdKulturFonds in Zusammenarbeit
mit LITPROM – Gesellschaft zur Förderung der Literatur aus Afrika,
Asien und Lateinamerika e. V. unterstützt.

Im Internet
Aktuelle Informationen, Dokumente und Materialien
zu Avtar Singh und diesem Buch
www.unionsverlag.com

Unionsverlag Taschenbuch 808
Die deutsche Ausgabe erscheint mit freundlicher Genehmigung
von HarperCollins Publishers India Limited.
© Avtar Singh
Originaltitel: Necropolis (2014)
© by Unionsverlag 2018
Neptunstrasse 20, CH-8032 Zürich
Telefon +41 44 283 20 00
mail@unionsverlag.ch
Alle Rechte vorbehalten
Die erste Ausgabe dieses Werks im Unionsverlag
erschien 2015.
Reihengestaltung: Heinz Unternährer
Umschlagfoto: Danyil Pryma (Alamy Stock Foto)
Umschlaggestaltung: Peter Löffelholz
Druck und Bindung: CPI – Clausen & Bosse, Leck
ISBN 978-3-293-20808-7

Der Unionsverlag wird vom Bundesamt für Kultur mit einem
Verlagsförderungs-Strukturbeitrag für die Jahre 2016–2020 unterstützt.

Auch als E-Book erhältlich

Für meine Welt

»Nimm ab die Maske, glühend von Gold …«
W. B. Yeats

Sommerspiele

Die Zeitungen jener Tage waren voll vom ziemlich unerwarteten Ausgang der Geschichte, mit der sie sich den ganzen Sommer über beschäftigt hatten. In einem Waldstück in der Nähe eines alten Dorfbezirks von Delhi, nicht weit von der Hauptstraße entfernt, wurde der Leichnam eines jungen Mannes gefunden. Er war nicht älter als zwanzig, den Berichten nach gut gekleidet und offenbar wohlhabend genug gewesen, um sich außergewöhnlich kunstvolle Tätowierungen und zahlreiche Piercings leisten zu können. Die Tagespresse erwähnte es nicht, doch auf den Partys und in den Basaren von Delhi tuschelte man über die fetischistischen Piercings in seinem Genitalbereich und einige offensichtlich selbst zugefügte Wunden, darunter auch unter der Haut angebrachte Metallstücke. Polizeilichen Quellen zufolge war sein Gesicht jedoch frei davon. An seinem Hals fand man die Eindrücke eines Stricks oder ähnlichen Würgewerkzeugs: Es war nicht klar, ob dieses mit oder ohne seine Einwilligung angebracht worden war. Die Autopsie nannte Herzinfarkt als Todesursache.

Um seinen Hals hing eine Kette aus Fingern.

Diese Finger waren unfreiwilligen Spendern abgenommen worden. Der Täter dieser Welle von Verbrechen war immer gleich und überraschend einfach vorgegangen: Er folgte seinen Opfern spät in der Nacht. Sie waren allesamt Vorstadtbewohner – Rikschafahrer, Gelegenheitsarbeiter und ähnliche Leute –, die regelmäßig spät heimkehrten. Mit einem Schlag auf den Hinterkopf setzte er sie außer Gefecht. Dann verabreichte er ihnen eine Injektion, die dafür sorgte, dass die Opfer nicht so schnell wieder erwachten. Erst wenn die Wirkung der Droge nachließ, bemerkten sie das Fehlen des Fingers und den vom Täter in Sekundenschnelle angebrachten Notverband zum Stoppen der Blutung. Kein einziger Mann war dabei ums Leben gekommen, doch die Tatsache, dass der Täter seine Opfer nicht umbrachte, machte ihn in den Augen der Stadt noch krankhafter.

Mit der Zeit wurde der Fingersammler selbstsicherer und begann sogar, seinen Opfern nachzustellen. Nur eines, im Dorfbezirk für seine Leichtfüßigkeit bekannt, schaffte es, ihm zu entkommen. Die anderen erlegte er bei der Jagd durch die Stadt, die taub für ihre Schreie war. Sie alle mussten dem Fingersammler ihren Tribut entrichten.

Er nahm immer nur einen Finger und niemals einen Daumen. Die Auswahl wirkte zufällig: In seiner Sammlung gab es genauso viele kleine Finger wie Ring- oder Zeigefinger. Er hatte im Hochsommer begonnen, während des Monsuns sogar noch zugelegt, und als die Stadt vor Panik schon fast überschnappte, hatte er an die zwanzig Finger gesammelt. Es wurde spekuliert, ob er da aufhören würde oder ob er, sobald sich das Wetter besserte, den Sprung über die Klassengrenzen machen und beginnen würde, auch die Mittelschicht zu entfingern. Ein spürbares Gefühl der Erleichterung lief durch die Stadt, als keine der beiden Hypothesen eintrat.

Große Beachtung hatte die Nachricht gefunden, dass der für seinen Scharfsinn bekannte Kommissar Sajan Dayal, Deputy Commissioner of Police, mit dem Fall betraut worden war. Weil sich Dayal als Chef der Sonderkommission über den Sommer und die Regenzeit intensiv um diese Gräueltaten gekümmert hatte, war er zum bekanntesten Polizisten der Stadt geworden. Seine stoischen Bemerkungen bei den Pressekonferenzen hatten beinahe Kultstatus erreicht und machten regelmäßig in den sozialen Netzwerken die Runde.

»Wir wussten inzwischen, mit wem wir es zu tun hatten«, sagte der Kommissar im ersten Morgenlicht in die Kameras und Aufnahmegeräte. »Wir waren ihm dicht auf der Spur, er versuchte zu fliehen, dabei ist er zusammengebrochen. Es ging ihm offensichtlich nicht besonders gut.« Nach diesem Understatement ließ er die Reporter stehen und zog sich in den geheiligten Bereich hinter dem gelben Absperrband zurück. Kein noch so großer Mediendruck konnte ihn wieder hervorlocken.

Die Menschen, die zu Hause bei Cornflakes und Frühstücksfladenbrot zusahen, erinnerten sich, als der unvermeidliche Hype über die folgenden Tage nachließ, an den resignierten Gesichtsausdruck des Kommissars, während er sein Statement abgab. Ein erfolgreicher Abschluss des Falls war dies beileibe nicht. Einige Kommentatoren machten die Erschöpfung des Kommissars für den Mangel an Siegesemotion verantwortlich: Immerhin war dies einer der langwierigsten und grausamsten Fälle gewesen, den der Kommissar je zu lösen gehabt hatte. Das Wichtigste aber war, so wurde immer wieder betont, dass die abscheulichen Taten jetzt ein Ende hatten.

Ein Blick auf die Lokalseiten der Zeitungen zeigte, dass noch ein anderes Vorkommnis Delhis Bürger in jenem endlosen Sommer beunruhigte: Straßenschlachten, die entweder als Stellungskriege oder mit beweglichen Fronten, zwischen Banden von selbst ernannten Vampiren und Werwölfen geführt wurden. Die Jugendlichen verfolgten sie atemlos, die Älteren waren entsetzt und alle anderen verwirrt. Was sollte man von jungen Leuten beiderlei Geschlechts halten, die sich verkleideten und an Bushaltestellen und in Zügen, auf Märkten und Parkplätzen mit Gegenständen bewarfen und wüst beschimpften? Wer waren ihre Vorbilder, was wollten sie beweisen? Und wo, bitte schön, waren ihre Eltern?

Die Klatschspalten berichteten auch vom Verschwinden der Frau, die wegen ihres militärisch anmutenden Outfits »Frau Oberst« genannt wurde, in dem sie sich ins Nachtleben stürzte, was Nacht für Nacht geschah. Ihre Leggins und maßgeschneiderten Jacketts mit Schulterstücken waren unverwechselbar. Niemand sonst kleidete sich so. Bei den Modefreaks der Stadt erregte »Frau Oberst« damit großes

Aufsehen. Sie verschwand in der gleichen Nacht, als die Leiche von Delhis eigenem Angulimala entdeckt wurde.

Ein Grüppchen ihrer weiblichen Follower, jetzt ihrer Anführerin beraubt, wurde in ihren nächtlichen Hangouts von Zeitungs- und Fernsehreportern interviewt. Wie lange kannte man sie schon? »Seit jeher«, erklärte eine junge Frau in den Zwanzigern. »Schon bevor diese Bar eröffnet wurde«, bekräftigte eine andere. »Und das war vor mindestens zwei Jahren.« Keiner konnte sagen, ob sie Familie hatte. Niemand war jemals zu ihr nach Hause eingeladen worden. Sie ging jeden Abend in eine andere Bar, und ihr Hofstaat war ihr immer gefolgt. »Wir werden ihr Lächeln, die Gespräche mit ihr und ihre Anteilnahme sehr vermissen.«

Nach ein paar Tagen verschwand auch sie aus den Zeitungen und den Herzen und Gedanken ihrer einstigen Fangemeinde.

* * *

Ein paar Monate früher: Zwei Uhr morgens in Lajpat Nagar, einer Bastion der Punjabi-Mittelschicht in der Nähe des Zentrums von Delhi. Im feineren Teil des Viertels wohnen die niederen Angestellten der nicht so wichtigen Botschaften, die schäbigeren Bezirke beherbergen Afghanen und Kashmiris und andere Vertreter aus Delhis Flüchtlingsszene. Es gibt hier Straßen, in denen rund um die Uhr das Licht nie ausgeht, gesäumt von Häusern mit zahllosen Bewohnern.

Eine dieser Straßen: an einem Ende eine Reihe Läden, in denen Autoersatzteile verkauft werden, am anderen ein armseliger kleiner Park. Die bescheidenen Wohnungen liegen über den Läden und gehen auf kleine Gärten hinaus. Alle Fenster sind mit Eisenstangen verbarrikadiert. Schmale Gassen zweigen von dieser Durchgangsstraße ab. Nachts kommen die Rikshafahrer zum Schlafen hierher, wenn die letzten Halbstarken in ihren Kleinwagen mit den getönten Scheiben, die Stereoanlage voll aufgedreht, davongebraust sind. Sie parken ihre Fahrradrikshas in einer Reihe nebeneinander und rollen sich auf der unbequemen Sitzbank oder direkt auf der offenen Straße zusammen.

Ein kleiner Kiosk am Straßenrand bietet bis spät in der Nacht Tee und Kekse feil. Wenn man dem Inhaber ein paar Eier gibt, brät er sie auch für einen. Das kalte Licht von Gaslampen liegt über allem und taucht die Bewohner der Nacht und ihre Umgebung in ein ungesundes Gelb.

Die heiße Nachtluft Delhis ist noch mit Abgasen geschwängert. Kein Windhauch ist zu spüren, und die wenigen Kleidungsstücke, die die Männer tragen, glänzen vor Schweiß. Einer der Männer wälzt sich im Schlaf von der einen auf die andere Seite und stöhnt wie im Fieberwahn. Keiner von denen, die sein offenes Schlafzimmer teilen, hat etwas übrig für so viel Intimität, sie ignorieren ihn und lassen das Echo seines wirren Geredes an den Häuserwänden abprallen.

Schließlich erwacht einer von ihnen brummend und stolpert zu dem kleinen Park hinüber, ein hart umkämpfter Platz, den die Mittelschichtsanwohner am Tag für ihre Kinder und in der Nacht gegen Männer wie ihn abzuschirmen versuchen. Das Tor ist mit einem Vorhängeschloss gesichert, weshalb er sein Geschäft an der Außenmauer verrichtet. Er ist nicht der Erste, der dies tut, und ein scharfer Männergestank hängt über dem gesamten Park. Ein riesiger alter Niembaum wirft seinen schwankenden Schatten auf ihn. Es gibt ein paar dunkle Ecken hier, dunkler als die Straße selbst, und vielleicht denkt er: Warum nicht?, bevor er sein Spritzbesteck hervorholt. Dann hört er plötzlich ein Geräusch, und als er sich umdreht, sieht er etwas, das zu dem Geräusch passt, und es erschreckt ihn so sehr, dass er die alte gläserne Injektionsspritze fallen lässt. Die schmutzige Nadel bricht, und die kostbare Substanz auf ihrem Stückchen Aluminiumfolie fällt zu Boden und liegt verstreut im Dreck.

Wahrscheinlich schreit er los. Sicher rennt er ein paar Schritte davon.

Dann spürt er einen Schlag und fällt auf die Knie. Ein zweiter Schlag. Rasch wird ihm eine Injektion verabreicht, eine, die er sich nicht wünscht und die ihm keinen Genuss bereitet. Ein Finger wird abgenommen, ein Schnellverband angelegt, der Fingerdieb verschwindet.

Die Lampen brennen weiter, die Männer schlafen oder tun so, als schliefen sie, wie sie da wenige Meter entfernt zusammen auf dem Asphalt oder einzeln in ihren Rikschas liegen. Etwas weiter weg und in höheren Stockwerken schlummern die Wohlhabenderen des Viertels unter ihren Ventilatoren und Klimaanlagen.

Doch ohne Zweifel schreit er.

* * *

»Er muss geschrien haben«, sagte Dayal mit Nachdruck, während er niederkniete, wo der Mann gefunden worden war, jammernd und mit nur noch neun Fingern. Dann blinzelte er in die erbarmungslos niederbrennende Sonne. Der Tagesanbruch war längst vorbei, seine Kühle genauso vergessen wie die Dämmerung selbst. Doch Dayal ließ sich von der Hitze nicht die Laune verderben. Er war besessen davon, die Abläufe der Verbrechen zu rekonstruieren, die er aufzuklären hatte. Dabei ging es ihm beileibe nicht nur um Verbrechensbekämpfung: Der Kommissar genoss das intime, fast körperliche Gefühl des Dabeiseins, das nur eine genaue Rekonstruktion gewährte. So ging er in Gedanken versunken auf und ab, dachte nach und schaffte es schließlich, das Geschehene fast wie in einem Film vor sich zu sehen. Die zerbrochene Spritze, der Urinfleck, die paar Schritte zurück zu den anderen Rikschafahrern – das alles war auch für seine Kollegen ein offenes Buch. Doch Dayal ging weiter. Er betastete beinahe zärtlich die Glasspritze, beugte sich nieder, als wolle er am Boden Witterung aufnehmen. Die Rikschafahrer behandelte er mit sachlicher Höflichkeit.

Sein Assistent Kapoor, ein massiger, aber zupackender Mann aus dem Punjab, kannte dies alles schon und schätzte es auch, während der Rest der Sonderkommission über das Verhalten des Kommissars oft genug den Kopf schüttelte.

Doch auch sie mussten jetzt zugeben, dass sie im Dunkeln tappten.

Seit dem Morgengrauen waren sie am Tatort, und als die Sonne höher stieg, begannen sie langsam zu zerschmelzen. Die übel gelaunten Rikschafahrer wollten unbedingt entlassen werden, sie hatten keine Lust auf endlose Verhöre und mussten sich ihr täglich Brot verdienen. Ihr Kollege, dem seit der vergangenen Nacht ein Finger fehlte, war im Hospital und nicht vernehmungsfähig.

Die Hitze, das Fehlen jeder Spur, die mürrischen Gesichter der Rikschafahrer: Das alles wurde zu viel für die etwas Ungeduldigeren unter den Beamten, und sie zogen die Perspektive, einem oder zwei von ihnen als Mittel gegen ihre mangelnde Kooperationsbereitschaft ein Bein zu brechen, freimütig in Erwägung. Und zugegebenerweise auch gegen die Ereignislosigkeit von Ermittlungen, die in der Sackgasse gelandet zu sein schienen. Natürlich war das nur Gerede. Das waren nicht die Methoden des Kommissars. Er hatte seine eigenen.

»Er muss geschrien haben«, wiederholte er noch einmal. »Hat denn wirklich niemand irgendetwas gehört?«

Kapoor schüttelte düster den Kopf. Dayal hob den Blick zum wolkenlosen Himmel. »So war es schon immer«, murmelte er. »Mir Jafar hat schon darüber berichtet, als Nadir Shah und Abdali Delhi plünderten. Damals wurden die Flüchtlinge von ihren eigenen Landsleuten drangsaliert. Keiner hört hin, keiner kümmert sich.« Dann fragte er: »Wer ist denn hier der Dealer?«

Kapoor wies mit einer Kopfbewegung auf den unglücklichen Kioskinhaber, der von der ganzen zerknirschten Bande vielleicht das längste Gesicht machte.

»Weiß er etwas?«, fragte Dayal.

»Nichts. Hat nichts gehört, weiß von nichts. Scheint nicht zu lügen. Soll ich den Cops hier vor Ort sagen, dass sie sich ihn mal vorknöpfen sollen?«

Dayal überlegte einen Moment, schüttelte dann den Kopf. Die wussten sicher längst davon. »Aber sagen Sie ihm, er soll sich nur an die Rikschafahrer halten. Wenn er jemals sein Gift an eins der Kids hier in der Gegend verkauft, dann schwimmt seine Leiche in der Yamuna, bevor die Sonne untergeht.«

Kapoor stapfte hinüber, dann scholl das scharfe Klatschen einer fachgerecht verabreichten Backpfeife durch die heiße Luft von Lajpat Nagar. Der schwere Schritt des Assistenten näherte sich wieder. »Ich habe gute Freunde hier«, sagte Kapoor mit unschuldigem Gesichtsausdruck.

Dayal nickte ihm zu und runzelte dann wieder die Stirn: »Woher kommt er nur?«, überlegte er laut. »Aus den Baumkronen? Was ist er, ein Vampir?«

»Wie diese Kids, die sich in der Metro Schlachten liefern?«, fragte Kapoor.

Dayal sah ihn an, grinste. »Genau wie die«, nickte er. Dann stand er endlich auf.

Einer der Rikschafahrer kam auf ihn zu. »Können wir jetzt gehen, Sir? Wir müssen wenigstens noch die Tagesmiete für unsere Rikschas verdienen. Sonst müssen wir die aus eigener Tasche bezahlen.«

»Haben Sie die Handynummern?«

»Wohin sollen die denn schon abhauen?«

Dayal wandte sich ab. »Lassen Sie sie laufen.«

* * *

In einem auf Eiseskälte klimatisierten Raum im Polizeihauptquartier war die Abteilung für Internetkriminalität untergebracht. Dort kamen der Kommissar und Kapoor an jenem Nachmittag auf einen Besuch vorbei. Ein paar junge Beamte taten Dienst und saßen vor den großen Monitoren ihrer prächtigen neuen Computer. Eine junge Beamtin empfing sie an der Tür und hieß sie willkommen.

Sie wusste, wer der Kommissar war, freute sich über die Gelegenheit, ihn kennenzulernen, und fühlte sich geschmeichelt, als er ihr Lächeln erwiderte. Dayal war ein gut aussehender Mann, und er wusste das. Sein Blick war raubtierhaft durchdringend und intelligent, auch wenn er freundlich war, was ab und zu vorkam. Seine maßgeschneiderten Kleider saßen perfekt auf seinem durchtrainierten Körper. Seinen gepflegten Schnauzbart und sein volles Haar zierten ein paar graue Strähnen, die, wie er selbst meinte und wie Kapoor bestätigte, gut zu seiner verantwortlichen Stellung passten. Er war es gewohnt, dass man ihn anlächelte, und er lächelte gern zurück. Also sagte er auch jetzt lächelnd: »Schön, Sie kennenzulernen, Miss Dhingra.«

»Bitte nennen Sie mich Smita«, antwortete sie. »Das tut jeder hier.«

»Was brauchen Sie genau?«, fragte sie dann professionell forsch, während ihre jungen männlichen Kollegen neugierig zuschauten.

»Na, was ich Ihnen schon am Telefon sagte. Diese Jugendbanden, die Vampire und Werwölfe: Was wissen wir über sie?«

»Was haben die denn mit dem Fingerräuber zu tun?«, fragte einer der jungen Beamten naseweis. Kapoor warf ihm einen Blick zu, der ihn erstarren ließ. Dayal wandte sich nicht einmal um, sondern sah Smita zu, die eifrig auf ihre Tastatur einhämmerte.

»Eine ganze Menge oder nicht sehr viel, je nachdem, was genau Sie wissen wollen«, sagte sie.

»Zunächst mal: Wo finde ich sie?«

»Das ist ganz einfach: Im Internet sind sie überall.«

»Facebook«, nickte Kapoor mit Kennermiene.

»Unter anderem«, ergänzte die junge Frau, immer noch dem Monitor zugewandt.

Der Kommissar schaute Kapoor an, der wurde rot und murmelte nur: »Mein Sohn.«

»Können Sie vorhersagen, wo sie zu irgendeiner bestimmten Zeit auftauchen werden?«, fragte der Kommissar.

»Das ist nicht besonders schwierig«, mischte sich einer von Smitas Kollegen ein. Die beiden älteren Cops wandten sich ihm erwartungsvoll zu. »Nein, wirklich nicht«, bekräftigte er. »Wir schicken Rundmails an die Bezirkswachen, wenn wir meinen, es gibt bald wieder eine dieser Schlachten. Sie finden ja nicht einfach spontan statt. Sie sind im Gegenteil ziemlich gut geplant.«

»Wie das?«, fragte Kapoor und verkniff sich die Frage, weshalb die Beamten vor Ort den Informationen aus dieser Abteilung nicht mehr Aufmerksamkeit schenkten.

»Die meisten von diesen Kids sind ja noch ziemlich jung«, ließ sich wieder Smita hören. »Die Ältesten sind gerade mal zwanzig, die anderen alle noch Teenager. Sie wohnen bei ihren Eltern. Wenn sie irgendwohin wollen, dann müssen sie das ziemlich gut planen.«

Dayal nickte. »Und wie bleibt ihr ihnen auf der Spur?«

»Das ist ganz einfach. Sie sind schlau, aber geben sich keine große Mühe, ihre Spuren zu verwischen. Wir suchen nach bestimmten Begriffen oder Sätzen, wie Vampire, Lykaner, ein zufällig erwähnter Ort, solche Dinge. Dann überwachen wir bestimmte Internetforen, Nachrichtenseiten, Gruppen, so was halt.«

»Lykaner?«

»Werwölfe, Sir«, warf Kapoor ein. »Mein Sohn ...«, erklärte er dann noch einmal auf die stumme Frage seines Chefs.

»Die meisten von ihnen sind einfach harmlose Kinder. Wie Ihr Sohn, Sir«, sagte Smita respektvoll zu Kapoor. »Sie lesen diese Bücher, Twilight und so, sie sehen die Filme und spielen die Computerspiele und fabrizieren sich dann eine eigene Welt, die sie für die wirkliche halten oder jedenfalls besser als die, in der sie leben. Diejenigen, die sich dann prügeln, sind aber eine Klasse härter. Ich würde eigentlich gern mal mit ihnen reden«, setzte sie dann noch hinzu.

»Tatsächlich? Weshalb denn?«, fragte der Kommissar.

»Na, ich mag die Bücher und die Filme ja auch.«

Sie grinste, und ihre Kollegen schlossen sich an. Die beiden älteren Cops konnten nicht anders und lachten mit.

»Wisst ihr denn, wo sie heute Abend sein werden?«

»Das wissen wir tatsächlich. In der Metrostation in Model Town.«

»Model Town«, wiederholte der Kommissar nachdenklich und wandte sich Kapoor zu, der beifällig nickte.

»Da hab ich auch ein paar Freunde und Verwandte.«

* * *

Es war schon spät am Abend, als die beiden an den Absperrungen im Schatten der neugebauten Hochbahntrasse vorbeifuhren. Dayal hatte überlegt, die Polizeiwache des Bezirks um Unterstützung zu bitten, die Idee dann jedoch verworfen. Es war ihm wichtiger, möglichst unauffällig vorzugehen. Und offensichtlich war es den Cops hier in der Gegend ohnehin egal, dass sich hier die Kids nachts öffentlich prügelten. So äußerte er sich Kapoor gegenüber. Der hatte wissen wollen, weshalb sie überhaupt herkamen. »Nennen Sie es eine Vorahnung«, hatte der Kommissar geantwortet.

Die hellen Lichter der Mall Road blieben hinter ihnen zurück, während die Schatten unter der Hochbahntrasse länger wurden. Die Bewohner der Nacht schlugen unter den Pfeilern ihr Quartier auf, und Dayal versank in Gedanken: Eine Brücke führt dich übers Wasser, aber sie schützt dich auch auf ganz andere Weise vor diesem Element. Sie ist ein hochfliegendes Symbol der Zukunft einer Stadt und gleichzeitig ein schwerer Anker im Boden. Zweifellos hätte er weiter über dieses Thema sinniert, denn metaphysisches Spekulieren war eine seiner größten, wenn auch einsamen Freuden.

Doch da hielt der Wagen schon, und Kapoor stieg aus. »Da oben«, sagte er. Dayal schaute hoch zur lichtüberfluteten Betonfläche, die sich über ihren Köpfen wölbte und die Bahn mit beiden Seiten der stark befahrenen Straße darunter verband. Man konnte über eine Treppe nach oben gelangen, die Kapoor jedoch geflissentlich übersah. Stattdessen schlenderte er zu dem Aufzug hinüber, der deutlich sichtbar für Behinderte reserviert war. Der Wachmann ließ sie jedoch ohne Widerspruch hinein, und sie fuhren zur Ebene des Fahrkartenschalters empor, wo sie ohne viel Aufhebens durch die elektronische Sperre gingen, die ein weiterer Wachmann mit einem Knopfdruck für sie öffnete, wobei er sich mit der anderen Hand ehrerbietig an die Schirmmütze tippte.

»So unauffällig sind wir also«, murmelte Dayal.

»Das sind Biharis«, kommentierte Kapoor, als die beiden schon nebeneinander auf der Rolltreppe zu den Gleisen standen. »Nicht die verwöhnten Kids, hinter denen wir her sind. Wo sollen die schon mal 'nen Cop gesehen haben?«

Dann standen sie auf dem Bahnsteig, und der schwere Mann sah sich um. Der Bahnsteig war leer. Sie gingen zu einer Bank hinüber und setzten sich, um zu warten.

* * *

Nach und nach begannen die Kids einzutreffen. Sie kamen zu zweit oder in Grüppchen, die Jungs trugen Sonnenbrillen, alle hatten die Kopfhörer ihrer iPods und Smartphones in den Ohren. Death Metal und Electronica lag in der Luft, und dicke Wolken Pheromon. Die Kids verteilten sich auf dem Bahnsteig, taten gelangweilt und zitterten dabei vor lauter Aufregung. Die beiden Cops spürten die Spannung eines Bandenkriegs, der unmittelbar bevorstand.

Kapoor war mit seinem Handy beschäftigt, der Kommissar hing seinen Gedanken nach. Von der Straße unter ihnen drang das Tosen des Verkehrs zu ihnen herauf. Wenn Züge einfuhren, was um diese Zeit nur noch selten geschah, dann schien es fast, als atmeten die Kids in deren Rhythmus, atmeten ein, wenn sich die Türen öffneten, und wieder aus, wenn sich diese mit einem Seufzen schlossen. Die beiden Cops blieben geduldig sitzen. Schließlich wurden die Kids auf sie aufmerksam, und ein großer Junge mit einem Turban, fast schon ein Mann, aber noch ohne Bartwuchs, kam zu ihnen herüber. »Warum sind Sie nicht eingestiegen?«, fragte er nicht besonders höflich.

Der Kommissar sah freundlich zu ihm auf. »Warum erzählst du mir nicht was über Vampire und Lykaner?«, fragte er zurück.

Der junge Mann sah sie eindringlich an, das Neonlicht des Bahnsteigs lag kalt auf seiner Haut, in seiner verspiegelten Sonnenbrille konnten sie ihre Gesichter sehen. »Bullen«, zischte er, dann drehte er sich um und verschwand die Treppe hinunter. Das Wort verbreitete sich wie ein Lauffeuer auf dem Bahnsteig, und die Kids verschwanden so schnell, wie sie gekommen waren. Wer in der Nähe der Rolltreppe stand, hastete dort hinunter, die am anderen Ende des Bahnsteigs flohen flink über die Schienen, kletterten auf der anderen Seite wieder hinauf und drängten dort die Treppen hinunter. Nur ein junges Mädchen kam in Griffweite vorbei. Kapoor hielt sie mit seiner massigen Hand am Rock fest.

»Ich hoffe, du bist ein Vampir, Kleine«, grinste er. »Ich würd gern mal sehen, wie du fliegst, wenn ich dir in den Arsch trete.«

Sie fing an zu weinen und schlug um sich. Ein paar Kids auf dem gegenüberliegenden Bahnsteig gestikulierten wild und riefen etwas von Misshandlung. Während der Kommissar sie aufmerksam musterte, sah er, wie ein junger Mann, dessen Gesicht trotz der Hitze mit einem Palästinensertuch bedeckt war, einen Finger in die Höhe hielt. Dann hob er wortlos und gemächlich die andere Hand, streckte zwei Finger wie eine Schere aus und führte sie zum einzelnen Finger, als wolle er ihn abschneiden. Gleich darauf fuhr auf dem anderen Gleis ein Zug ein. An den Fenstern waren verwunderte Gesichter zu sehen, und als der Zug wieder anfuhr, war der junge Mann mit dem Palästinensertuch verschwunden und alle anderen auch. Der Kommissar wusste jetzt, dass seine Vorahnung richtig gewesen war, auch wenn Angulimala, der Fingerdieb, entkommen war.

Also wandte er sich dem Mädchen zu, das sich unter Kapoors Griff heftig hin und her wand und dabei weinte. »Das war für mich das erste Mal, ich schwör's«, jammerte es. »Ich bin vorher noch nie dabei gewesen. Ich erzähl Ihnen auch, mit wem ich hergekommen bin. Ich will nicht ins Gefängnis. Ich erzähl Ihnen alles, was ich weiß.«

»Aber natürlich tust du das, mein Engel«, entgegnete Kapoor trocken. »Tu mir nur einen Gefallen: Machs in aller Ruhe.«

Das Mädchen sah, stumm vor Angst, zuerst Kapoor an, dann den Kommissar, der fröhlich lächelte und sich eine Zigarette ansteckte. Dann fuhren auch sie die Rolltreppe hinunter und achteten nicht auf die anderen Fahrgäste, die wegschauten, als ihnen die beiden Männer mit dem weinenden Mädchen entgegenkamen, vorbei an den Wachmännern, die ebenfalls zu Boden blickten, und hinaus auf die Straße, wo ihr Auto wartete.

* * *

Es war schnell klar, dass das Mädchen die Wahrheit sagte. Sie kannte nur zwei der anderen, beides junge Frauen. Die drei waren lediglich dabei gewesen, weil sie die Unterhaltungen auf den Internetseiten und in den Chatrooms ähnlicher junger Leute verfolgt hatten. Sie kannte den jungen Mann mit dem Palästinensertuch nicht, wusste nicht, wer hinter dem Krieg der Vampire gegen die Lykaner steckte, und erkannte vor lauter Tränen kaum den eigenen Vater, als er auf die Wache kam, um sie abzuholen. Er war ein wichtiger Mann, fuhr in seinem SUV vor, trug an jedem Finger einen Ring und verzichtete darauf, irgendeinen der Minister anzurufen, deren Telefonnummern er zweifellos in seinem Handy gespeichert hatte. Stattdessen dankte er dem Kommissar und Kapoor dafür, dass sie seine Tochter gerettet hatten, gab ihr in ihrer Gegenwart eine Ohrfeige, nahm sie dann in die Arme und fing wie sie an zu heulen. Am nächsten Tag erhielt Dayal von den Kollegen am Indira Gandhi International Airport die Nachricht, dass sie auf unbestimmte Zeit zu ihrem Onkel mütterlicherseits nach Singapur geflogen war, natürlich in der Businessclass.

Die Auswertung der U-Bahn-Daten erbrachte, dass einige der jungen Rowdys so dumm gewesen waren, ihre digitalen Monatskarten zu benutzen, um auf den Bahnsteig zu gelangen. Sie wurden alle unsanft aus dem Schlaf geweckt, bevor die Nacht vorüber war. Es wunderte niemanden, dass sie alle vorbildlich mit der Polizei kooperierten. Allerdings trug dies nicht viel zum mageren Informationsstand des Kommissars bei. Keiner von ihnen wusste, wer der Vermummte war. Man kannte ihn als Einzelgänger. Ein Vampir, ein brutaler Fighter unter all diesen Kids, von denen die meisten kriminelle Stümper waren. Einer, der kaum jemals mit den anderen sprach. Er hatte keinen Namen, kommunizierte nie per E-Mail und besaß kein Handy. Er verfolgte die Unterhaltungen im Internet und tauchte dann einfach bei den Schlägereien auf. Das war alles, was sie von ihm wussten.

Einer E-Mail-Adresse oder einer IP-Adresse nachzugehen machte keinen Sinn, erklärte Smita ihnen. »Die ändern die Kids heutzutage so oft, wie Sie Ihre Kleider wechseln.«

Die beiden Cops saßen in Smitas Büro, die Füße bequem auf die Stühle vor sich gelegt. Es hatte ein kurzes Anschwellen der Internetchats gegeben, berichtete sie, doch jetzt war alles still. Die Kids waren erst einmal abgetaucht.

»Sie haben ihn nicht genau sehen können?«

Der Kommissar schüttelte den Kopf. Nichts hatte den jungen Mann von den anderen Kids auf dem gegenüberliegenden Bahnsteig unterschieden. Nur das Tuch, und das trugen dieses Jahr viele Kids.

Sie wandte sich wieder ihrem Rechner zu. »Okay. Ich weiß zwar nicht, wer er ist, aber ich habe irgendwie den Eindruck, dass ich seine Posts gelesen habe, unter verschiedenen Namen.« Einer ihrer Kollegen, der zugehört hatte, nickte zustimmend.

»Ich dachte, diese Kids hätten noch nie von ihm gehört?«, wunderte sich Kapoor.

»Die meisten von denen sind Amateure«, antwortete Smita nachsichtig. »Man sagt ihnen, wo sie hinfahren sollen, und dann tauchen sie dort auf, um zu sehen, was abgeht. Ein paar von ihnen muss man aber tatsächlich im Auge behalten. Dieser hier ist einer von den ganz Heftigen. Wenn es überhaupt derselbe Typ ist.«

»Was wisst ihr über ihn?«

»Er ist ein ziemlicher Maulheld. Er agiert im Netz unter verschiedenen Namen, aber wir können seinen Stil identifizieren«, fiel Smitas Kollege wieder ein. »Dass er sich selbst für einen Vampir hält, fällt sofort auf. Er ist einer von den Harten, der glaubt wirklich dran. Er tut das nicht aus Spaß oder weil er zu einer Gruppe gehören möchte, oder weil er die Frisuren und das Make-up mag. Ich hab ihm im Internet eine ganze Weile nachgespürt. Wir haben seine Handschrift auf Underground-Vampirseiten gefunden, Gruppen, die bei privaten Partys gegenseitig ihr Blut trinken, so was. Aber er behält seine Onlineidentität nie lange genug bei, dass wir ihn tatsächlich kriegen können.«

Der Kommissar zog eine Augenbraue hoch. »Und?«

Smita nahm den Faden auf. »Offensichtlich ist er davon überzeugt, dass es über Hunderte von Jahren in Delhi Vampire gegeben hat.«

Diesmal hob der Kommissar beide Augenbrauen.

Smita und ihr Kollege kicherten im Duo. »Das ist eine der Arten, wie wir ihn wiedererkennen. Sogar bei diesen Leuten ist das etwas Besonderes.«

»Sie wissen doch sehr gut über die Geschichte von Delhi Bescheid, nicht wahr, Sir?«, sagte Smitas Kollege. »Was denken Sie denn selbst?«

»Ich denke, ihr solltet mir sagen, was ihr sonst noch wisst. Irgendwelche Neuigkeiten vom Fingerdieb?«

Die beiden Internetcops schüttelten bedauernd den Kopf. Sie hatten die entsprechenden Chats im Internet verfolgt. Die waren in letzter Zeit ziemlich chaotisch geworden, aber es gab nichts, was den Vampir mit dem Fingersammler in Verbindung hätte bringen können.

»Eins ist auffällig«, bemerkte Smita. »Er ist besessen von der Frau Oberst.«

Der Kommissar und Kapoor blickten beide fragend die junge Frau an. »Von wem?«

»Na, Sie wissen schon, die jede Nacht um die Häuser zieht. Jeder kennt sie und redet über sie. Sie steht doch ständig in den Klatschspalten.«

»Was will er denn von ihr?«

»Fotos vor allem. Informationen. Es gibt immer wieder Posts von ihm in verschiedenen Foren, wo er nach beidem fragt. Nach ihrer Adresse, wo sie am Abend auftauchen wird. Wir sind überzeugt, dass das unser Mann ist.«

Dayal blickte verwirrt. »Wenn sie andauernd in den Zeitungen ist, kann er da nicht einfach eine Bildersuche im Internet laufen lassen?«

»Genau das ist der Punkt.« Smita lächelte verschmitzt. »Sie scheint alle Fotografen zu kennen. Die Reporter schreiben wieder und wieder über sie, beschreiben ihre Kleidung, was sie trinkt. Aber ein Foto gibts nie. Praktisch jeder, der abends ausgeht, hat sie schon mal gesehen. Ich selbst auch. Doch wenn man sie nur aus den Zeitungen kennt, dann könnte man meinen, sie wäre ein Produkt der kollektiven Einbildung von Delhis Klatschreportern.«

»Ein Geist«, ergänzte ihr Kollege. »Oder ein Vampir. Die können ja angeblich nicht fotografiert werden. Er hat Geld für ein Foto von ihr angeboten. Er durchkämmt die Facebook-Seiten von Delhis Nachtschwärmern auf der Suche nach Handyfotos von der Nacht davor. Er durchsucht die Flickr-Konten der Pressefotografen. Wir haben den Verdacht, dass er sogar die Bildarchive der Tageszeitungen hackt. Aber auf jeden Fall reicht ihm nicht, was er gefunden hat, was immer das sein mag.«

»Frau Oberst«, murmelte der Kommissar. »Heißt sie wirklich so?«

»So nennen sie jedenfalls die Zeitungen«, antwortete Smita.

»Na, dann mal los«, sagte der Kommissar. »Wo finden wir sie?«

»Das ist ganz leicht«, warf Smitas Kollege eifrig ein. »Heute ist Mittwoch. Da ist sie im Nachtclub des Babar Hotels.«

Smita nickte bestätigend.

Der Kommissar sah Kapoor an, der ebenfalls nickte. »Ein Neffe von mir arbeitet dort.«

»Wären Sie bereit«, wandte sich der Kommissar förmlich an Smita, »mir bei der Suche nach dem Fingerdieb zu helfen?«

»Einen Tisch für zwei Personen«, bestellte Kapoor per Handy.

* * *

Spätabends waren sie im Privatwagen des Kommissars unterwegs zum Babar Hotel. Der Kommissar sah, dass die junge Polizistin mit der Wahl ihrer Kleidung genau den richtigen Ton getroffen hatte: Hosen, die zu diesem Arbeitstermin passten, während die dünnen Träger ihres diskret schicken Tops zeigten, dass sie sich der Möglichkeiten eines Abends in Delhis aktuell angesagtestem Club durchaus bewusst war.

Als sie das Schweigen im Wagen als drückend zu empfinden begann, fragte sie ihn nach den Vampiren von Delhi. »Was soll mit ihnen sein?«, fragte er zurück. Glaubte der Kommissar, dass es so etwas geben könne?

Er antwortete, er habe schon den ganzen Tag darüber nachgedacht und müsse gestehen, dass er sich weder in die eine noch die andere Richtung sicher sei, was ihn selbst überrasche. »Dschinn werden in Ferozeshah Kotla und anderswo immer noch um Beistand angerufen«, sagte er vor sich hin, als spräche er mit sich selbst. »In Dariba gibt es Läden, die seit Generationen leer stehen, weil die Juweliere meinen, sie seien verflucht. Auf den Hügeln der Ridge treiben wahnsinnige Frauen ihr Unwesen, es gibt Baumgeister in Mehrauli, und während des Aufstands wurden Armeen in grüner Seide mit gezogenen Schwertern gesehen, die gleich darauf wieder verschwanden. Am helllichten Tag.«

»Diese Stadt«, sagte er und zeigte aus dem Autofenster auf die hässlichen, flachen Häuser, die in der Gegend südlich von Safdarjungs Grabmal an ihnen vorbeiflogen, »diese Stadt ist eine riesige Nekropole. Ganze Wohngebiete sind dort errichtet worden, wo einst Friedhöfe lagen. Die alten Dörfer verschwanden, die Felder wurden zubetoniert, die Erde für den Beton verbraucht.«

Die bleichen Knochen von Hausbesitzern und Dieben, die Geister aufgelassener Einäscherungsstätten, die Geschichten von Umherziehenden und Dorfvorstehern und Kriegern und all ihren Frauen. Ausgegraben und wieder in den Staub gestreut. Doch zu welchem Preis, fragte sich der Kommissar.

»Ob es mich überraschen würde, wenn irgendein zurückgekehrter Geist wirklich einmal an meine Tür klopfte? Wahrscheinlich nicht.« Er lächelte. »Zauq schaffte es nicht, die Straßen und Gassen dieser Stadt hinter sich zu lassen. Weshalb sollte es einem Geist oder einem Vampir oder was auch immer anders ergehen?«

Smita überlegte einen Moment. »Dann stimmt also das, was man über Sie sagt? Dass Sie über Delhis Geschichte gut Bescheid wissen?«

»Ich bin hier geboren, Smita. Sie nicht auch?«

»Ich stamme von hier«, antwortete sie und wies mit dem Arm aus dem Fenster. »Aus dieser Stadt, die aus Ihrer Totenstadt entstanden ist. Meine Großeltern kamen als Flüchtlinge nach der Teilung hierher. Diese neuen Wohngebiete sind meine Heimat. Ich weiß nicht einmal, wer Zauq ist. Und es würde mich wundern, wenn die Straßen, von denen er spricht, dieselben sind, auf denen wir fahren.«

Der Kommissar nickte überrascht. »Sie haben recht. Lassen Sie mich noch einmal von vorn beginnen. Ich bin an Delhis Geschichte interessiert. Sehr sogar. Und meine Beziehung zu Delhi geht bis in die Zeit vor der Teilung zurück, wie Sie wahrscheinlich schon gemerkt haben. Alles klar?«

Smita sah ihn an und lächelte: »Alles klar. Aber wer ist dieser Zauq?«

»Ein Urdu-Dichter. Ziemlich bekannt. Er schrieb ungefähr zur Zeit des Aufstands von 1857.«

»Tatsächlich? Also ein Zeitgenosse von Ghalib?«

»Ganz genau. Von dem haben Sie gehört?«, fragte der Kommissar erstaunt.

»Wer hat das nicht?«, grinste sie.

Sie bogen in die prächtige Einfahrt eines Hotels, das bekannt war für seine exquisite Küche, seine winzigen Zimmer und den herrlichen Blick über die Stadt. Sie fuhren dorthin, wo der Eingang zum Nachtclub lag.

Der Kommissar hatte nichts gegen Geselligkeit, doch ging er nicht oft aus. Seine allseits bekannte Unbestechlichkeit widersprach einem regelmäßigen Besuch von Delhis Luxusclubs. Wenn er jedoch einmal ausging, dann geizte er nicht, und so folgte er bereitwillig Smita, die sich offensichtlich sehr wohl und ganz zu Hause fühlte, und sah sich gut gelaunt um. Die kleine clubähnliche Bar, die auch die Lobby bildete, gefiel ihm, die charmante Art des Managements, diejenigen draußen zu halten, die nicht hereinkommen sollten. Amüsiert bemerkte er den genervten Gesichtsausdruck junger Männer in eng anliegenden Hemden, die darauf warteten, hineingelassen zu werden, und das Dauerlächeln der jungen Frauen, die alle, so schien es seinen nicht mehr ganz so jungen Augen, in ihrer Unterwäsche von zu Hause weggegangen waren. Das passte alles zusammen. Sein Sinn für Symmetrie war erfreut darüber, dass die Rollen in diesem geheimnisvollen Ritual so genau beachtet wurden.

Genau in dem Augenblick, als Dayal in seine Tasche griff, um seine Dienstmarke und Visitenkarte hervorzuziehen, kam ein gut gekleideter junger Mann von der Bar her mit ausgestreckter Hand auf sie zugeeilt. »Kommissar Dayal«, sagte er mit breitem Lächeln, »welche Ehre. Und diese entzückende Frau ist Ihr Date? Schön, dass Sie beide bei uns sind heute Abend«, fügte er hinzu, bevor er sie in den Tempel hineinführte, vorbei an der Schlange der sehnsüchtig Wartenden. Die Türsteher sahen fast aus, als wollten sie sich tief vor ihnen verneigen. Dann hatte der Kommissar keine Zeit zum Nachdenken mehr, denn die Musik, bis dahin von der Tür vollständig gedämpft, traf ihn mit voller Wucht.

Er war froh, in diesen ersten Augenblicken Smita an seiner Seite zu haben, ihre beruhigende Gegenwart neben sich zu spüren, als die Lichtblitze und der Lärm und das Gedränge der Menschen am Rand der Tanzfläche ihn zu überwältigen drohten. Kapoors gut aussehender Neffe bahnte einen bisher unsichtbaren Pfad durch die Menge hin zur Bar. Dort ließ er ihnen Cocktails servieren, was auch Smita auf des Kommissars kaum sichtbares Nicken hin akzeptierte.

Dann erklärte er ihnen über den Lärm der Musik hinweg die Szene. »Am ersten Tisch dort drüben«, er wies hinter die Trennwand aus Schmiedeeisen und Holz, »da hält die Frau Oberst Hof. Das ist die ruhigste Nische, die wir haben. Von da aus hat man sowohl den Eingang als auch die Tanzfläche im Blick. Möchten Sie, dass ich Sie vorstelle?«

Der Kommissar schüttelte den Kopf, nahm einen Schluck und hob das Glas anerkennend dem jungen Mann zu.

»Und Ihrer?«, fragte er Smita. »Sind Sie zufrieden damit?«
»Perfekt, Sir.«

Der Kommissar dankte Kapoors Neffen und schlenderte, Smita im Schlepptau, zum Tisch der Frau Oberst hinüber.

* * *

Dort thronte sie auf einem violetten Sofa, ein elegantes Glas vor sich und lachende weibliche Jünger an jeder Seite. Ein einzelner männlicher Begleiter wachte am Rand der Gesellschaft. Seine Aufgabe war es offensichtlich, auf eigene Kosten die Drinks aufzufrischen. Der Kommissar setzte sich ohne weitere Umstände und lud auch Smita ein, neben ihm Platz zu nehmen. Ein guter Klangdesigner hatte dafür gesorgt, dass der Tisch eine Oase im Lärm war, doch so nah an der Tanzfläche lag, dass die beiden Cops den Schweiß im Dekolleté der fiebrigen Tänzerinnen erkennen konnten, die da dicht vor ihnen auszuflippen schienen.

Der Kommissar machte es sich auf einem Platz in der Nische bequem, beugte sich zu ihr hinüber und sagte so laut, dass die jungen Frauen an ihrer Seite es hören konnten: »Ich weiß nicht, ob ich salutieren oder Ihnen die Hand geben soll.«

Die Frau sah ihn einen Moment prüfend an, dann lächelte sie. »Sie können mich so begrüßen, wie Sie wollen, Herr Kommissar. Ich stehe ganz zu Ihren Diensten.«

Dayal sollte sich noch lange an ihr erstes Lächeln erin-

nern, die regelmäßigen Zähne, die Wärme in ihrem Blick.
»Sie wissen, wer ich bin«, sagte er, nicht wirklich überrascht.

»Wer weiß das nicht?«

»Ich weiß, wer Sie sind, aber nicht, wie ich Sie nennen soll. Frau Oberst klingt entsetzlich förmlich.«

»Die Mädchen hier nennen mich Razia. Weshalb, weiß ich nicht.«

»Es passt. Delhis einzige Sultanin. Königlich, mächtig.«

»Aber auch tot, seit achthundert Jahren.«

»In der Geschichte dieser Stadt nicht mehr als ein Augenaufschlag.«

»Mag sein, Kommissar, aber dennoch war sie ein bisschen vor meiner Zeit. Doch wenn Sie den Namen mögen, dürfen Sie ihn gern benutzen.« Sie bedeutete ihrem Hofstaat, sie allein zu lassen. Gehorsam verließen die jungen Frauen den Tisch, gemeinsam mit dem einsamen männlichen Begleiter. Dayal und Smita rutschten näher zu ihr hin.

»Und du, meine Liebe?« Sie lächelte Smita an. »Wie heißt du?«

»Smita Dhingra.«

»Polizistin, nehme ich an?«

»So ist es.«

»Wie kann ich also dem Gesetz dienen?«, fragte Razia.

»Sie haben zweifellos vom Fingerdieb gehört«, gab der Kommissar zurück.

Razia nickte.

»Und vielleicht haben Sie auch von diesen Banden von Möchtegern-Vampiren und -Werwölfen gehört, die sich überall in Delhi bekriegen.«

Eine Geste zeigte, dass sie tatsächlich darüber Bescheid wusste.

Weshalb, wollte der Kommissar jetzt wissen, sollte ein junger Mann, der sich selbst für einen Vampir hielt, nach Fotos von ihr suchen? Und warum sollte eine Frau wie Razia, ein Stammgast von Nachtclubs, die Welten trennten von den zwielichtigen Schlachtfeldern angeblich Untoter, jemanden wie ihn interessieren?

Razia presste nachdenklich die Lippen zusammen, überlegte ganz offensichtlich, und der Kommissar bemerkte, wie sie jede ihrer theatralischen Bewegungen mit so viel Eleganz ausführte, dass sie ganz natürlich wirkte. »Ist es vielleicht«, sagte sie, als spräche sie mit sich selbst, »weil man solches Material nur so schwer bekommt?«

»Vielleicht«, stimmte der Kommissar zu. »Gibt es denn einen Grund für diese Knappheit?«

»Die Privatsphäre ist eine Ware«, antwortete sie. »Wie bei jeder anderen Ware auch steigt ihr Wert, je geringer das Angebot ist.«

»Sie müssen Ihre Anonymität nicht aufgeben«, warf Smita ein. »Wenn Ihnen Ihre Privatsphäre so wichtig ist.«

Das sanfte Lachen der Frau entschärfte die Härte von Smitas Antwort und den Tadel im Blick des Kommissars. »Um auf Ihre Fragen zu antworten, Kommissar: Ich weiß es nicht. Offensichtlich hat der junge Mann einen ungesunden Hang zu den Wesen der Nacht. Und zweifellos hält er mich auch für ein solches.«

»Sucht er vielleicht eine Seelenverwandte?«

»Vielleicht braucht er ein Licht, um einen Ausweg zu finden.«

»So etwas wie ein Schein von Morgendämmerung?«

»Genau, Kommissar. Doch wenn er es findet, könnte er enttäuscht werden, denn dieses Licht könnte auch schon erloschen sein.«

Sie lächelten sich an, während Smitas Augen sich zu Schlitzen verengten.

»Das ist ein Vers von Ghalib«, murmelte Dayal. »Aber der ist sicher auch von vor Ihrer Zeit ...«

»Nicht unbedingt«, erwiderte Razia leichthin. »Wenn Poesie die Rebellion und das Ende der Mogul-Herrschaft überlebt hat, warum kann sie dann nicht auch an einem Ort wie diesem erblühen?«

Um sie her warfen die Strobelights ihre Lichtblitze und potenzierten die Anstrengungen des DJs an den Plattentellern. Die Zuckungen der Tänzer spiegelten sich auf der

Netzhaut des Kommissars, während er über Razias Worte nachdachte. Möglich, dass ihr Wunsch nach Anonymität gar nicht so vorgetäuscht war, wie Smita zu glauben schien. Und vielleicht war ein Club wie dieser, mit all seiner Uniformität, den versteckten Nischen und dem brutalen Angriff auf alle Sinne, genau das richtige Rezept für ein solches Bedürfnis. Er erinnerte sich an die Legenden vom Dichterwettstreit in den Höfen längst verlassener und abgerissener Häuser, bei dem die Wettstreitenden darauf warteten, dass die Kerze vor sie hingestellt wurde, damit sie mit dem Rezitieren ihrer Verse beginnen konnten, während ihre Verbündeten und Feinde in den Gewändern ihrer Zeit, Turbane auf den Köpfen, in der Menge saßen und die Frauen hinter Wandschirmen und Vorhängen an den Fenstern standen und warteten: Welcher neue König würde gekrönt werden, welche neue Flamme entzündet? Welcher neue Name musste der Liste hinzugefügt werden, an die Geschenke geschickt, Gedichte zum Kommentieren gesandt wurden, der Liebesgunst erwiesen wurde? Als er aus seinen Gedanken in die Gegenwart zurückkehrte, fand er zwei weibliche Augenpaare auf sich gerichtet, eins fragend, das andere belustigt.

»Hat dieser Mann«, fragte er förmlich, »nicht versucht, Kontakt mit Ihnen aufzunehmen?«

»Woher soll ich das wissen, Herr Kommissar? Ich bin nicht im Internet. Ich gehe kaum ans Telefon und gebe vor allem niemandem einfach so meine Telefonnummer.«

Der Kommissar schwieg nachdenklich.

»Möchten Sie meine Telefonnummer haben, Herr Kommissar?«

Er nickte langsam, fischte sein Handy aus der Tasche und tippte die Nummer ein.

»Kommen Sie einmal zu Besuch in mein bescheidenes Heim, Kommissar. Ich bin sicher, wir finden eine Kerze, mit der wir uns beim Rezitieren abwechseln können.«

Er nickte noch einmal, auch wenn er bezweifelte, dass seine dichterischen Fähigkeiten diesen oder irgendeinen anderen Test bestehen würden.

»Eins fehlte noch«, merkte Razia freundlich an. »Ich kenne immer noch nicht den Vornamen des Kommissars.«

»Sajan.«

»Das passt zu einem Mann aus Delhi.« Razia neigte den Kopf. »Ich habe das Gefühl, dass ich in längst vergangener Zeit viele Männer wie Sie gekannt habe, Sajan. Doch ich fürchte, es gibt immer weniger davon.«

Dann standen der Kommissar und Smita auf und verließen Razias Tisch, vorbei am Wandschirm, der ihn schützte, vorbei an der Tanzfläche und der Bar, durch die Tür und die Treppe empor in die Hotellounge, vor der seiner Stellung gemäß schon sein Wagen wartete. Erst als sie schon auf dem Weg zu ihr nach Hause waren, begann Smita zu sprechen.

»Sie hat mit Ihnen geflirtet«, sagte sie beinahe vorwurfsvoll.

»Ist mir nicht entgangen«, gab er trocken zurück.

Smita warf ihm einen Seitenblick zu und brach dann in ein lautes, fröhliches Gelächter aus, das die bis dahin im freien Fall befindliche Stimmung des Kommissars erheblich aufhellte.

»Na, und meinen Sie jetzt, dass sie ein Vampir ist?«, fragte er in scherzhaftem Ton.

»Ich sag Ihnen eins«, antwortete Smita. »Ich hab sie mir ganz genau angesehen, und ich habe nicht die leiseste Ahnung, wie alt sie ist. Ich hasse solche Frauen.«

* * *

In diesem Jahr brachen die Monsunregen mit aller Macht herein. Der Monat Sawan kündigte den Monsun nicht an: Er brachte ihn gleich mit. Der Pegel der Yamuna stieg, fiel dann und stieg wieder an, und viele hatten Angst, dass es Überschwemmungen geben könnte. Die Zeitungen und Fernsehprogramme in den Regionalsprachen warnten eindringlich vor einer Wasserapokalypse. Die Bewohner von Delhi, die Verwandte in anderen Landesteilen hatten, wurden von diesen mit Anrufen bombardiert, sie sollten sich auf höher gelegenes Gebiet begeben. Die Warnung, dass eine so trockene Stadt wie Delhi überflutet werden könnte, wurde von den Einwohnern Delhis selbst mit Gelächter quittiert, wenigstens von denjenigen, die nicht nahe am Fluss wohnten. Gassenjungen badeten in den frischen Wasserpfützen, kleine Kinder lauschten erstaunt dem noch nie gehörten Trommeln von Regentropfen, die Tee- und Snackverkäufer machten überall gute Geschäfte. Eine Stadt, die die Farbe Grau für gewöhnlich mit Smog verband, mit schmutzigem Wasser und ekligen Rückständen in der staubigen Luft, begann wieder, das silbrige Licht eines von Wolken bedeckten Himmels und fallenden Regen zu lieben. Die Monsunwinde wehten durch die Stadt, kühlten die Häuser vom Erdgeschoss bis zum Dach, und überall waren Vitalität und Wiedergeburt und frisches, neues Grün.

Dayal jedoch hatte wenig Freude am feuchten, kühlen Klima und den knospenden Bäumen. Er und Kapoor pflügten eine einsame Furche durch die nasse Stadt, einem jungen Mann auf der Spur, der ein Palästinensertuch trug und meinte, er sei ein Vampir. Sie verbrachten verregnete Nachmittage und Abende auf den hell erleuchteten Parkplätzen der Malls von Saket und Rajouri Garden und warteten auf junge Leute, die sich Reißzähne und Bärte wachsen ließen und wieder aufeinander losgingen. Einmal, als sich schon der Abend auf den Nehru Place senkte, rannten sie hinter einem Trupp Jungs her, die wie Akrobaten an anscheinend glatten Wänden emporkletterten, von baufälligen Geländern auf wacklige Stufen sprangen und sich von dort zu lose baumelnden Gittern hangelten. All dies mit einer Verachtung für die Gesetze der Physik, die nicht von dieser Welt zu sein schien. Während der Regen um sie her auf den nassen, schmutzigen Platz fiel und die dunklen Türme über ihnen in den Himmel ragten, erfuhren sie, dass diese Kids unschuldige Jünger einer neuen urbanen Sportart namens Parkour waren und, nein, sie waren weder Vampire noch Werwölfe, tut uns leid, dass wir Sie enttäuschen müssen, doch wussten die beiden Onkel vielleicht, wo diese zu finden waren? Die letzten Büroangestellten des Abends schlurften müde im

Dauerregen vorbei, während Dayal und sein Assistent sich ergeben durch das Essen kämpften, das sie in der am wenigsten verkommen aussehenden Kneipe am Nehru Place vorgesetzt bekommen hatten. Ihre Gesichter wurden dabei von der Flamme unter dem großen Backblech, den schmutzigen Neonröhren über ihnen und dem Licht erhellt, das sich in den Pfützen auf der heruntergekommenen Plaza spiegelte.

»Schauen Sie sich nur diesen Platz an.« Dayal wies nach draußen. »Dies sollte mal der Stolz von Neu-Delhi werden. Die Gebäude von der Upperclass bewohnt, die Plazas Treffpunkte für die intellektuelle Elite. Vor weniger als vierzig Jahren. Ein kurzer Augenblick in der Geschichte Delhis. Und sehen Sie sich ihn jetzt an. Mehr Zeit braucht es nicht, damit in Neu-Delhi ein Traum zerbricht.«

Auch wenn er es nicht sagte, so wusste Kapoor doch, dass sein Chef dies als Rechtfertigung für seine Verbundenheit mit den Städten heranzog, die dieser abstoßenden, heutigen vorausgegangen waren. Zwar war er selbst ein Produkt der neuen Stadt, doch stimmte Kapoor insgeheim Dayal zu, wie er da düster auf seinen Teller mit ein paar einsamen Samosas starrte. Und er fragte sich, wie lange es dauern mochte, bis diese ganzen neuen Malls einstürzen würden. Dass er von einem Straßenverkäufer, der gerade seinen Stand schloss, drei Playstation-Spiele gratis bekommen hatte, war ein geringer Trost. »Für meinen Sohn«, sagte er entschuldigend zu Dayal, der melancholisch nickte und seinen Blick durch dieses Geschäftsviertel streifen ließ, das im Regen zu ertrinken drohte.

Die Wochen kamen und gingen, der Regen blieb. Es wurde von Straßenschlachten überall in der Stadt berichtet, und immer noch nahm Angulimala Männern Finger ab, und der Himmel über Dayal bewölkte sich zusehends. Nach einem alarmierenden Anruf von Smita bahnte er sich eines Abends einen Weg durch den Feierabendverkehr auf die andere Seite des Flusses. Die Rushhour wurde noch nervender durch Leute, die auf der Brücke ihre Autos anhielten, um ihren Kindern das ungewohnte Bild der Yamuna zu zeigen, die über die Ufer getreten war und gefährlich dicht an der Straße floss. Die Sirene an Dayals Auto und die Flüche, die sein Chauffeur den anderen Autofahrern zurief, schienen nicht viel zu bewirken. Der Kommissar ließ sich ergeben in seinen Sitz sinken und hing seinen Gedanken nach. Die Rückschläge der letzten Wochen, die wachsende Zahl von Männern, die ihre Finger verloren, und die empörten Reaktionen in der Stadt, die Furcht vor Nachahmern und die Gefahr, dass einer dieser Männer tatsächlich ums Leben kommen könnte: All dies bedrängte ihn so sehr wie der Verkehr seinen Wagen, und so floh er, wie er es immer tat, in seine philosophischen Gedankengänge.

Doch heute schien sich die erwartete Erleichterung nicht einstellen zu wollen. Der Regen trommelte aufs Autodach und peitschte die Windschutzscheibe. Durch das wilde Zucken der Scheibenwischer sah er auf dem Gehsteig Kinder und Radfahrer in Regencapes und verzweifelt hupende Autos überall um sich herum. Er dachte an Smita und ihr Lachen und ihre vielen Telefongespräche in den vergangenen Wochen, wenn er sie auf der Suche nach Spuren und Hinweisen anrief. Er dachte an die verborgene Einladung einer Frau und dass er ihr nichts zu bieten hatte, und dass er deshalb nicht darauf eingegangen war. Er dachte daran, dass er nichts in der Hand hatte, dass Angulimala nur einen Bahnsteig von ihm entfernt gewesen und jetzt verschwunden war, und dass dessen Fingersammlung von Woche zu Woche wuchs, während Dayal und sein Team immer tiefer in der Dunkelheit versanken. Die nasskalte Klaue des Scheiterns griff nach ihm, und da befahl er dem Fahrer, einfach auf den Gehsteig zu fahren und die Kinder auseinanderzutreiben, er habe schließlich einen Aufstand zu bekämpfen.

Dann rasten sie schon mit Blaulicht und gellender Sirene über den Gehsteig, in ihrem Kielwasser ein Trupp Motorradfahrer, wie es in Delhi immer passiert. Der Fahrer suchte im Rückspiegel den Blick seines Chefs, den Fuß schon halb auf der Bremse, und wartete auf den Befehl, das erste Motorrad, das ihre hintere Stoßstange berührte, in den Schlamm des Gehsteigs zu schicken, als Warnung für die anderen.

Doch Dayal schaute nicht hoch, und so fuhren sie weiter, unter ihnen die angeschwollenen Fluten des Flusses, darüber der zum Halten gekommene Strom der Fahrzeuge. Dayals Handy piepte.

Smita war dran, sie klang so aufgeregt, wie er sie noch nie erlebt hatte. »Jetzt übertragen sie ihren Dreck auch noch«, stieß sie hervor. »Diese kleinen Scheißkerle filmen ihre Schlägerei und zeigen sie live.«

Dayal nickte. Er hatte nichts anderes erwartet. »Wie viele sind es denn? Sie speichern es doch hoffentlich ab?«

»Ja, klar. Inzwischen sind es nur noch drei auf jeder Seite. Vielleicht sogar weniger. Sicher nicht mehr. Die Amateure sind nicht mehr dabei, die haben Sie verjagt. Nur noch die Hardcore-Typen.«

»Sonst noch etwas Besonderes?«

»Ihr Bursche mit dem Tuch ist wieder dabei. Er prügelt gerade wild auf einen Werwolf ein.«

»Ist auch Ton zu hören?«

»Nein, das läuft alles stumm. Der, der filmt, muss ganz dicht dran sein. Es geht richtig zur Sache. Ich kann nicht genau erkennen, wo sie sind, aber ich vermute, es ist der neue Busbahnhof. Eine Menge Beton ist zu sehen, und man kann von Flutlicht beleuchtete Flächen erkennen.«

»Wo wird das hochgeladen?«

»Das ist ein offen zugänglicher Streaming-Server. Völlig normal und legal. Die Senderadresse ist ein Fake. Wir versuchen gerade herauszufinden, wer dahintersteckt. Ich vermute, die Quelle ist ein Smartphone mit 3G-Technik. Auch das müssen wir noch rausfinden.«

»Gut«, antwortete Dayal, »sehr gut.«

»Ich denke, Sie sollten möglichst schnell vor Ort sein, Sir. Der Videoclip wird in circa zwei Minuten auf YouTube zu sehen sein.«

Der Wagen schlitterte über die Kreuzung am Ende der Brücke und raste über die Hochstraße, die durch die Wohnviertel am anderen Flussufer schnitt. Dayal sah auf einer Seite Türme vorbeifliegen und auf der anderen Felder, in denen verstreut niedrige Wohnblöcke aus Beton lagen, und einmal meinte er eine glänzend bemalte, unglaublich große Statue von Hanuman gesehen zu haben. Doch der Regen fiel so heftig, dass es auch eine Täuschung gewesen sein konnte, und bevor er sichs versah, waren sie schon da und bogen auf das Gelände des fast fertigen Busbahnhofs ein, brausten vorbei an den Wächtern, die sich in ihrem kleinen Verschlag am Tor vor dem Regen in Sicherheit gebracht hatten. Der Wagen raste mit abgeschalteten Scheinwerfern über die glatte Fläche, die starken Lampen an den Bussteigen warfen genügend Licht durch den eintönig fallenden Regen. Am anderen Ende des riesigen Parkplatzes sah Dayal eine kleine Gruppe junger Leute in der Dunkelheit verschwinden. Sie hielten auf die gespenstische Szene zu, das Trommeln der Regentropfen und das Hin-und-her-Schlagen der Scheibenwischer waren das einzige Geräusch bei ihrem raschen, beinahe lautlosen Vorpreschen.

»Schalten Sie die Lichter ein«, wies Dayal den Fahrer an. »Ich möchte nicht, dass wir irgendeinen Jungen überfahren, der hier vielleicht auf dem Pflaster liegt.« Die Scheinwerfer flammten auf, und der Wagen kam schlingernd zum Stehen. Dayal und der Fahrer sprangen geduckt in den Regen hinaus. Ein Körper lag am Fuß einer Wand, fast direkt unter einem der Flutlichtmasten. Dayal bedeutete dem Fahrer, an der Wand entlang weiterzugehen, und kniete nieder, um den Körper zu untersuchen. Er drehte ihn um und sah einen jungen Mann, sicher noch keine zwanzig, dessen Gesicht übel zugerichtet war und im wässrigen Licht schon blau anzulaufen begann. Er lebte, doch er atmete kaum noch. Als Dayal ihn bewegte, stöhnte er auf.

»Ganz ruhig, mein Junge«, beruhigte ihn Dayal. »Der Krankenwagen ist schon unterwegs.« Kaum hatte er das gesagt, war Sirenengeheul zu hören, und kurz darauf fiel Scheinwerferlicht durch den Regen. Kapoor und eine Abteilung der örtlichen Polizei, angeführt vom diensthabenden Offizier, kamen auf sie zugelaufen. Der zusammengeschlagene Junge lag still in Dayals Armen. Die Männer umringten sie. Kapoor kniete ebenfalls nieder und suchte nach den Händen des Burschen. Alle zehn Finger waren da. Dann hoben sich erstaunt seine Augenbrauen, gleichzeitig mit Dayals: Sie hatten die zwei kleinen Wunden auf dem Nacken des Jungen entdeckt.

Der Fahrer kam zurück und berichtete, es gebe ein kleines Tor ein Stück die Wand entlang. Es führe auf eine Straße hinaus, wo die Schläger ihre Autos geparkt haben mussten. Natürlich waren sie inzwischen längst verschwunden. Dennoch schwärmten die Beamten der Bezirkswache auf Befehl ihres Offiziers aus, um das Gelände abzusuchen.

Kapoor sah den Offizier an, der sich nervös den Kragen seiner Uniform hochzog. »Hatten Sie denn keine Ahnung?«, fragte er ganz ruhig.

Der Inspektor wandte den Blick ab. »Wir hatten schon etwas gehört«, sagte er kleinlaut.

»Na, und?«, fragte Kapoor.

»Wir sind hier weit weg von der Zentrale«, antwortete der Inspektor. »Durch den Regen hat es heute Abend schon vier Unfälle gegeben, einen davon hier ganz in der Nähe auf dem Highway. Ein Gebäude ist eingestürzt, und wir mussten drei Häuser evakuieren. Beim Einsturz sind vielleicht elf Menschen ums Leben gekommen. Und weiter draußen, beim neuen Stadion, gehen die Bauern auf die Barrikaden, weil ihnen für den Parkplatz ihr Land weggenommen wird.«

»Und was wollen Sie damit sagen?«

»Diese Scheißdörfler haben das Gelände besetzt und sind mit Stöcken und Gewehren bewaffnet. Wenn die richtig in Rage kommen, dann bleibts nicht bei ein bisschen Lärm. Natürlich machen diese Kids Ärger. Aber bisher haben sie noch keinem richtig was getan.«

»Bis jetzt«, warf der Kommissar lakonisch ein.

Der Inspektor nickte kleinlaut.

Dayals Handy piepte. Smita war dran. »Es steht schon auf allen Webseiten, Sir.«

»Hm. Wie hat es denn geendet?«

»Die letzten drei waren der Bursche mit dem Tuch, der

mit der Kamera und der Junge, der jetzt wohl da vor Ihnen liegt.«

Der Kommissar ließ nur ein Brummen hören.

»Offensichtlich hatten sies eilig. Der Bursche mit dem Tuch verprügelte den Jungen. Dann kniete er über ihm, mit dem Rücken zur Kamera, und schien ihm in den Nacken zu beißen. Der Junge hat den Biss wohl gespürt. Lebt er überhaupt noch?«

»Er wirds überleben. Und dann?«

»Dann ließ er sein Opfer auf dem Boden liegen, drehte sich wieder zur Kamera um und salutierte sehr ausführlich, hob einen Finger, schüttelte ihn in Richtung Kamera, kniete nieder und zog dem Jungen den Finger über die Kehle. Gleich darauf stand er wieder auf und salutierte noch einmal. Plötzlich schienen sie etwas zu hören, das waren Sie wahrscheinlich. Und dann liefen sie davon, und das Video stoppte.«

»Habt ihr schon was über die Internetadresse rausgefunden?«

»Wir sind noch dran.«

Der Kommissar legte auf. Zu seinen Füßen regte sich der Junge im Schlamm.

»Opfer«, murmelte er schwach.

»Was?«, fragte Kapoor.

»Opfer. Er sagte, ich wäre ein Opfer.«

»Wer hat das gesagt?«, fragte Kapoor eindringlich.

»Der mit dem Tuch. Unser Anführer.«

»Ich dachte, du seist ein Lykaner«, sagte der Kommissar freundlich.

»Nein. Keine Lykaner. Wir sind alle Vampire. Das sollte meine Initiation sein heute.«

»Ich denke mal, du kanntest diese Typen gar nicht richtig«, sagte Kapoor angewidert.

»Nein. Sie sagten nur, ich sei ein Opfer. Sie sagten, die Frau Oberst würde davon erfahren und es schon verstehen.«

»Und deshalb haben sie dich so zusammengeschlagen«, warf der Inspektor düster ein.

»Sie sagten doch, das wäre für meine Initiation.«

»Sie haben dich belogen, mein Junge«, sagte Kapoor. »Sie haben dich zusammengeschlagen, weil ihnen das Spaß macht. Ich finde, du solltest dir neue Freunde suchen, wenn du aus dem Krankenhaus kommst.«

Der Junge wurde in den Jeep des Inspektors geladen.

»Darf ich Ihnen eine Frage stellen, Sir?«, fragte der Inspektor den Kommissar. Der nickte nur. »Warum ist denn die Kripo überhaupt an diesen Freaks interessiert? Genauer gesagt, was haben die mit Ihrer Sonderkommission zu tun?«

»Das sind zwei Fragen, Inspektor. Aber wenn Sie auf etwas stoßen, das für mich an irgendeiner dieser Fronten von Interesse sein könnte, dann geben Sie mir Bescheid, nicht wahr?«

Der Inspektor sah ihn schicksalsergeben an, der Schirm seiner Mütze hielt das Regenwasser von seinem Gesicht fern. Dann tippte er sich nur an die Mütze und fuhr davon.

Kapoor und Dayal standen im unbarmherzigen Regen neben Dayals Wagen. »Das haben sie für uns inszeniert«, sagte Kapoor.

Dayal nickte stumm.

»Die Kids von heute, unglaublich …«

Dayal nickte.

»Ich glaube, es ist Zeit, dass Sie Frau Oberst anrufen.«

***

Der Weg zu Razia führte durch eine enge Gasse, die von einer belebten Straße im Süden von Delhi abzweigte. Auf der einen Seite des Eingangs zur Gasse lag eine Bank, vor deren Geldautomat eine Schlange von Menschen wartete. Im Souterrain gab es einen Laden für Bodybuilding-Nahrung, ein Adidas-Shop bewachte die andere Seite. Geschäftiges Treiben spielte sich um die auf der Hauptstraße geparkten Autos ab. Ein Strom von Handkarren, Fahrradrikschas und Fußgängern floss an diesem regnerischen Abend um Dayals Wagen herum. Er stieg aus, zündete sich eine Zigarette an, sah sich um und betrat die Gasse.

Dies hier war eins von Delhis alten Dorfbezirken. Die Gasse war eng und von dicht gedrängt stehenden Häusern gesäumt. Sie standen hoch und nah genug aneinander, um noch zur Mittagszeit kein Sonnenlicht hereinzulassen. Nachts wurde in diesen Gassen jeder zum Geist. Elektrische Leitungen schlängelten sich über seinem Kopf. Das Stimmengewirr von Seifenopern und Cricketspielen schwoll an und wieder ab, und der Rauch seiner Zigarette stieg in die aufgeladene Nacht. Die Luft war neonfarben, fast fluoreszierend, einmal zuckte das silbrige Licht eines Blitzes durch die Dunkelheit und ließ das Blau und Rosa der Häuser um ihn her aufleuchten. Sekunden später folgte der Donner, doch da lag die Gasse, die sich weit durch das Dorf schlängelte, schon wieder im Dunkel. Aus einem Eckladen, wo Zigaretten, Paan Masala, Eier und Brot verkauft wurden, fiel ein Lichtstrahl auf die Gasse. Dayal hielt an, um nach dem Weg zu fragen. Der Mann schaute ihn an, wandte kurz den Blick ab und sah ihn wieder an, weil er erkannt hatte, was Dayal war. Mürrisch deutete er in eine Richtung. Dayal kaufte eine Zigarette und schlenderte weiter die vom Regen durchweichte Gasse hinunter.

Die neueren Häuser waren über schmalen Parkbuchten erbaut, in denen Dayal Motorroller und ab und zu auch kleine Autos sah. Eine Katze lief auf einer Mauerkrone, und einmal bellte ihn ein Hund an, den er im Schlaf gestört hatte. Dayal beachtete ihn nicht. Eine Frau kam ihm entgegengelaufen. Das Handy am Mund, bat sie einen Fahrer vorn am Gasseneingang eindringlich, nicht wegzufahren, sie könne nicht auf die nächste Fahrgelegenheit warten, ihre Schicht in Gurgaon begänne in nicht einmal einer Dreiviertelstunde. Dann erreichte er das Ende der Gasse und musste sich entscheiden, ob er nach rechts oder links abbiegen sollte. Er trat seine Zigarettenkippe aus, sah sich um und stellte amüsiert fest, dass er, wie immer in solchen Bezirken, ganz und gar nicht allein war.

Von Balkonen und aus Fenstern folgten ihm Blicke, auch von dem Grüppchen junger Männer, die auf der Straße abhingen. Er spürte, wie Anonymität und Zusammenleben auf engstem Raum miteinander existieren konnten, und was es bedeutete, sich gleichzeitig nackt und sicher zu fühlen. Solchermaßen gewappnet ging er auf das Tor in der Mauer vor sich zu und klopfte. Es öffnete sich leise.

Er trat in den Vorhof eines erstaunlich großen, alten Havelis und stand Razia gegenüber, die ihn zurückhaltend elegant begrüßte. »Willkommen«, sagte sie schlicht und führte ihn durch das kleine Torhaus ins Innere der Villa. Er befand sich jetzt in einem von Kolonnaden umgebenen Innenhof, in dem nichts zu sehen war außer einem halb verfallenen Brunnen. Auf den Veranden unter den Kolonnaden standen verstreut einige Möbel. Sie führte ihn zu einer der Nischen, wo Matratzen und Kissen zurechtgerückt waren und Paan und Cocktails warteten. Kerzen warfen ein spärliches Licht, und ihre Schatten spielten auf den weiß gekalkten Wänden. Wieder begann Regen zu fallen, und der Innenhof füllte sich mit dem Geräusch des frischen Wassers auf uralten Pflastersteinen.

»Ein sehr schönes Haus«, sagte Sajan. »Sein Unterhalt ist sicher nicht billig.«

»Das können Sie sich gar nicht vorstellen. Sie haben ja keine Ahnung, wie schwer es ist, ein solches Haus instand zu halten, während alle anderen sie abreißen!«

Sajan nickte verständnisvoll und fragte, wie sie das Haus gefunden hatte. Sie antwortete nichts weiter, als dass sie es schon seit einer Weile bewohne. Und wie kam sie mit den Nachbarn zurecht? »Das sind alles gute Leute«, antwortete sie. »Alte Familien aus dem Viertel, junge Leute von außerhalb. So, wie es in Delhi immer gewesen ist.«

»Man passt sicher gut auf Sie auf.«

»Immer.«

Dayal nickte und nahm einen Schluck von dem Cocktail, er wusste schon, dass er exzellent sein würde, bevor er ihn überhaupt gekostet hatte. Dann schloss er die Augen und lehnte sich mit einem Seufzer in die Kissen.

»Ein langer Tag?«, fragte Razia mitfühlend.

»Ein paar lange Monate.«

»Darf ich Ihnen Paan zubereiten?«

»Vielleicht später.«

Dann schwiegen sie beide und genossen die Nacht und ihren Duft und das Geräusch des fallenden Regens im Hof. Doch der Moment währte nicht lange. Obwohl der Gedanke eines gemeinsamen Schweigens mit Razia verlockend und Sajan froh über die Atempause war: Er war im Dienst.

»Sie wissen, weshalb ich hier bin.«

Sie neigte bestätigend den Kopf.

»Können Sie mir helfen?«

»Was soll ich tun?«

»Er wird zu Ihnen kommen, wenn Sie ihm sagen, wann und wohin er kommen soll.«

»So ist es.«

»Ich möchte, dass Sie ihn zu sich rufen. Hierher.«

Sie nickte zustimmend.

»Ich denke, dass mir jetzt das Paan guttäte.«

Später lag sein Kopf auf dem Kissen, ihrem Knie gefährlich nah. Sie war vielleicht nur ein paar Zentimeter entfernt davon, ihm durch das Haar zu streichen, und ihn trennten nur ein paar Augenblicke von der Ekstase. Ihm schoss ein Gedanke durch den Kopf: War dies die Belohnung, die ein Krieger erwarten konnte? Oder hatte die falsche Schlange etwas in sein Paan gemischt? Doch verwarf er den Gedanken. Was hatte denn, in dieser Welt oder der nächsten, der tapfere Sajan von der schönen Razia zu befürchten?

Und so fragte er, in dem Delirium, das auf eine geschlagene Schlacht folgt, warum sie sich bisher noch nicht um diesen widerlichen Fingerdieb gekümmert hatte.

»Eine Reihe von Gründen«, antwortete sie, während sie endlich begann, sein Haar zu streicheln. Ihre langen, schlanken Finger mit den lackierten Nägeln teilten die Strähnen, die hier und da grau wurden. »Er hatte mich nicht gefunden. Du warst noch nicht zu mir gekommen. Und schließlich, du hattest mich nicht darum gebeten. Bis jetzt.«

Sajan öffnete die Augen. »Du darfst da nicht hineingezogen werden, denke ich.«

»Ganz genau.« Razia lächelte, und er sah den warmen Kerzenschein in ihren dunklen Augen.

Er stellte die Frage: »Hätte es geholfen, wenn ich früher gekommen wäre?«

»Vielleicht«, antwortete sie. Doch das Wichtigste war, dass er jetzt gekommen war. Die Opfer, der junge Vampir, die Aufregung in der Stadt: Was zählte das alles schon?

»Wer bist du?«

»Ich glaube, das weißt du schon.«

»Ganz sicher kein Vampir.«

Sie lachte ein dunkles, glucksendes Lachen, sehr weiblich und sehr wirklich.

»Er scheint das allerdings zu glauben.«

»Er spielt keine Rolle. Sein Kopf liegt nicht in meinem Schoß.«

»Wenn ich dächte, du seist ein Vampir, dann läge meiner auch nicht darin.«

Sie lächelte wieder und spielte weiter mit seinem Haar.

»Ich weiß noch«, fuhr er fort, »wie mein Vater von einem Haus wie diesem hier erzählte. Sein eigener Vater, mein Großvater, muss ungefähr zehn gewesen sein, als die Familie die Altstadt verließ und in ein neues Haus in Civil Lines zog. Doch er erzählte meinem Vater Geschichten darüber, die mein Vater mir weitergab.«

Sie nickte nur und wartete ab.

»Wie war Skinner?«, fragte er.

»Nicht so indisch, wie du vielleicht glaubst.«

»Und Rangila?«

»Nicht so interessant, wie du dir vielleicht vorstellst.«

»Ghalib?«

»Genau so, wie du immer gedacht hast.«

Er musste lächeln, als er das hörte. Da fragte sie: »Mein schöner Sajan ist aus freien Stücken zu mir gekommen. Ist Reden alles, was er will?«

Sein Gesicht war dem ihren ganz nah. In seinen Augen lag eine Frage.

»Wenn du so alt wirst wie ich«, antwortete Razia, »dann

wirst du wählerisch. Außerdem, wie viele Männer können schon eine Frau küssen, die sie für einen Vampir halten?«

Er nickte stumm und schaute sie unverwandt an. Hinter ihnen vergoss der Mond sein Licht, jetzt unverhüllt von Wolken. Die Kerzen flackerten und erloschen. Noch einmal setzte der Regen ein, noch einmal hielt er inne. Rings um sie her lag Stille, durchbrochen nur vom entfernten Donnerrollen und dem Jaulen irgendeines Hundes.

Als er ging, zog das erste fahle Licht der Dämmerung gerade am Himmel herauf. Er trat durch die Tür hinaus, hörte sie hinter sich zufallen und hatte das Gefühl, es läge ein Paar Augen auf ihm, die nicht hierhergehörten. Er musterte die neuen Häuser an der vor ihm liegenden Gasse. Er schaute in die eine, dann in die andere Richtung, schüttelte den Kopf und blickte dann in die Höhe, doch auch dort war nichts zu sehen. Er zündete sich eine Zigarette an und ging die Gasse hinunter. Nur die Rauchwölkchen markierten seinen Weg, bevor auch er vom fast noch nächtlichen Dunkel verschluckt wurde.

* * *

»Und jetzt?«, fragte Kapoor später an diesem Tag. In der Abteilung für Internetkriminalität berichteten Smita und ihre Kollegen, was sie gefunden hatten. Sie gingen gerade die Trefferliste durch, welche die Matrix aus Uhrzeit, 3G-Internetkonten und dem Alter der Konteninhaber ergeben hatte.

Es ist alles nur eine Frage der Zeit, wurde den beiden älteren Kollegen versichert. Dass einer der besonders harten Burschen sein Handy benutzt hatte, war der erste Fehler, der Angulimala unterlief. »Diesmal kommt er uns nicht davon«, sagte Smita zuversichtlich. Kapoor hörte die Antwort schweigend. Dann wiederholte er die Frage an seinen Chef. Dessen geistige Abwesenheit war niemandem im Raum entgangen.

»Sir?«, traute sich Smita schließlich zu sagen, und der Kommissar schaute auf.

»Nein, nein«, antwortete er. »Das klingt alles sehr gut. Ihr habt alle wirklich sehr hart gearbeitet.«

»Das stimmt«, bestätigte Smita. »Keiner von uns ist gestern Nacht nach Hause gegangen.«

Kapoor sah sie stirnrunzelnd an, und sie wurde rot. »Ich glaube nicht, dass es in einem Büro der indischen Polizei einen Aufpasser braucht, Sir«, sagte sie schnippisch.

»Das seh ich auch so«, erwiderte Kapoor trocken. »Mir fiel nur auf, wie adrett Sie aussehen, nachdem Sie die ganze Nacht hier zugebracht haben.«

»Ach so.« Sie zuckte die Achseln. »Eine gut bestückte Handtasche und ein Toilettenspiegel können wahre Wunder vollbringen, Sir.«

Ihre Kollegen lachten, und Kapoor stimmte mit ein, während der Kommissar wieder abwesend vor sich hin starrte.

»Sir«, versuchte ihn Kapoor sanft in die Gegenwart zurückzuholen.

Der Kommissar kam zu sich. »Sorry. Ich bin auch ziemlich beschäftigt gewesen gestern Nacht.«

Die anderen schwiegen erwartungsvoll.

»Ich glaube, dass wir mit euren Daten bald jemanden verhaften können. Vielleicht schon heute Abend.«

Die anderen Cops hofften, er würde mehr von der letzten Nacht erzählen, doch da kam nichts mehr. Der Kommissar versank wieder in dumpfes Brüten. Kapoor seufzte, wartete und zeigte, indem er sich zurücklehnte und die Augen schloss, dass sie alle ihre Ungeduld zähmen sollten.

Plötzlich kramte der Kommissar seine Zigaretten hervor und bedeutete Kapoor, ihm zu folgen. Auf einem Balkon hoch über der Stadt rauchten sie zusammen nachdenklich eine Zigarette. Tief unter ihnen rauschte der Verkehr durch die Straßen. In der Nähe ragten die riesigen Schlote eines Kraftwerks über den angeschwollenen Fluss in den Himmel. Die rote Masse von Humayuns Grabmal lag weiter entfernt. Kapoor sah zu, wie sich der Rauch seiner Zigarette auflöste, fühlte, wie unter ihm die Stadt pulsierte, und hörte die Drachen am Himmel wirbeln.

»Heute Abend?«, fragte er schließlich.

»Heute Abend«, nickte Dayal.

»Was genau wird denn passieren?«

Dayal wandte dann den Blick ab. »Ich bin nicht ganz sicher.«

»Spielt diese Frau Oberst eine Rolle?«

»Sieht fast so aus.«

»Ist das von Anfang an eine Falle gewesen?«

»Schon möglich.«

»Mit welchem Ziel?«

Dayal sah seinen alten Freund und Kollegen an, hinter sich die graue Masse der Stadt. »Ich weiß es nicht.«

»Und die Frau Oberst? Wer ist das eigentlich?«

»Ich weiß es nicht«, sagte Dayal noch einmal.

Kapoor stützte seine Ellenbogen auf das Geländer, das vom Ruß des Kraftwerks und den Abgasen fast schwarz geworden war. Und um seinem Chef die Peinlichkeit von vielleicht drei ausweichenden Antworten nacheinander zu ersparen, fragte er gleich auf einmal: »Kann sie denn helfen, diesen Scheißkerl zur Strecke zu bringen? Heute Abend? Tatsächlich?«

»Ich denke, dass sie das kann. Und ich denke, sie wird es auch tun.«

»Und Sie? Was wollen Sie tun?«

»Ich gehe sie besuchen. Und er wird hoffentlich dort sein und auf mich warten.«

»Brauchen Sie mich dabei?«

»Ich glaube nicht, dass das in den Plan passt.« Der Kommissar starrte auf den Rücken seines Freundes, der immer noch auf die dunkel werdende Stadt unter ihnen schaute.

»Als ich noch neu im Polizeidienst und ehrgeizig war«, meinte Kapoor, »da sagte mein Vater zu mir, dass ich meine Grenzen kennen und meine Freunde sorgfältig aussuchen solle. Dass die Freundschaft mächtiger Leute ihren Preis habe. Sie tun einem keinen Gefallen umsonst. Jedenfalls nicht Leuten wie uns.«

Der Kommissar hörte regungslos zu.

»Er war ein kleiner Mann. Hatte kleine Träume. Und hatte nur fünf Jahre die Schule besucht. Ein Flüchtling. Dass ich Polizist wurde, war für ihn die Krönung all seines Strebens.«

Der Kommissar schloss die Augen und rieb sie sich mit Daumen und Zeigefinger.

»Ich wollte Ihnen eigentlich nur sagen, dass ich hoffe, Sie wissen, was Sie tun. Für uns alle.«

»Aber?«

»Ich brauch das gar nicht zu tun. Ich hab Glück mit meinen Freunden.«

Der Kommissar dachte noch über die Last nach, die da auf ihm lag, als Smita auf den Balkon hinaustrat. Kapoor drehte sich endlich um und wandte sich den beiden zu. Mit dem Rücken zur Tür blieb sie stehen, bis ihr Kapoor eine Zigarette anbot. Sie zögerte einen Augenblick, dann schüttelte sie den Kopf.

»Rauchen Sie nicht?«, fragte der Kommissar.

»Doch, schon«, entgegnete die junge Frau. »Das ist aber nicht meine Marke. Und ich denke, ich kenne Sie beide nicht gut genug, um eine mit Ihnen zu rauchen.«

Die drei grinsten einhellig.

»Also erzählen Sie mal, Chef«, sagte Smita leise. »Was läuft hier eigentlich?«

Die Männer sahen erst sie überrascht und dann sich gegenseitig an. Kapoor zog wie in Zeitlupe die Achseln hoch und lehnte sich wieder auf die Balkonbrüstung.

Der Kommissar seufzte. »Ich brauche bis heute Abend einen Treffer von euch.«

Smita nickte langsam. Sie wusste, das war keine Bitte. »Ist das für eine Verhaftung, Sir, oder nur zur Bestätigung?«

Der Kommissar nickte, ohne etwas zu sagen.

»Verstehe«, sagte Smita und fügte kühn hinzu: »Hat diese Frau etwas damit zu tun?«

»Ich glaube nicht, dass Sie das etwas angeht.«

Smitas Wangen glühten. Sie wandte sich zum Gehen.

»Smita«, sagte Dayal. Sie blieb an der Tür stehen. »Sie haben das gut gemacht. Wirklich sehr gut. Sie und Ihre Kollegen, aber vor allem Sie persönlich. Sie sollen wissen, dass meine Sonderkommission das nicht ohne Sie hingekriegt hätte.«

»Was nicht hingekriegt hätte, Sir?«

Der Kommissar lächelte. »Ich melde mich bei Ihnen«, sagte er. »Wir könnten jemand wie Sie bei uns gebrauchen, stimmts, Kapoor? Außer natürlich, Sie fühlen sich hier vor dem Monitor wohler.«

Smita schluckte trocken und ging dann ohne ein weiteres Wort hinein.

»Das Mädchen ist tough«, sagte Kapoor.

»Hab ich schon gemerkt«, stimmte Dayal zu.

»Mit einem ist es doch schon schwer genug, Boss. Meinen Sie wirklich, Sie können zwei von uns ertragen?«

Die beiden lachten laut und lange. Blitze begannen am Horizont zu zucken, als sie hineingingen, immer noch schmunzelnd.

***

Er geht erst nach Mitternacht hin, in den frühen Morgenstunden, um Smitas Abteilung Zeit zu geben, das zu tun, worum er sie gebeten hat. Auf sein leises Klopfen hin öffnet Razia sofort. Sie umarmen sich noch in der Tür, im Vorhof, bevor sie daran denkt, einen Blick hinter ihn zu werfen.

»Ist Sajan tatsächlich allein gekommen?«, fragt sie erstaunt.

»Natürlich«, antwortet er.

»Keine kleinen Bullen dabei?«, lächelt sie.

»Nicht ein einziger.«

»Keine starken Männer?«

»Bin ich etwa nicht stark genug?«

»Und das ziemlich hübsche Punjabi-Mädchen?«

»Ist auch nicht mitgekommen.«

Sie überlegt einen Augenblick, dann zuckt sie die Achseln, hakt sich bei ihm ein und zieht ihn ins Innere des Hauses. »Ich freue mich, dass die Männer von Delhi ihren Frieden mit den Frauen aus dem Punjab gemacht haben.«

»Hatten wir da je eine Wahl?«

»Vielleicht nicht«, stimmt Razia zu, während sie über den Hof zu ihrer Nische unter den Kolonnaden gehen. Das Wetterleuchten, vor ein paar Stunden nicht mehr als eine Vorahnung, nimmt jetzt den ganzen Himmel ein.

»Ist er hier?«, fällt Sajan zu fragen ein.

Sie nickt: »Können wir ihn nicht für eine Weile sich selbst überlassen? Er entkommt uns nicht.«

Sajan willigt nur zu gern ein und lehnt sich in die Kissen zurück, ihren Kopf an seiner Schulter und ihren Arm auf seiner Brust. Der Augenblick ist leicht vor Glück und schwer vor dunkler Vorahnung, und er denkt, dass das ganze Leben genau ist wie dies: Geschehnisse, die sich nicht unter einen Hut bringen lassen, einem jedoch vorgaukeln, man habe eine Wahl. Er weiß, dass er nicht zum Spaß hier ist, doch er ist glücklich. Glücklich, solange dieser Kopf an seiner Schulter und dieser Arm auf seiner Brust liegt, und er hat das Gefühl, er könne mit jedem Paukenschlag des Donners und in jedem Blitzezucken das leise Geräusch des Sandes hören, der unerbittlich durch das Stundenglas rinnt.

Glückseligkeit und Trauer, denkt Sajan. Sie müssen nur so lange verteidigt und gefürchtet werden, wie wir den Mythos unserer eigenen Entscheidungsfreiheit bewahren. Eine Freiheit, die er jetzt nur zu gern aufgibt, als er sich in einer Aufwallung aus Glücksgefühl und drohendem Schmerz Razia zuwendet, um sie zu küssen, während im Hof die Blitze zucken und riesige Schatten gegen die Wände werfen. Ohne von ihrem Mund zu lassen, öffnet er Reißverschlüsse und Knöpfe, ihre Hände sind willige Partner bei diesem Tanz. Er vergisst den Vampir in ihrem Haus, die Schatten an den Wänden. Nur sie nimmt er noch wahr und ihre schützenden Arme um ihn. Dann ist es vorbei, doch immer noch hält sie ihn umfangen.

»Du wirst fortgehen, nicht wahr?«, flüstert Sajan.

»Bin ich nicht lang genug hier gewesen?«, gibt sie ebenso flüsternd zurück.

Er lacht leise, genau in ihr Ohr, und sie dreht sich ein

wenig zur Seite. »Hast du immer schon in diesem Haus gelebt?«, fragt er.

»Auf die eine oder andere Weise ist es mir seit Langem ans Herz gewachsen.«

»Ich bin überrascht, dass du es noch hast und die Immobilienhaie es verschont haben.«

»Die sind schon hier gewesen und haben sich umgehört. Meine Nachbarn haben sie verjagt.«

»Wissen die Nachbarn über dich Bescheid?«

»Sie ahnen etwas, haben aber keinen konkreten Verdacht. Auf die eine oder andere Weise kennen sie mich schon seit Langem.«

»Wie lange bist du schon allein?«

»Wie misst man eine Ewigkeit?«

»Bist du immer allein gewesen?«

»Es hat andere gegeben. Sie sind weitergezogen, einer nach dem anderen. Niemand hat geglaubt, dass diese Stadt so lange bestehen würde, wie sie es schon tut.«

»Bist du die Letzte von allen?«

»Jetzt nicht mehr«, antwortet sie. Dann schweigen sie beide.

Ein loses Bambusrollo schwingt in der Nachtbrise, seine Messinggriffe schlagen gegen einen Kolonnadenbogen. Der Regen fällt melodiös auf die Pflastersteine im Hof, und in der Ferne hört Sajan einen Mann schreien.

»Sollen wir uns um dein Problem kümmern?«, fragt sie. Sajan nickt pflichtbewusst.

Sie treten ins Haus, das bis auf ein paar Kerzen hier und da im Dunkeln liegt, und als er sich umsieht, ist Sajan überrascht, wie spartanisch es eingerichtet ist. Sie führt ihn durch eine Flucht von Zimmern, bis sie an eine Treppe gelangen, die in den Keller hinabführt. Die Wände sind feucht, das Licht ist schummrig, und es ist sehr passend, denkt Sajan, dass ein zwielichtiges Wesen wie Angulimala, der Vampir, in einem solchen Loch endet. Er ist mit einem Seil um den Hals lose an einem Ring in der Wand festgebunden. Nackt, mit geschlossenen Augen, windet er sich im Licht der Kerzen an der Wand, völlig entrückt in seinem Wahn. Doch ihr Kommen bringt ihn zur Besinnung. Er starrt Sajan und Razia an und spuckt vor dem Kommissar auf den Boden. Razia tritt zu ihm und tätschelt ihm den Kopf, und er schnurrt beinahe vor Behagen. »Hier ist er«, sagt sie.

Der Kommissar sieht die Kette um den Hals des Vampirs und die Piercings und Tattoos, die in den kommenden Tagen in Delhi Stadtgespräch sein werden. Mit dem Risiko, ins Gesicht gespuckt zu werden, geht er zu ihm und berührt die grausigen Glieder der Halskette.

»Gefallen sie dir?«, fragt der Vampir mit irrem Grinsen.

Der Kommissar zuckt die Achseln. Razia schaut ungerührt zu. »Weshalb«, murmelt der Kommissar, dem Vampir zugewandt, »hast du solches Verlangen nach ihr?«

»Ich hab das für dich getan!«, heult der Vampir.

»Natürlich hast du das«, antwortet Razia tröstend. »Und das hast du alles auch sehr gut gemacht. Diese Stadt«, fährt sie nachdenklich fort, während der Kerzenschein auf ihrem Gesicht spielt, »diese Stadt hat so viel überlebt. Seuchen, Eroberungen, die Launen des Wassers. Ein Reich nach dem anderen. Und all ihre Freier. Die Gujjars, die Jats, die Marathas und die Perser, die Sikhs zu ihrer Zeit, die Rohillas. Taimur und Nadir und Ahmed Shah.«

»So viel«, sagt sie noch einmal. »Die Ewigkeit ist eine lange Zeit«, wendet sie sich Sajan zu. »Du solltest dich gut darauf vorbereiten.« Dann legt sie dem Vampir die Hand auf die Augen: »Schlaf jetzt, mein Schatz.« Und er sinkt tatsächlich in Schlaf.

Fast zärtlich betrachtet sie ihren vermeintlichen Schüler, der gefesselt an der Wand kauert. »Er ist nur ein Symptom. Er ist nicht die Krankheit.«

Sajan kann ihr da nur zustimmen. Er fragt sie, ob es ihr nichts ausmacht, diesen irren jungen Mann so missbraucht zu haben. »Und was ist mit den zwanzig Männern in der Stadt, die jetzt nur noch neun Finger an den Händen haben? Und die verschwendeten Kosten dieser Fahndung, die woanders hätten genutzt werden können?«

»Ich hab Schlimmeres getan«, antwortet sie leise. »Ich bin schon eine ganze Weile unterwegs, erinnerst du dich?«

Der Kommissar überlegt einen Moment, wiederholt dann seine Frage von vorher. »Warum hatte er solches Verlangen nach dir?«

Sie zuckt nur die Schultern. »Komm mit. Es ist Zeit, das hier zu Ende zu bringen.«

Er folgt ihr nach oben, noch einmal durch die Räume des alten Hauses und eine Treppe hinauf aufs Dach, wo eine niedrige Kuppel von einer Art Wehrmauer umgeben ist, von der aus man sowohl in den Hof als auch hinaus über das Dorf und die dahinterliegende Stadt sehen kann. Der Regen fällt jetzt heftiger, wilde Blitze zucken über den Himmel. Razia zieht sich vollständig aus, lässt ihre Kleider achtlos zu ihren Füßen liegen. Schutzlos stehen sie auf der alten Kuppel. Auch Sajan fühlt sich nackt, und er fragt: »Weshalb ich?«

»Wer wäre besser als du, mein schöner Sajan? Wer wäre eine bessere Brücke? Wer könnte die Stadt jetzt besser schützen?«

»Ist das alles, was ich bin, ein Wächter mit einer Schwäche für Geschichte? Ist das alles für dich gewesen?«

»Nein«, antwortet sie und klettert flink zur Spitze der Kuppel, wo ein eiserner Mast als Verzierung und Blitzableiter dient. Sajan kann das Kabel sehen, das sich vom Mast über die Kuppelseite und die Fassade des Gebäudes windet und im nassen Erdreich verschwindet. Sie hält sich daran fest, wendet sich dann zu ihm um: »Komm zu mir, mein tapferer Sajan. Küss mich. Die Ewigkeit ist eine lange Zeit«, ruft sie ihm zu. »Ich brauche etwas, das mich wärmt in ihr.«

Er klettert ihr nach und umarmt sie. So stehen sie eng umschlungen im Regen, bis sie ihn sanft zu gehen auffordert, die Elemente seien außerhalb ihrer Kontrolle. Da lässt er sie los und steigt herab und fragt sie, ob er sie je wiedersehen wird. Doch sie lächelt nur wortlos und bedeutet ihm, zurückzutreten, und so tut er es, weicht zurück über das Dach, zur Treppe hin, und sie sieht ihm weiter direkt in die Augen und lächelt dabei, und dann ist er auf der Treppe und hört ein Zischen und Knacken und spürt, wie die Erde bebt. Dann ist sie verschwunden.

Einen Augenblick später klingelt sein Telefon.

* * *

»Wir haben ihn gefunden, Sir«, sagte Smita atemlos am anderen Ende. »Im Dorf am Waldrand. Die genaue Adresse ist in keiner Datenbank, doch der Mann, der die Rechnungsanschrift überprüft hat, sagt, er musste zu einem alten Haus am Ende der letzten Straße im Dorf fahren. Vor weniger als einer Woche.«

»Tatsächlich?«, murmelte der Kommissar. »Ist Kapoor schon dort?«

»Ich habe gerade mit ihm geredet. Er ist noch unterwegs, müsste in circa zwanzig Minuten da sein.«

»Gut. Fahren Sie auch so schnell wie möglich hin, Smita.«

»Haben Sie vor, auch zu kommen, Sir?«

»Ja, sicher.«

* * *

»Er hat sich ein primitives elektronisches System gebastelt, nur mit Prepaidkarten und so. Es gibt keine Spuren, die ihn mit dem Haus hier in Verbindung bringen«, erklärte Kapoor. »Ich kenne ein paar Leute hier in der Gegend. Sie können sich nicht an ihn erinnern. Er muss erst kürzlich hergezogen sein.« Er sah Smita an. »Vielleicht vor ungefähr einer Woche?«

Smita nickte. »Wir haben seinen Laptop gefunden. Seine DNA ist hier überall. Die Finger sind auch da. Fall abgeschlossen, denke ich.«

Der Kommissar und Kapoor nickten gleichzeitig.

»Komisch«, sagte Kapoor. »Einige Dorfbewohner schwören, dass ungefähr eine halbe Stunde, bevor wir kamen, ein Blitz ins Haus eingeschlagen ist.« Dayal sah ihn gleichmütig an. Kapoor musterte seinen alten Freund aufmerksam.

»Man tuschelt auch darüber, dass es hier spukt. Angeblich hat eine alte Frau hier jahrhundertelang gewohnt. Ein und dieselbe Frau.«

»Was du nicht sagst«, gab Dayal zurück. »Typischer Aberglaube von Dorfbewohnern.«

Kapoor zuckte die Achseln und stapfte davon. Er hatte seine Berichte zu schreiben.

Der Kommissar schaute Smita an, die so aussah, als wolle sie etwas sagen. »Ich dachte, Sie möchten das hier vielleicht haben«, stieß sie schließlich hervor, griff unter ihren Stuhl und zog eine Plastiktüte hervor. Er nahm sie und sah, dass darin hastig zusammengelegte Kleider mit leicht militärischem Schnitt lagen. Er zuckte zusammen. »Weiß Kapoor davon?«, murmelte er.

»Der hat sie ja gefunden, Sir. Auf dem Dach. Sonst war da nichts.«

»Ja, natürlich. Da war sonst nichts. Danke, Smita. Dank an Sie beide.«

»Möchten Sie uns über etwas informieren, Sir?«

»Eines Tages vielleicht«, gab der Kommissar zurück.

»Kein Problem, Sir«, sagte Smita sachlich. »Es hat ja keine Eile.«

Keine Eile, dachte der Kommissar. Er genoss die Worte und wiederholte sie in Gedanken.

Smita fragte ihn, ob er schon darüber nachgedacht hatte, wie lange Angulimala wohl schon mit dem alten Haus im Dorf zu tun gehabt hatte. »Ich habe über nicht viel anderes nachgedacht«, antwortete er.

Er wusste, dass es bald Glückwünsche und Belohnungen geben würde, und die Parade offizieller Belobigungen würde Smita aus ihrer Namenlosigkeit holen. Das wenigstens lag in seiner Hand, und so lächelte er und bot ihr eine Zigarette an, die sie nach kurzem Zögern akzeptierte. Sie traten ins Freie und sahen zu, wie sich ihre Stadt im unerbittlich fallenden Regen auflöste.

Mädchengeschichten

Delhi ist nicht gerade bekannt dafür, dass es seine Töchter gut behandelt.

Doch in diesem beginnenden Winter wurde sogar Delhis stark entwickelter Panzer der Gefühllosigkeit von schrecklichen Ereignissen durchbrochen. Ein junges Schulmädchen wurde auf grausame Weise missbraucht und halb tot zum Sterben in einen Graben geworfen. Der Funke dieses Verbrechens wurde zum lodernden Feuer, als die Letzte in einer ganzen Reihe von Frauen aus dem Nordosten in der Nähe der angeblich sicheren Garnison von Delhi auf einem fahrenden Lkw von mehreren Männern vergewaltigt wurde.

Die Umstände der Tat waren für niemanden eine Überraschung. Wer häufig die Nachrichten sah, hätte das Verbrechen leicht aus der Erinnerung rekonstruieren können. Zum Opfer gefallen war ihm die Angestellte eines Callcenters in einem Vorort, die von der Spätschicht nach Hause kam. Sie war am Eingang der Gasse, in der ihre bescheidene Wohnung lag, mit einem Kollegen aus dem Taxi gestiegen. Es war schon nach Mitternacht. Die Nacht war kalt, die Straßen dunkel, die Angreifer lauerten ihr auf und jagten ihren Begleiter davon. Er konnte nicht einmal das Fahrzeug der Vergewaltiger sehen. Es war, so sagte er später aus, als seien sie vom Nebel verschluckt worden. Wie man später erfuhr, war auch die diensttuende Streife der Polizei nicht dort, wo sie hätte sein sollen. Der Kollege des Opfers, der ein Stück weit die Gasse hinunter wohnte, verlor kostbare Minuten bei der Suche nach ihr. Panische Anrufe beim Notruf führten schließlich dazu, dass ein Jeep der nächstgelegenen Polizeiwache am Tatort auftauchte. Da kamen sie aber schon viel zu spät.

Endlich wurde eine Sonderkommission gebildet, um, wie es ein Parlamentsabgeordneter ausdrückte, die »wachsende Bedrohung durch Vergewaltigungen« zu bekämpfen. Kommissar Dayal, der gerade den Fall des Fingerdiebs erfolgreich gelöst hatte, wurde beauftragt, die Kommission zu leiten. Man gab im freie Hand, ihre Mitglieder auszuwählen. Kapoor gehörte dazu, und Smita, delegiert von der Abteilung für Internetverbrechen.

»Sie ist jung. Und sie ist eine Frau«, hatte der Kommissar seinem Chef erklärt, der den Schwarzen Peter gezogen hatte, als es darum ging, mit der Ministerin zu sprechen. Die alte Dame war darauf aus, den wachsenden Zorn der Wähler und Parlamentskollegen so schnell wie möglich einzudämmen. Der Chef war nicht in der Stimmung gewesen, lange mit dem Kommissar zu diskutieren. Er nickte nur knapp und machte ihm mit ein paar Worten klar, keinen Mist zu bauen.

»Die alte Dame will Sie sprechen«, sagte er noch, als Dayal schon gehen wollte. Es war der Tag nach der Vergewaltigung, als die Aufregung über das Verbrechen hohe Wellen schlug. »Sie möchte Ihre Meinung wissen.« Der Kommissar zog nur die Augenbrauen hoch. »Sie wissen schon. Die allgemeine Lage: Was tun wir gegen die wachsende Kriminalität? Werden Frauen in dieser Stadt jemals sicher sein? Der übliche Unsinn.«

»Und was soll ich ihr sagen?«

»Das, was sie hören möchte.« Dayals Chef wandte sich betont deutlich wieder seiner Schreibtischarbeit zu und hob die Augen nicht wieder, bis sich die Tür hinter Dayal schloss.

* * *

Die Unterhaltung des Kommissars mit der Ministerin verlief genau so, wie es sein Chef vorhergesagt hatte. Sie war höflich, mütterlich und zeigte Sorge, ohne einen falschen Ton anzuschlagen. Sie vergaß auch nicht, ihn noch einmal über den grünen Klee zu loben wegen seines Erfolgs im Angulimala-Fall. Und sie betonte, es sei ihr ausdrücklicher Wunsch gewesen, dass er die Leitung der Sonderkommission übernähme. Sie stellte gezielt ihre Fragen und hörte aufmerksam zu. Der Kommissar machte sich keine Illusionen, weshalb er hier war.

»Sehen Sie, Dayal, die Stadt muss einen Schlussstrich unter diese Dinge ziehen. So wie es durch Sie im Fall des schrecklichen Fingerdiebs möglich wurde. Sie verstehen, was ich meine, nicht wahr?« Dayal nickte. »Ich erwarte gar nicht, dass Sie allen und jedem Verbrechen an Frauen in dieser Stadt ein Ende setzen. Aber ich will, dass diese Männer hinter Gitter kommen. Und zwar möglichst schnell. Sie werden abschreckend hohe Strafen bekommen. Das sollte helfen, meinen Sie nicht?«

Dayal nickte wieder, jedoch mit weniger Überzeugung.

»Glauben Sie etwa nicht, dass das erfolgreich sein wird?«

»Ich denke nicht, dass es allzu viele Verbrecher in diesem Land gibt, die unsere Justiz wirklich fürchten.«

»Sie sind Teil dieser Justiz, Dayal. Und die Polizei von Delhi hat sich hier bisher noch nicht in ihrem besten Licht gezeigt, oder?«

Er nickte betreten, salutierte und wandte sich zum Gehen, während sie sich wieder den Blumenbeeten und Töpfen voller Chrysanthemen in ihrem riesigen Garten mitten in Delhi zuwendete. Die Sonne stand hoch und hell am blauen Himmel. Ihm wurde mit einem Mal klar, dass sie sehr resolut war für eine Frau, die ihre Sätze meist als Fragen formulierte, und er war nicht überrascht, als sie ihn noch einmal rief.

»Ja, Ma'am?«

»Diese Verbrecher, mit denen Sie es zu tun haben, sind vielleicht nicht besonders beeindruckt von der Justiz. Aber vor unserer Polizei werden sie sich doch wohl noch fürchten, oder?«

* * *

»Was soll denn das bedeuten?«, fragte Smita, als sie später an diesem Tag in Dayals Büro beratschlagten.

Sie und Kapoor sahen den Kommissar an, der ihnen sehr entspannt gegenübersaß, die Beine auf einen Schemel unter seinem Schreibtisch gelegt. Seine Augen waren abwesend zur Decke gerichtet, seine Hände hinter dem Kopf verschränkt. Smita wusste, dass keine Antwort von ihm zu erwarten war.

»Also?«, wiederholte sie dennoch.

»Das bedeutet, sie weiß, dass wir traditionelle Methoden anwenden werden, um diese Typen zu kriegen«, antwortete Kapoor stattdessen.

Smita sah immer noch leicht verwirrt aus.

»Wollen Sie wissen, ob die alte Dame sich bewusst ist, dass die traditionellen Methoden jeden dazu bringen, alles zu gestehen?«

Smita nickte.

»Ich denke, diese Möglichkeit besteht tatsächlich«, gab Kapoor zu.

»Und das heißt?«

»Das heißt, Sie meinen wohl, es ist ihr egal, ob wir die Richtigen kriegen, wir müssen nur jemand finden, dem wir es anhängen können. Stimmts?«

»Sie sind ein alter Zyniker, wissen Sie? Hören Sie auf, ihren Kopf mit solchem Unsinn zuzumüllen«, sagte der Kommissar immer noch aus tiefer Abwesenheit heraus.

»Ist es denn nicht wahr?«

»Wahr ist, Smita, dass diese Sonderkommission nicht die Falschen fängt«, entschied der Kommissar.

»Na ja«, schnaubte Kapoor, »ein solcher Trick würde in einem Gericht in Delhi ohnehin nicht funktionieren. Nicht in einem Fall wie diesem. Keine Sorge, wir kriegen schon die Richtigen. Vergewaltiger jagen ist schließlich kein Hexenwerk.«

Smita seufzte. Kapoors Behauptung hatte sich erst ein paar Tage zuvor bewiesen, als der Peiniger des Schulmädchens gefasst worden war: ihr eigener Vetter, der gleich nebenan wohnte.

»Am besten gehen wir die Archive durch«, fuhr Kapoor fort. »Da haben wir dann schon mal die Vergewaltiger, die auf Kaution draußen sind, frisch entlassene Häftlinge, solche Typen. Die knöpfen wir uns als Erste vor. Und stoßen vielleicht gleich auf etwas Interessantes.«

»Ist das Opfer inzwischen wieder einigermaßen beieinander?«, fragte der Kommissar.

»Es geht ihr besser«, antwortete Smita. »Ich fahre heute Nachmittag noch mal zu ihr ins Krankenhaus. Ich nehme auch den Zeichner mit, mal sehen, vielleicht ist sie ja schon so weit.« Sie sah nacheinander ihre beiden älteren Kollegen an. »Ich wollte Ihnen noch danken«, platzte sie dann heraus. »Dafür, dass Sie mich in dieses Team aufgenommen haben.«

Der Kommissar und Kapoor nickten nur. Dankbarkeit war keine schlechte Haltung bei einer jungen, karrierebewussten Kollegin. Das Profil des Falls, das persönliche Interesse der Ministerin, die Aussicht auf eine schnelle Lösung: All dies waren erstklassige Optionen.

»Es geht mir nicht nur um diesen Fall«, fuhr Smita hastig fort. »Ich meine, ich bin natürlich dankbar für diese Chance. Verstehen Sie mich nicht falsch. Aber da ist noch etwas, das Sie wissen sollten. Ich habe schon früher mit so etwas zu tun gehabt.«

»Das überrascht mich jetzt aber«, entfuhr es dem Kommissar. Gleich darauf fühlte er sich bemüßigt, seine Reaktion zu erklären. »Ich kenne ja Ihre Personalakte. Sie haben nie an einem Vergewaltigungsfall gearbeitet ... Und Sie waren Ihrer Akte nach auch selbst nie ein Opfer davon.«

»Meine beste Freundin auf dem College war ein Naga-Mädchen. Sie wohnte in einem Hostel in der Nähe des Südcampus. Ihr ist das passiert.«

Die beiden Männer schwiegen und sahen ihre junge Kollegin aufmerksam an.

»Das hat mich ziemlich mitgenommen.«

»Sind Sie deshalb zur Polizei gegangen?«, fragte Kapoor.

»Das war einer der Gründe, Sir«, antwortete Smita schlicht.

Dayals Lippen waren schmal geworden. »Hat man die Vergewaltiger damals geschnappt?«

»Ja, zumindest zwei von ihnen. Sie erkannte keinen von den beiden wieder. Irgendwann wars ihr auch alles egal. Dann hat sie Delhi verlassen.«

Die drei saßen still im Büro des Kommissars, die Strahlen der Nachmittagssonne fielen schräg durchs Fenster.

«Sie erzählte mir«, fuhr Smita dann nachdenklich fort, »dass der Erste richtig widerlich war, dass er Drohungen und Beschimpfungen in ihre Ohren schrie, als er auf ihr lag. Sie wehrte sich verbissen, so lange, bis sie ihre Kräfte verließen.«

»Und dann?«

»Dann kam ein Leiser, Zärtlicher. Er lag auf ihr und streichelte sie und flüsterte ihr ins Ohr, wie schön sie sei. Da hat sie abgeschaltet.«

Der Kommissar sah aus dem Fenster, Kapoor auf seine Füße und Smita auf nichts Bestimmtes. »Dann ist es also doch irgendwie eine persönliche Geschichte?«, fragte der Kommissar.

»Natürlich ist es das, Sir.« Sie stand leise auf, suchte ihre Siebensachen zusammen und ging hinaus.

***

Der vorherige Tag hatte gut begonnen. Auf dem Balkon der elterlichen Wohnung hatte sie die Zeitung gelesen, eine Tasse heißen Tee getrunken und die ersten bleichen Sonnenstrahlen genossen. Der Winter hatte zwar erst begonnen, doch es war schon ziemlich kalt. Ihr Vater war noch nicht zu seinem allmorgendlichen Golfspiel aufgebrochen, die Mutter noch nicht von ihrem täglichen Walking zurück. Smita trug eine Mütze und einen warmen Schal über dem Trainingsanzug, und während sie in der Zeitung blätterte, kam eine Schamadrossel herbeigeflogen und ließ sich in ihrer Nähe nieder. Smita zwitscherte dem Eindringling zu und schnippte ihm ein Stückchen Keks von dem Teller hin, den sie vor sich auf dem Tisch stehen hatte. Die Bäume im Park gegenüber ihrem Wohnhaus verloren mehr und mehr ihr Blattwerk, seit der vergangenen Woche war das deutlich schneller gegangen. Ganz kahl würden sie nicht werden: Es waren überwiegend immergrüne Baumarten, und sie meinte, immer noch die letzten Blüten der Ditabäume zu riechen, wenn sie unter ihnen einherging. Aber sie beugten sich dem kurzen, heftigen Winter Delhis, und Smita bewunderte ihre Klugheit.

Wie gut das tut, hatte sie geseufzt, ihren Schal fester gewickelt und die Finger um ihre heiße Teetasse gelegt. Vor ihr stand eine frische Kanne unter dem Teewärmer. Da klingelte das Telefon.

Es war Kapoor, der sie ohne Umschweife über ihre neuen Aufgaben informierte. Sie ging in ihr Zimmer, wo ein kleines Fernsehgerät stand. Auf allen Kanälen wurde über das in der Nacht begangene Verbrechen berichtet. Sie duschte eilig, fuhr direkt zu der Adresse, die ihr Kapoor gegeben hatte, in dem Dorfbezirk, der das Opfer so schlecht beschützt hatte. Der Verkehr der Rushhour rauschte noch auf der Hauptstraße am Gurdwara-Tempel vorbei. Sie ließ die Streifenwagen und die unvermeidlichen Gaffer hinter sich und ging zielgerichtet die ruhige Gasse hinunter, die in das Dorf hineinführte.

Dabei traf sie auf Grüppchen von Anwohnern, die so wirkten wie Menschen überall, wenn sie mit solchen Verbrechen in Berührung kommen. Sie waren aufgewühlt, aber auch begierig, im Rampenlicht zu stehen. Sie hofften, dass irgendeiner der Reporter sie nach ihrer Meinung fragen würde, auch wenn ihr kurzer Moment der Berühmtheit mit solchem Schmutz zu tun haben musste. Smita spürte ihre Blicke auf sich. Sie versuchten, sie einzuordnen. Warum trat sie so sicher und sachlich auf? Sie interessierte sich nicht für sie, hielt kein Notizbuch, kein digitales Aufnahmegerät in der Hand, war also keine Reporterin. Sie wussten, dass sie nicht hier wohnte, obwohl es hier auch junge Frauen gab, die sich so anzogen und so gingen wie sie – als ob es ihnen nichts ausmachte, dass ihr Hintern in den engen Hosen und auf den hohen Absätzen für alle Welt zu sehen war. Sie fragte einen kleinen Sikh-Jungen nach dem Haus, das sie suchte. Er wies mit dem Finger die Gasse hinunter, sagte, sie könne es nicht verfehlen bei den vielen Bullen, von denen es dort wimmle. Smita musste ein Lächeln unterdrücken. Sie fand das tatsächlich von Polizisten umlagerte Haus und lief das enge, stickige Treppenhaus hinauf.

Der Kommissar und Kapoor waren schon in dem bescheidenen kleinen Apartment eingetroffen, das das Opfer mit drei anderen jungen Frauen teilte. Zwei Schlafzimmer, zwei Mädchen pro Zimmer. Ein kleiner Flur, der als Esszimmer, Wohnzimmer und Eingangsbereich diente. Ein winziges Bad. Eine Küche. Das bisschen Tageslicht, das hereinkam, fiel durch ein Fenster im Wohnzimmer und ein zweites in einem der Schlafzimmer. Die bunten Vorhänge vor diesen Fenstern waren zugezogen, damit die Frauen wenigstens zu Hause ein Minimum an Privatsphäre hatten.

Smita sah sich rasch im Raum um. Ein kleiner Fernsehapparat, ein Bücherregal mit einem Radio und gerahmten Fotos darauf, ein paar Hocker und eine Matratze mit Kissen an der Wand. Ein Tischchen stand in der Nähe der Küche. Bunte Poster, ein Kreuz und ein farbenfrohes Tuch hingen an den Wänden. An der Decke Neonlicht, Tischlampen am Boden. Zwei Mädchen aus dem Nordosten saßen stumm auf der Matratze, die Arme um die Knie geschlungen. Smita konnte das dritte Mädchen in der winzigen Küche Tee kochen sehen.

Kapoor und der Kommissar nickten nur kurz, als Smita eintrat, ließen ihr Zeit, einen eigenen Eindruck zu gewinnen, und warteten darauf, dass sie sich den Mädchen vorstellte.

Die beiden jungen Frauen auf der Matratze blickten kaum auf. Dann kam die dritte mit einem Tablett in Händen aus der Küche, dampfende Teetassen standen darauf. Sie hielt den Blick zu Boden gerichtet, als sie vor Smita stehen blieb. Die nahm lächelnd einen der Becher und bedankte sich, was die junge Frau gar nicht zu bemerken schien. Smita ging zu den beiden anderen hinüber, die wortlos zur Seite rückten, und setzte sich neben sie. Sie beugte sich zu ihnen hinüber und schüttelte beiden die Hände, lächelte auch ihnen zu und wartete, bis das Mädchen mit dem Tee auf einem Hocker neben ihnen saß. Erst dann sah sie ihre Kollegen an. Der Kommissar nickte stumm. Kapoor zeigte die stoische Ruhe, mit der ein Fußpfleger den Fuß eines Kunden betrachtet.

»Unsere Kollegin«, erklärte der Kommissar. Die Mädchen nahmen diese knappe Vorstellung mit einem schüchternen Kopfnicken in seine Richtung und mit einem Lächeln für Smita entgegen. Nicht zum ersten Mal erlebte sie, wie wenig Vertrauen die gewöhnlichen Menschen Indiens zu ihren angeblichen Beschützern hatten, selbst wenn diese so freundlich und zugänglich waren wie der Kommissar. Kapoor und Dayal kannten dies auch, dankten den Mädchen für den Tee und verabschiedeten sich bald.

Die Hintergründe waren schnell geklärt. Keine von ihnen war in Delhi zur Schule gegangen, obwohl eine von ihnen inzwischen seit vier Jahren hier arbeitete. Die anderen waren eine nach der anderen auf der Suche nach Arbeit hergezogen. Alle stammten sie weit aus dem Osten des Landes, von der Grenze zu Myanmar. Sie kannten sich schon, bevor sie kamen, wurden aber erst Freundinnen, nachdem sie zusammengezogen waren. Eine war Verkäuferin im Laden einer ausländischen Luxusmarke in einem noblen Einkaufszentrum. Die Zweite leitete ein Restaurant, während die Dritte für eine Entwicklungsorganisation arbeitete. Sie wohnten seit fast einem Jahr in diesem Haus.

Alle stimmten darin überein, dass das vergewaltigte Mädchen sehr fleißig war und ihren Job und die Hausarbeit gewissenhaft erledigte. Eine gute Köchin, sagte eine von ihnen leise, und die anderen nickten dazu. Sie war sehr fromm, sang im Kirchenchor, rauchte und trank nicht.

»Tatsächlich?«, hakte Smita vorsichtig nach.

»Ja, wirklich«, beharrte eine von ihnen. »Ich selbst rauche ja, und wir alle trinken ab und zu mal ein Bier. Sie aber nicht. Sie hatte auch keinen Freund. Ihre Mutter ist da, wo sie herkommt, in der Kirche aktiv. Sie ist sehr gläubig.«

»Und Sie?«

»Na ja«, lachte eine der drei verlegen. »Das sind wir doch alle irgendwie. Aber wenn man hier lebt … Die Jungs kommen zu Besuch, die Studenten von hier. Wir haben unsere eigene Wohnung. Sehr angenehm.«

»Ein kleines Stück Zuhause hier in Delhi.«

»Ganz genau.« Alle drei nickten eifrig. Smita konnte sich das ganz gut vorstellen. Ein ruhiger Abend mit ziemlich harmlosem Spaß, ein paar Bier, eine oder zwei Zigaretten, einer der kühneren Jungs holt vielleicht einen Joint hervor, die Blicke und Bemerkungen am nächsten Tag auf der Treppe und in der Gasse. So entsteht nach und nach der Ruf von Flittchen, und das Ergebnis ist eine missbrauchte junge Frau in der Notaufnahme eines Krankenhauses in einer fremden, gleichgültigen Stadt.

»Ich weiß nicht, ob wir jetzt ausziehen müssen.«

»Schmeißt der Vermieter euch denn raus?«

»Selbst wenn er es nicht tut, wir können ja nicht einfach bleiben.«

Smita nahm einen Schluck Tee und dachte darüber nach. »Wie ist er denn so?«, fragte sie.

»Ziemlich ruhig«, war die Antwort. Ein Mann aus dem Punjab, keiner aus dem Dorf. Hatte das Haus vor ein paar Jahren gekauft, den Nachbarn zufolge, die sich dazu herabließen, mit ihnen zu sprechen. Meckerte manchmal ein bisschen, machte aber auch nicht allzu viel Druck mit der Miete. Und er kam nie einfach so in die Wohnung.

»Und die anderen Leute im Haus?«

»Einen Stock tiefer wohnt ein älteres Ehepaar. Das Erdgeschoss ist abgeschlossen, der Hausbesitzer nutzt es als Lagerraum für irgendetwas.«

»Und oben?«

Die Mädchen schwiegen und sahen sich an.

»Na, was ist?«, bohrte Smita nach.

»Da ist ein Puff.«

***

Kapoor stapfte schweren Schritts die Treppe hinauf und wurde von den Cops eingelassen, die schon dort waren. Ein junger Mann stand stumm und zitternd in einer Ecke. Kapoor musterte ihn von oben bis unten und fragte ihn, ob er hier arbeite. Der Junge nickte wortlos.

Kapoor schickte ihn in die Küche, um Tee zu machen. Dann schlenderte er in das Schlafzimmer, dessen Tür offen stand. Er hob das schmuddelige Deckbett hoch, schaute auf die schmutzige Matratze darunter und hob sie mit den Fingerspitzen einer Hand leicht an. Als er die Papiertaschentücher und Kondome sah, wusste er, was hier los war. In einer Ecke des Raums stand ein ärmlicher Kleiderschrank. Er öffnete ihn, musterte die Frauenkleider darin. Unterschiedliche Größen, stellte er fest. Er ging in den anderen Raum hinüber und durchsuchte auch diesen. An der Wand ein religiöser Kalender neben ein paar Haken, an denen die Kleider des jungen Burschen hingen, den er Teekochen geschickt hatte. Die Wände waren von einem schmutzigen Blau, billige Farbe, die während des letzten Monsuns verblichen war. Das flackernde Licht altersschwacher Neonröhren erfüllte die Wohnung.

»Wann kommen denn normalerweise die Huren?«, fragte er den Jungen.

»Madam muss bald hier sein«, murmelte der. »Die Mädchen kommen später.«

Kapoor sah zu den anderen Männern hinüber. Sie schüttelten die Köpfe. »Er hat niemanden angerufen. Da haben wir aufgepasst.«

Kapoor nickte und wartete. Es dauerte nicht lange, da klopfte es an der Tür. Der Junge öffnete, und eine schlicht gekleidete ältere Frau trat in die Wohnung. Erst als sie über die Schwelle war, merkte sie, dass sich schon Männer in der Wohnung befanden. Sie setzte einen erschrockenen Gesichtsausdruck auf, doch bevor sie auch nur zu weinen beginnen konnte, wurde sie schon von Kapoor auf einen Stuhl gedrückt. Er sah wortlos zu, wie sie da saß und zu schniefen begann. Der junge Mann brachte das Tablett mit den Utensilien. Die Frau blickte unsicher Kapoor an. Der nickte bloß. Sie erhob sich langsam, trocknete sich die Tränen und vollzog vor der Gottheit in einer Ecke des Raums die Puja-Zeremonie. Der Junge schloss die Augen und wedelte mit den Händen im Rauch der Räucherkerze. Schließlich waren sie fertig. Kapoor und seine Männer sahen geduldig zu, bis die Frau sich wieder gesetzt hatte.

»Tut die hier etwa auch Dienst am Kunden?«, fragte einer der Cops.

»Wohl eher nicht«, antwortete einer seiner Kollegen. Keiner der beiden machte sich die Mühe, leise zu sprechen.

»Warum denn nicht?«, fragte der erste wieder. »Ich würde sie schon vögeln.«

Sein Kollege nickte. »Sie ist schon etwas älter«, sagte er. »Machts wahrscheinlich auch von hinten.«

»Ich würde sie sogar dafür bezahlen. Wenigstens diesmal.«

Die Frau saß einsam und allein auf ihrem Stuhl und weinte leise vor sich hin.

* * *

Dayal war nach oben aufs Flachdach des Hauses gestiegen. Er erwartete einen Anruf und wollte allein sein dabei. Nach dem Zwielicht unten im Haus tat das gleißende Licht seinen Augen weh. Er setzte seine Sonnenbrille auf und warf einen Blick in die Runde. Vor dem Gurdwara-Tempel auf der einen Seite wehte der saffrangelbe Nishan Sahib, die heilige Flagge der Sikhs. Die Tempelkuppel war dahinter gut zu erkennen. Häuser wie das, auf dessen Dach er selbst stand, lagen rings um ihn her, frisch gewaschene Wäsche flatterte in der Morgenbrise. In der Ferne waren die Türme von Basant Lok auszumachen, näher zu ihm die Kühlaggregate der großen Klimaanlagen in den teuren Vierteln von Shanti und Anand Niketan. Er sah sich um, rauchte eine Zigarette und dann noch eine, bis sein Handy klingelte.

»Ich habe gefunden, was Sie suchen«, sagte die Stimme am anderen Ende.

»Gut«, gab Dayal knapp zurück.

»Es hat eine Weile gebraucht, wissen Sie. Ich musste mich durch sehr viele Dokumente wühlen. Aber was das Haus angeht, das Sie meinen, das Dorf und den Namen, da scheint es nur einen einzigen Treffer zu geben. Einen interessanten allerdings.«

»Ich höre.«

»Die Familie lässt sich mindestens bis zum Beginn der Mogulzeit zurückverfolgen, also fast fünfhundert Jahre, auch wenn sie selbst noch eine ältere Ahnentafel für sich reklamieren. Von Zeit zu Zeit standen sie dem Herrscherhof nahe, dann wieder nicht. Sie bekamen entlegene Ländereien als Schenkungen, die ihnen später wieder abgenommen wurden. Auch in der Nähe von Delhi, im Süden, besaßen sie ein Landgut. Das haben sie behalten. Aber sie haben immer ihre Verbindung zu diesem einen Dorf aufrechterhalten. Ein großer Teil ihres Einflusses bei Hof rührte daher, dass der Grundbesitz ihrer Ahnen in Delhi selbst lag. Sie hatten dadurch immer Einnahmen, wissen Sie. Das war sehr nützlich, vor allem, als die Mogulherrschaft zu Ende ging.«

»Ich verstehe. Wer waren sie denn?«

»Den ältesten Dokumenten nach waren sie Afghanen, obwohl mindestens ein Besucher des Hofes von Rangila sie Mogule nennt. Na ja, das ist nicht weiter wichtig. Interessant ist aber, dass dieser Besucher, ein junger Mann aus Hyderabad, sehr tadelnd über eine junge Frau aus der Familie spricht. Sie hieß Razia. Wie dieser prüde Provinzler missbilligend schreibt, hatte sie die Angewohnheit, in Männerkleidern in der Stadt umherzuspazieren. Man lud sie offenbar sogar zu den Abendgesellschaften ein. Erwachsene Frauen gingen nicht zu solchen Festen. Außer sie waren Nutten.«

»Kurtisanen.«

»Wie auch immer. Sie ging zu solchen Anlässen, und sie war willkommen, und da traf sie diesen Typen, und der flippte total aus. Allerdings nicht auf die beste Art.«

»Okay …«

»Ich hab dann noch ein bisschen weitergegraben. Und

diesen kleinen Edelstein hier gefunden: Offensichtlich wird in dieser Familie seit ewigen Zeiten mindestens ein Mädchen aus jeder Generation Razia genannt.«

»Aha. Und das bedeutet?«

»Das bedeutet, dass jedes kleine Mädchen der direkten Linie eine Tante mit diesem Namen hat. Aber das ist nicht das einzige Bemerkenswerte. Diese Mädchen wurden von der Außenwelt isoliert, bis sie das Erwachsenenalter erreichten. Und ich habe Hinweise gefunden, dass erwachsene Razias bei mindestens zwei Gelegenheiten in der Öffentlichkeit auftraten. Immer wie Männer gekleidet, doch immer noch unzweifelhaft als Frauen zu erkennen.«

Dayal wusste, dass dies völlig unüblich war. Mädchen konnten sich relativ frei bewegen, bis sie ins heiratsfähige Alter kamen. Dann wurden sie den Beschränkungen des Parda unterworfen und abgeschottet. Es war tatsächlich ungewöhnlich, dass es hier genau umgekehrt gewesen sein sollte, vor allem in einer einflussreichen Familie der Oberschicht.

»Irgendwelche Ehemänner?«

»Hab keinen einzigen erwähnt gefunden. Sieht fast so aus, als seien all diese Razias unverheiratet gestorben.«

»Was ist aus der Familie geworden?«

»Das ist genauso seltsam. So um die Zeit des Aufstands von 1857 sind sie einfach verschwunden. Die Familie war in einer Zeitung jener Zeit aufgeführt. Die Liste, in der sie standen, enthielt die Namen angeblicher Verräter an der Sache des Aufstands. Es gab keinerlei Beweise dafür, und die Briten übernahmen dann auch ein paar Wochen später die Zeitung, wie ganz Delhi.«

»Mussten sie wegen dieser Anschuldigung in den Untergrund gehen?«

»Vielleicht hatten sie das da schon getan. Wenn sie mit den Briten Frieden geschlossen hatten, bevor alle anderen es taten.«

»Warum sind sie aber nicht wieder aufgetaucht, um den Lohn ihres Verrats zu ernten?«

»Ich sage doch, das ist alles sehr interessant. Ah, und noch was: Ein nicht so bedeutender Dichter Ende des 19. Jahrhunderts widmet einen Band seiner Werke einer Razia, einer ›Tochter der Nacht, die mein Herz mordet‹. Wirklich ein übler Poet. Ich weiß das nur, weil er in dem, was von Delhis Gesellschaft noch übrig geblieben war, eine gewisse Rolle spielte.«

»Als was denn?«

»Als Anwalt und als Geschäftsmann. Einer der Ersten, der mit Briten und Indern gleichzeitig auskam, er war sehr einflussreich. In der Altstadt von Delhi findet man noch überall seine Spuren.«

Der Kommissar dachte einen Moment darüber nach. Dann sagte er: »Das wärs dann wohl, oder?«

»Ja, so ziemlich.«

»Und wo sind sie jetzt, Ihrer Ansicht nach?«

»Diese Familie? Wenn noch jemand am Leben ist, dann in Pakistan. Dort sind ja die meisten aus der alten Aristokratie hingegangen.«

»Danke«, antwortete der Kommissar schlicht.

Der Student einer bekannten amerikanischen Universität am anderen Ende der Leitung erging sich jetzt in Höflichkeitsfloskeln. Der junge Mann, ein vielversprechender Historiker, der gerade eine Feldforschung in Delhi durchführte, war erleichtert, als der Kommissar seinen Teil des Deals bestätigte und zusicherte, dass die Akte über die Verbindung des Studenten zu einem Drogenpusher aus dem Verkehr gezogen werden würde, bevor er in die Mühlen der Justiz geriet. Der Student sicherte weitere Gratisforschungen zu, dann legte Dayal auf.

Kapoor trat, eine Zigarette in der Hand, zu ihm auf die sonnendurchflutete Dachterrasse. Er hustete, spuckte aus und setzte sich nach einem prüfenden Blick auf ein Wasserrohr, das nicht allzu verschmutzt war von den herumfliegenden Tauben.

»Einen Stock tiefer haben wir einen Puff.«

Dayal ließ nur ein kurzes Brummen hören.

»Die Puffmutter ist gerade gekommen. Sie hat die Cops

gar nicht bemerkt, die unten rumhängen, und hat wohl auch nicht die Nachrichten gesehen. Sie ist ahnungslos reinspaziert.«

Wieder brummte Dayal, diesmal eher belustigt.

»Arme alte Nutte«, fuhr Kapoor belustigt fort. »Fünf Minuten mit den Jungs, und sie war bereit zu singen. Nichts Neues für unseren Fall, aber ich bin sicher, die Kollegen, die sich mit Menschenhandel beschäftigen, können was mit ihr anfangen.«

»Sorgen Sie dafür, dass eine Kollegin von der Frauenabteilung dabei ist.«

»Sie wird um die Mittagszeit hier sein.«

»Dann sind Sie also sicher, dass es Fremde waren?«

»Muss so sein. Boyfriends, Verwandte, Feinde, die infrage kämen, gibts nicht. Das Mädchen war schlicht und einfach zur falschen Zeit am falschen Ort.«

Dayal brummte ein drittes Mal, jetzt klang es zustimmend. »Aber lassen Sie uns auf Nummer sicher gehen, okay? Die Jungs sollen die Handyanrufe der Madam überprüfen. Und dann die Kunden anrufen, die im letzten Monat hier gewesen sind, und ihnen ein bisschen Angst einjagen. Mal sehen, was dabei herauskommt.«

Kapoor drückte seine Zigarette aus und verschwand wieder die Treppe hinunter in das dunkle Gebäude. Dayal machte Anstalten, ihm zu folgen, hielt dann aber inne, um noch einen Blick auf die Stadt zu werfen, die wie ein alter Flickenteppich unter ihm lag. Eine schlanke Figur am Rande seines Blickfelds zog seine Aufmerksamkeit auf sich. Da stand ein junger Mann auf einer Dachterrasse wie der hier, ein paar Blocks von ihm entfernt. Er trug auch eine Sonnenbrille, und ein Palästinensertuch. Er hob zwei Finger wie zu einem spöttischen Gruß, dann war er verschwunden, in das Gebäude hinein und das Gewirr der Straßen darunter.

Dayal schüttelte verblüfft den Kopf und trat ins Dunkel.

* * *

Zur selben Zeit, ein Stockwerk tiefer, eine andere Welt: eine persönliche Geschichte, wie immer …

Sie steigt die Treppe hoch und betritt das Bordell. Eine junge Frau ist wie die Madam zuvor in die Falle gegangen, hat auch den Fehler begangen, die Polizisten um das Haus herum zu übersehen. Vielleicht hatte sie das Handy am Ohr, vielleicht hat sie die Kunst der Frauen in Delhi perfektioniert, immer nur auf ihre Füße zu schauen, um die gierigen Augen der Männer nicht wahrzunehmen. Die junge Frau trägt enge Jeans und einen modischen Pulli, das Haar hat sie zu einem Knoten hochgesteckt. Als Smita die unverschlossene Tür öffnet, hört sie Männergelächter und sieht einen jungen Mann, der ängstlich in einer Ecke steht. Eine ältere Frau sitzt auf einem Stuhl. Sie sieht verweint aus. Unterdessen steht die junge Frau in einem der Schlafzimmer. Ihr Haar fällt offen über ihre Schultern. Ihren Pulli und die Bluse darunter trägt sie schon nicht mehr. Ihr billiger BH ist alles, was ihre fröstelnde Haut von den Händen des Polizisten trennt, der bei ihr im Zimmer ist, während sein Kollege grinsend vor der Tür steht.

Der sieht Smita als Erster und zischt verärgert. Sie wirft ihm einen eiskalten Blick zu und stürmt an ihm vorbei in das Schlafzimmer, wo der Polizist sie verdutzt anstarrt. Er hatte keine Ahnung, dass sie mit dem Fall zu tun hat, und er hatte keine Ahnung, dass sie im Haus war. Er ist zwar nicht bei der Kripo, aber die Polizeiuniform trägt er viel länger als sie. Seine Überraschung wird schnell in Zorn umschlagen und dann, schlimmer noch, in herablassenden Befehlston. Aber Smita hat sich nun schon mit ihm angelegt. So bleibt sie im Zimmer und bückt sich, um den Pulli des Mädchens aufzuheben.

Gerade rechtzeitig kommt Kapoor herein. Mit einem Blick begreift er die Szene und bellt einen Befehl: »Jacke!«

Der Mann im Flur, der Wache steht und als Nächster drankommen sollte, sieht verdattert Kapoor an, der sich ihm jetzt direkt zuwendet.

»Jacke!«, bellt er noch einmal.

Der Mann senkt den Blick und streift die schwere Winterjacke der Polizeiuniform ab, die für das Wetter draußen noch zu warm, doch in der kalten Luft des Etagenpuffs sehr willkommen ist. Er reicht die Jacke Kapoor, der gelassen durch die offene Tür ins Schlafzimmer hinüberschlendert und in die Szene eingreift, vor sich den vor Zorn dunkelrot anlaufenden Polizisten, die empörte Polizistin, die vor Kälte zitternde halbnackte Hure.

Kapoor hält der jungen Frau die Jacke hin. Sie nimmt sie entgegen und versucht eine Dankesgeste. Der ältere Mann winkt ab und sieht stattdessen wortlos seinen Untergebenen an, bis der den Blick abwendet. Dann schaut er für einen Augenblick ruhig zu Smita hinüber, bis auch sie die Augen niederschlägt.

»Wir sprechen uns noch«, sagt der Cop zu Smita, die ihn keines Blickes würdigt. Dann will er an Kapoor vorbei, doch dessen Hand fällt schwer auf seine Schulter.

»Was soll das heißen, mein Junge? Erklär mir das mal!«

»Ist die Nutte etwa ihre Schwester?«

»Von irgendjemand ist sie die Schwester.«

Der andere Mann stapft mit gesenktem Blick hinaus. Der Mann ohne Jacke draußen im Flur schaut an die Wand und versucht so zu tun, als ginge ihn das alles nichts an.

»Die Kolleginnen von der Frauenabteilung müssen gleich hier sein«, sagt Kapoor. »Ich brauche fünf Minuten, um mit der Madam zu sprechen. Das Mädchen muss hierbleiben. Wollen Sie hier oben bleiben oder hinuntergehen und mit dem Kommissar reden? Er ist schon unten.« Smita nickt.

Er mustert seine junge Kollegin, deren Wangen immer noch gerötet sind vom Streit. »Vergessen Sie das hier einfach«, sagt er dann, vielleicht ein bisschen zu brüsk.

»Vergessen? Wie macht man das?«, fragt sie lakonisch. Dann geht auch sie hinaus, die Treppe hinab, zum Licht hin.

Natürlich ist es eine persönliche Geschichte. Wie immer. Heute und auch morgen, wenn sie losfahren wird, das Opfer zu besuchen.

***

Diese verdammten Dörfer, dachte der Kommissar. Wie sich die Zeiten ändern.

Vor wenigen Jahrzehnten waren die Städte noch Inseln in einer ländlichen Umgebung gewesen. Ochsen, Felder und das traditionelle Leben reichten bis direkt an die Abwasserkanäle und neuen Wohnviertel der so ganz andersartigen Stadt. Eine Andersartigkeit, die das Fremde und Altertümliche, die Dunkelheit des Hinterlands abwehrte und ein zerbrechliches Gleichgewicht aufrechterhielt, das über Jahrhunderte entstand und von den jeweiligen Herrschern Delhis respektiert und gefördert wurde, wer immer sie auch gewesen sein mochten. Jetzt war diese alte Ordnung zerstört. Die Städte wuchsen und wuchsen, verschlangen alles. Delhi hatte seine Dörfer längst umzingelt, der Angriff ging jetzt in die Gegenrichtung.

Dayal stammte aus einer alten Familie von Stadtbewohnern, fühlte sich in städtischer Umgebung am wohlsten. Auch dieses Viertel war kein Dorf mehr, dachte der Kommissar, während er im Schatten der Häuser durch die Straße wanderte. Das Wahnsinnsgewirr der illegalen Stromkabel hing wie ein Netz unter dem hohen Himmel, er hätte es gesehen, wenn er hochgeschaut hätte. Doch er hielt den Blick am Boden, wollte sehen, wohin er trat, zwischen schlammigen Pfützen und über Kuhfladen, die vor sich hin rotteten. Ein Mann, der seine Wasserpfeife rauchte, schaute zu ihm hoch, ihre Blicke kreuzten sich. Schnell wandte der andere den Blick ab.

Diese verdammten Dörfer, dachte der Kommissar noch einmal, hob endlich den Blick und sah sich um. Das sagte er auch zu Smita, die neben ihm ging. Sie sah ihn an und lächelte. Er wollte erklären, was er meinte, und war überrascht, als sie heftig den Kopf schüttelte.

»Sie wissen doch gar nicht, ob die Männer, die dies getan haben, Dörfler sind«, sagte sie.

»Da haben Sie recht«, murmelte er. »Ziemlich klar ist nur, dass sie nicht aus diesem Dorf hier stammen.«

»Genau. Es gibt jede Menge alte Dorfbezirke in Delhi,

und noch viel mehr in der Umgebung. Es geht nicht um Stadt oder Land, Sir. Diese Männer können von überall her stammen.«

»Stimmt«, bestätigte der Kommissar wieder. »Doch ist dieser Gegensatz nicht ein Teil der Sache?«

»Ja, natürlich. Doch vielleicht ist das die falsche Art, sich der Frage zu nähern.«

»Und was wäre die richtige Art?«

»Die Zivilisierten von den Ungebildeten zu trennen. Egal wo.«

Er sah sie fragend an. Sie lächelte. »Ich hab gesehen, wie Sie sich umgeschaut haben, Sir. Ich habe Ihre Gedanken gelesen.«

Da lächelte er zurück, und es schien, als ob die Wärme des Tages langsam bis auf die Straße und zu ihnen hinunterdrang. Er bemerkte ihre immer noch geröteten Wangen, spürte den Geruch von eben beendetem Kampf, fragte, was passiert sei. Doch sie schüttelte nur den Kopf, genauso heftig wie zuvor: Dies war nicht der Moment für diese Geschichte. Aber er wusste: Kapoor würde ihm schon von der Sache berichten, sobald er es für richtig und nötig hielt.

»Wie gehts jetzt weiter, Sir?«

»Ich muss zur Ministerin. Und Sie?«

»Ich fahre ins Krankenhaus«, antwortete Smita. »Soll ich das Mädchen etwas Bestimmtes fragen?«

»Ja«, sagte er nach kurzem Überlegen. »Fragen Sie, ob es sich an irgendetwas von dem Fahrzeug erinnert. Egal was. Vielleicht sogar den Geruch.«

Smita nickte, setzte die Sonnenbrille auf und trat aus dem Dorf hinaus in den sonnigen Tag von Delhi.

***

Im Gegensatz zu den hellen, klaren Tagen davor war der Tag nach dem Treffen des Kommissars mit der Ministerin neblig und kalt. Es war noch ein bisschen früh für solches Wetter, dachte Smita, als sie sich an diesem Morgen mit eingeschalteten Scheinwerfern durch den Verkehr zum Hauptquartier schlängelte. Von Zeit zu Zeit bewegten sich die Scheibenwischer automatisch hin und her, Abwehrversuche gegen den Nebelschleier, mit dem jede Scheibe ihres Wagens dick beschlagen war. Sie hatte Mühe, den Überblick zu behalten, sah, wie die Fahrer der Autos um sie herum genauso kämpften, und sehnte sich danach, so schnell wie möglich anzukommen und mit einer heißen Tasse Tee in der Hand vor dem Heizkörper zu sitzen. Endlich am Ziel, lief sie schnell die Treppen hoch, um wieder warm zu werden, statt Zeit beim Warten auf den Lift zu verlieren. Das schmutzige weiße Licht, das durch die Glastür am Ende des Gangs fiel, ließ sie auf den Balkon hinaustreten. Im Licht der Gaslampen flossen Nebelschwaden ineinander und lösten sich wieder auf. Gebannt starrte sie auf den Lichterstrom des in beide Richtungen fließenden Verkehrs, der weißlich schemenhaft durch den Nebel erkennbar war. Delhi lag wie unter einem Leichentuch. In der Ferne tauchte verschwommen ein Flutlichtmast im Dunst auf, als würde die Stadt im Todeskampf eine Klaue emporrecken. Dann war er auch schon wieder verschwunden. Smita erschauerte und trat ins Gebäude zurück.

Kapoor und der Kommissar erwarteten sie schon, wollten wissen, ob es mit dem Opfer Fortschritte gegeben hatte. Smita hatte die junge Frau inzwischen zwei Mal besucht.

»Na, diesmal mehr Glück gehabt?«, fragte Kapoor.

»Na ja, immerhin beginnt sie zu reden. Sie ist immer noch traumatisiert, aber der Chirurg meint, sie ist auf einem guten Weg.«

»Ich hab auch mit ihm gesprochen«, antwortete Kapoor. »Er meinte, es hätte schlimmer kommen können.«

»Ich halte das für eine abwegige Theorie«, erwiderte Smita heftig.

Kapoor wollte sie beschwichtigen, doch der Kommissar winkte ab. »Hat sie selbst etwas Wichtiges erwähnt?«, fragte er.

»Nicht wirklich. Sie sagte, das Fahrzeug sei ein großer Lkw gewesen. Es war stockfinstere Nacht, und die sind so schlau gewesen, nicht in der Nähe einer Laterne zu parken. Sie erinnert sich nicht mehr an allzu viel. Die Ladefläche war offen. Keine Plane.«

»Ist es in der Fahrerkabine oder auf der Ladefläche passiert?«

»Man hat sie erst in die Kabine geschafft. Die Vergewaltigung geschah auf der Ladefläche.«

»Wie viele?«

»Mindestens vier. Nicht mehr als sechs.«

»Sprache?«

»Hindi. Aber da war sie sich nicht so ganz sicher. Es war so ein Hindi, das sie nicht kannte.«

»Spricht sie denn überhaupt Hindi?«

»Genug, um sich zu verständigen. Sie versteht es einigermaßen.«

Kapoor überlegte kurz. »Ich werd mal ein paar von den Jungs hinschicken, die ihr lokale Dialekte vorführen. Da kommen wir sicher ein Stück weiter.«

Der Kommissar nickte zustimmend. »Ich nehme an, sie haben keine Kondome benutzt«, sagte er dann.

»Nein. Wir haben jede Menge DNA.«

Kapoor und der Kommissar wechselten einen Blick.

»Ist sie schon getestet worden?«

»Auf Geschlechtskrankheiten? Ja. Aber in einem Monat müssen sie das wiederholen. Insgesamt ein halbes Jahr lang.«

»Armes Mädchen.« Der Kommentar des Kommissars war eigentlich überflüssig. »Kann es sein, dass sie schwanger ist?«

»Glücklicherweise nicht«, antwortete Smita. »Ihr Zyklus hatte gerade erst begonnen.«

»Haben wir eine Beschreibung? Etwas, das der Zeichner gebrauchen kann?«

»Gestern noch nicht, aber er ist zuversichtlich, dass er uns morgen etwas zeigen kann. Sie wurde langsam richtig gesprächig, bis der Arzt uns rauswarf.«

»War irgendeiner von ihnen beschnitten?«, fragte Kapoor.

»Warum soll das denn wichtig sein?«, fragte Smita scharf zurück.

»Das schränkt die Optionen ein und hilft uns bei der Suche. Ganz einfach.«

»Seit wann ist religiöses Profiling bei der Kriminalpolizei üblich?«

Kapoor blickte genervt. »Religiöses Profiling gab es bei der Kripo schon immer. Das wissen Sie doch. Außerdem ist das hier kein religiöses Profiling, sondern Penis-Profiling. Es gibt genug nichtmuslimische Männer, die auch beschnitten werden.«

»Und wie soll uns das weiterhelfen?«, fragte Smita. »Sollen die Verdächtigen bei Gegenüberstellungen jetzt mit heruntergelassenen Hosen vorgeführt werden?«

Kapoor brach in Gelächter aus. Der Kommissar stimmte ein, und schließlich auch Smita, erst eher widerwillig, dann jedoch immer gelöster.

»Es spielt wohl keine große Rolle«, sagte sie schließlich. »Ich bin mir auch nicht sicher, ob das Mädchen das überhaupt erkennen konnte. Ich kann sie aber gern fragen.«

»Sonst noch was?«, fragte der Kommissar.

»Eine Sache noch. Sie hat ausgesagt, dass die Ladefläche des Lkw nach Rindern gerochen hat. Sie kennt den Geruch, weil ihre Eltern Bauern sind.«

»Viehdiebe«, stellte Kapoor trocken fest.

Der Kommissar grinste. »Ruf deine Neffen an«, sagte er gut gelaunt. »Sie sollen mal die Archive durchgehen und nach Viehdieben mit Vorstrafen wegen Sexualverbrechen suchen.«

Smita sah fragend ihre beiden älteren Kollegen an.

»Die Polizeistationen am Stadtrand von Delhi«, erklärte Kapoor. »In Kapashera und Mandi und Kundli und Kanjhawla, da gibt es überall noch Kühe und Leute, die sie stehlen.«

»Und da haben Sie Verwandte?«, fragte Smita skeptisch.

Kapoor grinste nur.

***

Der Winter in Delhi, so sinnierte Dayal, kommt erst, wenn du die Kälte in den Knochen spürst. Winter, so wie er ihn aus seinen Kindheitstagen kannte. Mit Raureif in den Parks und Feuern an jeder Straßenecke und Atemwolken vor dem Mund, wenn man draußen rumlief. Noch war der Winter nicht da, dachte er, während er durch die Ruinen um eine alte Moschee in der Nähe seines Büros spazierte. Denn nicht die Sonne, die Winterrosen, die lächelnden Gesichter in den Parks und die im Schatten schlafenden Büroangestellten machten die Jahreszeit aus.

Dies war Winter: ein feuchter, nebliger Tag, an dem die schwere Luft den Geruch von Regen aus den fernen Bergen mitbrachte. Ein Tag voller liegen gebliebener Autos und umgeleiteter Flugzeuge und langsam kriechender Züge auf den Ebenen um die Stadt. Ein Tag, an dem man mit einer Tasse Tee zu Hause vor dem Heizkörper sitzen und über die Probleme und kleinen Freuden dieser Welt nachdenken sollte. Ein Tag, um die eigenen Niederlagen noch einmal durchzukauen, kalt wie die Luft draußen, und sie dann runterzuspülen mit der bitteren Erkenntnis, dass der Winter begonnen hat. Er betrachtete die Bogen, an denen er vorbeiging, roch Spuren von altem Schweiß, überlagert vom stechenden Gestank frischer Pisse. Dies mussten einmal, so hatte er gehört, die Zellen von Bettelmönchen und fahrenden Schülern und den Novizen gewesen sein, die hier unterrichtet wurden. Die dicht gemauerten Ziegel waren wohl ein guter Schutz vor der Hitze. Aber bei beißender Kälte? Er stellte sich die Scholaren vor, wie sie vor Kälte zitterten, wie die Bambusvorhänge niedergelassen wurden, Decken und Teppiche und Kohlebecken zum Einsatz kamen. Vielleicht hatten sie sich ja die Zellen geteilt, dort wie Löffel eng beieinandergelegen und sich Praktiken hingegeben, die vor Jahrhunderten noch nicht verboten gewesen sein mochten wie heute.

Der Gedanke belustigte Dayal.

Er hockte sich unter einen der Bogen, wo es am wenigsten schlecht roch, und sah sich um. Wie konnte sich ein heimwehkranker Mensch aus Innerasien in diesem kochend heißen, dann wieder eiskalten Winkel Indiens vor mehr als einem halben Jahrtausend zu Hause fühlen? Damals gab es keine Veranstaltungsprogramme, kein Internet, kein Telefon. Keine Restaurants mit Lieferservice.

Miteinander reden, debattieren. Damals wie heute das Lebenselixier für Geist und Seele. Mit wem reden Sie, Kommissar Dayal? Brauchen Sie keine Gesprächspartner? Aha, so ist das also, dachte er. Jetzt führst du schon Selbstgespräche. Dieser Gedanke war lustig und traurig zugleich. Nicht zum ersten Mal wünschte er sich, er könne Gedichte schreiben. Natürlich sind die Verse anderer auch ein Genuss. Doch wie viel schöner wäre es, dieser Leidenschaft zu frönen, wie man es früher gemacht hatte, im Kreis von Gleichgesinnten, anstatt so, wie er es für gewöhnlich tat, allein, zu Hause. Wie viel besser wäre es, die Wörter gesprochen zu hören und dann den Beifall des Publikums zu genießen, wenn es eine besonders elegante Metapher beklatschte, einen ausgesucht gut formulierten Satz, ein nie gehörtes Wortspiel.

Da hockte er und dachte an Razia, die sich unter Männern bewegt, deren Gedichten gelauscht und deren Welt zu der ihren gemacht hatte. »Ich wünschte, du wärst hier«, sagte er, kaum überrascht, dass er es laut ausgesprochen hatte. Er erinnerte sich an die Monate seit Razias Verschwinden. Das Ende des Monsuns, der langsame Übergang des Sommers in kürzere Tage und raucherfüllte Nächte. Tage, an denen er Berichte schrieb, Abende des Lesens und Trinkens und einsamen Nachdenkens. Er dachte an die Zustimmung seiner Kollegen und der Medien und das zermürbende Alleinsein der späten Nachtstunden, in denen die Schuld am Tod eines Verrückten auf ihm lastete. Weshalb, fragte er sich, wollte ich unbedingt, dass es ein Ende fand? Oder wollte ich sie nur noch einmal sehen? Seine Kiefer mahlten, als er Bilanz zog.

Was in aller Welt konnte ein Wesen wie Angulimala mit jemandem wie Razia gewollt haben?

Der Nebel um ihn her hob sich für einen Augenblick, und die Mauern der alten Festung tauchten auf und verschwanden wieder. Er lehnte den Kopf gegen einen kalten Steinbogen und versuchte, ruhiger zu atmen.

Welche Geister mögen in diesen Mauern wohnen? Welche Geschichten könntet ihr mir erzählen, wenn ich die Ohren hätte, sie zu hören?

Dayal sah sich den Brunnen an, für den jeder, so hatte er gelesen, ein Seil mit einem Eimer daran besaß; der Brunnen, dem die Geschichten und Mythen und Legenden entstammen, die alle Menschen miteinander verbinden. Ob das Wasser des Brunnens auch zum Bau dieser Gräber und Moscheen und Häuser benutzt worden war? Sind dies nicht steinerne Zeugnisse ewiger Liebe, gehaltener Versprechen, enttäuschten Vertrauens? Hier lag ein Mann, der glaubte, mit Gott zu sprechen, dort war eine Moschee von einem König aus Dankbarkeit für einen Heiligen errichtet. Ein Sohn geboren, eine Frau gerettet, ein Versprechen gehalten. Diese behauenen, polierten Steine: Waren sie aus dieser Erde hier gebrochen oder von anderen, älteren, längst vergessenen Bauwerken hergebracht worden? Und was war aus den Bewohnern geworden? Wenn ein Mann jener Zeit hierher zurückkäme und sein Horizont vom Nebel und den Mauern dieser Anlage begrenzt wäre: Würde er dann den Boden wiedererkennen, aus dem er entstanden war? Und wenn die Sonne den Nebel durchbräche und er denn Spinnenleib Delhis um und über sich sähe, mit seinen Kühltürmen und Glasfassaden und Antennen – was würde er empfinden?

Was verbindet uns eigentlich mit der Vergangenheit außer diesen paar Bauwerken, außer diesem begrenzten, abgeschlossenen Bezirk? Dayals Hand strich liebevoll über die stummen Steine, streichelte die Ecken, klopfte auf die Kanten. Langsam ging er den Bögen entlang und ließ seine Finger über das Mauerwerk gleiten. Vor ihm tauchte eine stumme Gruppe Männer und Frauen aus dem Nebel auf und riss ihn aus seinen Gedanken. Er ging an ihnen vorbei, sie schauten ihm wortlos nach. Es war eine gemischte Gesellschaft, Stadtleute, die auf ihren Taschentüchern saßen, Dörfler, die still am Boden hockten. Männer und Frauen nebeneinander, es störte sie nicht, dass das unschicklich war. Sie warteten lautlos, geduldig, der Nebel legte sich auf sie wie Schnee.

Wie Dayal wusste, dass die Leute hierherkamen, um etwas von den Dschinn zu erbitten, die angeblich in diesen Mauern lebten. Wartete auch diese Gruppe auf eine solche Begegnung? Was sie wohl mitgebracht hatten, um die Dschinn gnädig zu stimmen? Der Nebel verschluckte sie wieder, und bald stand er auch schon am Tor der Anlage. Überrascht registrierte er, dass auch er in Gedanken einen Wunsch gesagt hatte.

Lustlos starrte er auf die Straße, die er überqueren musste. Die Aussicht auf den kurzen Gang die Straße entlang behagte ihm nicht. Der Nebel sorgte dafür, dass die Abgase der Autos nicht abzogen. Bis er sein Büro erreicht hätte, wäre sein Gesicht völlig rußverschmiert. Er trat auf die Fahrbahn hinaus, um eine Riksha anzuhalten. Da wurde er beinahe von einem Motorrad überfahren, das eine schlanke, schwarz gekleidete Gestalt lenkte.

Das Helmvisier und das trübe Licht sorgten dafür, dass sein Kommissarsinstinkt versagte. Eine Stimme in der typischen Tonart Delhis drang unter dem Helm hervor und fragte freundlich, ob alles in Ordnung sei. Er bejahte ohne Argwohn und fügte hinzu, sein Büro läge nicht weit entfernt. »Dann steigen Sie doch auf!«, lud ihn der Fahrer ein und rutschte ein Stück nach vorn auf seiner Sitzbank. Dayal zögerte nicht lange. Einen Augenblick später waren sie schon am Hauptquartier angelangt. Der Fahrer machte eine fragende Geste. Ja, hier arbeite er, antwortete Dayal lachend.

»Wie darf man Sie dann nennen?«

»Kommissar Dayal. Und wie heißen Sie?« Er war immer noch belustigt, dass ihn ein Biker in schwarzer Ledermontur gefahren hatte.

Der Biker klappte das Visier hoch. »Meine Freunde nennen mich Razia. Aber Sie können mich nennen, wie Sie wollen, Kommissar. Ich stehe ganz zu Ihren Diensten.«

Sajan wirkte nicht wirklich überrascht. Er erkannte ihre

Augen und die Haarsträhne, die unter dem Helm hervorlugte, die kräftige, gerade Nase, die hohen Backenknochen. Bemerkte die ruhige Kraft, die in diesem Antlitz lag, das sanfte Lächeln. Ihn überraschte nur, wie jung sie wirkte.

»Bist du Razia selbst oder ihre Nichte?«, fragte er.

»Spielt das eine Rolle?«

»Ich dachte, du wärst für immer fortgegangen.«

»Wohin soll ich ohne meinen Sajan gehen?«

»So weit der Tank des Motorrads reicht.«

»Nur, wenn du mit mir kommst.«

Sie lächelten sich an. Sajan kam es vor, als brächen die Sonnenstrahlen durch den Nebelvorhang. »Bist du gekommen, weil ich die Dschinn gebeten habe, dich zu schicken?«

»Besser, sie zu fragen als einen armseligen Studenten.«

»Der ist wohl etwas auffällig vorgegangen?«

»Das tun sie meistens.« Sie streckte ihre warme Hand aus und legte sie ihm zärtlich auf die Wange. »Schau mal in den Spiegel«, sagte sie sanft. »Du siehst aus, als hättest du seit Monaten nicht mehr richtig geschlafen.«

»Frag nicht nach dem Unglück, in das dein Fortgang mich stürzte«, murmelte Sajan. »Denk an meine seligen Tage mit dir, auch wenn sie mich ins Verderben stießen.«

Sie warf den Kopf zurück und lachte. »Schon wieder Ghalib?«

»Selbstverständlich!«, Sajan lächelte. »Gut, dass du wieder da bist.«

»Das Vergnügen ist ganz auf meiner Seite, mein schöner Sajan. Doch hör gut zu. Du musst dich in Acht nehmen.«

»Vor wem?«

»Vor Viehdieben zum Beispiel. Gefährliche Leute. Sind sie immer schon gewesen.«

»Wie soll ich mich denn in Acht nehmen?«

»Schütze dein Herz. Es ist mir wichtig.« Damit klappte sie das Visier zu und brauste davon. Dayal sah ihr nach, bis sie im Verkehrsstrom verschwunden war. Als wolle er ein Traumbild verscheuchen, schüttelte er den Kopf, betrat das Gebäude und ging die Treppen zu seinem Büro hinauf.

Kapoor und Smita warteten schon auf ihn. »Wir haben einen Treffer«, sagte Kapoor.

* * *

Es stellte sich heraus, dass einer von Kapoors Neffen ein paar Monate zuvor eine Bande sehr aktiver Viehdiebe ausgehoben hatte. Während die beiden Haupttäter noch in Haryana auf der anderen Seite der Bundesstaatsgrenze im Knast saßen, waren die anderen auf Kaution freigekommen. Mindestens zwei von ihnen waren schon wegen sexuellen Missbrauchs auffällig geworden, einer hatte deshalb bereits eine Gefängnisstrafe abgesessen.

»In der Tatnacht waren sie in Delhi«, sagte Kapoor.

»Woher wissen wir das?«, fragte der Kommissar.

»Insiderinformation. Sie waren bei einem Hochzeitsfest. Die Kollegen vor Ort haben es gerade bestätigt.«

»Haben wir ein Autokennzeichen?«

Smita nickte.

»Ich vermute, sie sind nicht so dumm, dass sie die Autobahnmaut elektronisch bezahlen?«

»Nein, aber an den Mautstationen werden schon die Daten der letzten Tage überprüft. Und wir haben das Kennzeichen zur Fahndung ausgeschrieben. Wir wissen, wie sie heißen, woher sie stammen. Morgen früh sollten wir wissen, wo wir sie finden.«

»Der Chef der Polizeistation vor Ort kann doch den Mund halten?«

»Er ist der Letzte, der davon erfahren wird.«

»Verbindung über die Staatsgrenze?«

»Meine Neffen«, grinste Kapoor.

»Alles klar«, nickte der Kommissar und sah zufrieden Smita an. »Haben wirs nicht gesagt? Das ist kein Hexenwerk.«

Smita lächelte nur.

* * *

Die Ausfallstraße nach Süden zeigt im geografischen Zeitraffer, wie Delhi sich verändert hat. Die verstopften Zufahrtsstraßen zur Hauptverkehrsader, dem Gurgaon Expressway, die Reste von Feldern links und rechts, auf denen täglich neue Hochhäuser wachsen. Das chaotische Wuchern und Ausufern der Stadt in den letzten Jahrzehnten. Mit all seinen Folgen, den versuchten Problemlösungen und den Folgen dieser Problemlösungen. Und dann, wenn man weit genug draußen ist, sind da wieder offene Felder.

Am Abend des folgenden Tages. Der Platz vor der Mautstation von Manesar war ein einziges Automeer. Kapoor fluchte in sein Handy, und kurz darauf wurde eine Gasse für den Wagen des Kommissars durch die im Schneckentempo vorwärts kriechenden Schlangen frei gemacht. Der Fahrer saß schwitzend hinter dem Steuer, Kapoor regte sich auf, und Smita kaute an ihren Nägeln. Nur der Kommissar hatte den Kopf entspannt an die Kopfstütze gelehnt und die Augen geschlossen. Er öffnete sie erst, als der Wagen wieder beschleunigte. Dann bogen sie von der Schnellstraße auf eine mit weniger Verkehr ein. Der Kommissar musterte interessiert die Landschaft. Fabrikneubauten flogen vorbei, dann ein paar Farmen und ab und zu ein kleines Dorf. Schilder wiesen den Weg zu Golfplätzen und exklusiven Country Clubs, von denen der Kommissar zwar gehört, die er aber noch nie besucht hatte. Es kamen ihnen bemerkenswert viele Kipper mit Bergbauabraum entgegen.

»Illegal?«, fragte der Kommissar unvermittelt. Kapoor nickte. Smita schwieg und hörte dem Gespräch der beiden Männer zu, Kapoor saß vorn neben dem Fahrer, der Kommissar neben ihr auf dem Rücksitz.

Die Abraum-Lkws dröhnten vorbei, ihre riesigen Reifen wirbelten grauen und rötlichen Staub auf. Doch konnte der Staub, so dicht er manchmal sein mochte, die Schönheit des Abends nicht verbergen. Das Licht der untergehenden Sonne fiel schräg über die niedrigen Hügelkämme, die jetzt näher lagen und besser zu sehen waren. Die Sonnenstrahlen glänzten auf jungem Weizen und fast reifen Senffeldern und verwandelten diese in poliertes Gold. Der Kommissar verspürte einen merkwürdigen Stich, ein plötzliches Bedürfnis, dieser alten Welt anzugehören. Auch seine Welt war eine altehrwürdige, doch war der Horizont seiner Leute seit jeher von Stadtmauern begrenzt gewesen. Es musste herrlich sein, die Sonne immer so auf- und untergehen zu sehen. Kein Wunder, dass die neuen Herrscher Delhis ihre »Farmen« und Golfplätze in solchen Gegenden bauten. Er sah alte Männer, die auf ihren Betten saßen und, die Wasserpfeife neben sich, die letzte Wärme des Tages genossen. Eine Gruppe Frauen, die Gesichter verschleiert, kam ihnen im Gänsemarsch am Straßenrand entgegen. Ein Junge trieb eine Ziegenherde vor sich her. Der Fahrer hupte sich an den aufgeregten Tieren vorbei. Nicht weit entfernt lief eine Reihe Jungen gegen das Licht der untergehenden Sonne einen Hügelkamm entlang. Der Kommissar ertappte sich dabei, wie er eine Hand ans Fenster führte, als wolle er ihre Verfolgungsjagd mit dem Finger nachzeichnen, um die Szene später besser erinnern zu können. Stattdessen ließ er das Fenster herunter und spürte die aufziehende Kühle des Abends auf seiner Wange. In der Ferne glaubte er das helle Rufen der Jungen zu hören.

Die Farmen besaßen jetzt steinerne Mauern, und auch die Dörfer sahen aus, als wären sie von Befestigungsanlagen umgeben. Am Rande eines Dorfes kamen sie an einem alten Landhaus vorbei, vor dem die Straße abbog. Der Fahrer sprang aus dem Wagen, um nach dem Weg zu fragen. Die anderen stiegen ebenfalls aus, um sich die Beine zu vertreten. Smita musterte neugierig das prächtige alte Holztor. Das Haus schien dem Verfall preisgegeben oder zumindest verlassen zu sein. Die wertvollen Torflügel waren nicht verkauft worden, also kümmerte sich wohl noch jemand darum.

Sie fragte einen vorbeikommenden Mann, wem das Haus gehörte.

Das Haus, so der Mann, gehörte einer Familie aus Gurgaon. Sie kamen aber nicht mehr oft hierher. Doch besaßen sie große Ländereien hier in der Gegend. Schon seit Jahrhunderten.

»Wie alt ist das Haus?«, fragte Smita.

»Zweihundert Jahre vielleicht. Vielleicht auch älter.«

Der Kommissar lächelte.

Der Fahrer kam zurück und ließ den Motor an. »Es ist nicht mehr weit«, sagte er. Kapoor brummte nur und schloss die Augen, während sich die Nacht niedersenkte.

* * *

Smita fuhr aus dem Schlaf auf. Der Wagen hatte angehalten. Inzwischen war es völlig dunkel geworden. Der Fahrer hatte die Lichter ausgeschaltet. Smita blinzelte. Die stickige Luft im Wagen ließ erahnen, dass sie schon eine Weile so dastanden. Die drei Polizisten saßen im Wagen und warteten auf ein Signal.

»Wie lange habe ich denn geschlafen?«, fragte sie.

»Nicht mehr als eine Stunde«, antwortete der Kommissar.

»Sind wir da?«

Kapoor nickte wortlos. Draußen war der ungepflasterte Platz vor einem Dhaba, einem typischen Überlandrasthof, zu sehen. Ein paar Lkws waren dort abgestellt. Im Dhaba selbst war ordentlich Betrieb. Das flackernde Licht einiger Neonröhren beleuchtete die großen Töpfe, in denen die Speisen köchelten. Eine unregelmäßig aufgehängte bunte Weihnachtslichterkette zierte die Fassade des Gebäudes. Männer saßen an den Tischen oder lagen auf den Betten, die im Hof verstreut standen. Hier und da waren Schnapsflaschen zu sehen.

Sind wir hier nicht zu sehr auf dem Präsentierteller?, dachte Smita. Doch gleich darauf wurde ihr klar, dass das keine Rolle spielte, denn ein Mann, der einer von Kapoors vielen Neffen sein musste, stand plötzlich neben dem Wagen. Kapoors Fenster glitt herunter, und der Mann grinste herein.

»Ich schlage vor, Sie essen was, Sir«, sagte er zum Kommissar. »Das hier könnte eine Weile dauern. Meine Jungs sagen, das Essen ist ganz annehmbar.«

Der Kommissar nickte. »Haben Sie die Kerle im Blick?«

»Wir bringen gerade das Einsatzkommando hin. Sobald sie schlafen, erfahren wir das. Wir warten eine Stunde oder so, bis sie im Tiefschlaf sind. Dann gehen wir rein.«

»Haben sie Feuerwaffen?«

»Wir haben keine gesehen, aber das heißt nicht, dass sie keine haben. Einer von ihnen ist angeblich ziemlich gefährlich.«

»Ihre Leute wissen, wie man in einer solchen Situation behutsam vorgeht, richtig? Ich will kein Abknallen. Wir wollen diese Typen lebend.«

Der Mann bedeutete mit einer Geste, dass er verstanden hatte. Sie stiegen aus und vertraten sich einen Moment die Beine. Einige der Gäste im Dhaba musterten sie neugierig, die anderen ignorierten sie völlig. Ein paar Männer drängten sich um einen kleinen Kohleofen in der Mitte der überdachten Fläche. Aus einem Fernsehapparat im Innenraum plärrte das Spiel des Tages. Einige Betten waren darauf zugedreht. Draußen auf dem Vorhof fuhr noch ein Lkw vor und kam ruckelnd zum Stehen.

Die beiden älteren Männer waren offensichtlich Respektspersonen, wahrscheinlich Polizisten. Das reichte aus, um Smita vor Zudringlichkeiten der anderen Männer zu schützen. Dennoch spürte sie die neugierigen Blicke. Sie war jedoch entschlossen, ihnen nicht auszuweichen. Sie schaute in die Runde und war überrascht zu sehen, dass keiner der Männer ihrem Blick standhielt.

Leicht genervt lehnte sie sich dann auf ihrem Stuhl zurück und sah auf ihren Teller. Ein dampfender Linseneintopf, ein bisschen Gemüse mit grünen Paprikaschnitzen, heiße Brotfladen frisch aus dem Backofen. Sie langte voller Appetit zu und hielt Brotfladen für Brotfladen Schritt mit dem Kommissar. Kapoor schlug sie natürlich um Längen, doch die Tatsache, dass sie in seiner Gegenwart nicht wählerisch mit dem Essen gewesen war, erfüllte sie mit einer gewissen Befriedigung. Sie warteten, bis auch er aufgegessen hatte und mit einem Seufzer seinen Stuhl zurückschob, dann gingen sie, um sich frisch zu machen. Als sie zu ihrem Tisch zurückkehrten, fanden sie ihn sauber gewischt, eine Auswahl frischer Früchte und drei Becher Eiscreme standen darauf. Der Kellner stand respektvoll wartend etwas abseits. Kapoor schickte ihn und den angebotenen Nachtisch mit einer knappen Geste fort, nicht ohne der Eiscreme einen sehnsüchtigen Blick nachzuwerfen. »Wir müssen frisch bleiben«, erklärte er. Dann kamen die ersten Gläser Tee.

Bald darauf kehrte Kapoors Neffe zurück. Die gesuchten Männer hatten sich in einem kleinen Haus ungefähr einen Kilometer entfernt verkrochen, da, wo die Straße in einem Bogen um die Felder verlief. Das Haus lag neben einem Dhaba wie diesem hier und war beliebt bei Truckern, die auf Schnaps und Action aus waren. Der Typ, dem der Laden gehörte, sorgte für Alkohol und leichte Drogen und drückte beide Augen zu, wenn einer seiner Gäste über Nacht ein Mädchen mitbrachte. In dieser Nacht war das nicht der Fall. Aber die Männer drinnen hatten schon stundenlang getrunken.

»Lang wirds nicht mehr dauern, Onkel. Ich sag Bescheid.« Damit bezog der Neffe wieder seinen Posten.

»Ein Mädchen mitbringen?«, fragte Smita neugierig. »Gibts die denn nicht in solchen Schuppen?«

Kapoor schüttelte den Kopf. »Die Mädchen aus der Gegend tun so was nicht. Und die Männer sind ja auch von hier. Sie können sich nicht dabei erwischen lassen, wie sie es mit ihrer eigenen Verwandtschaft treiben.«

Smita war nicht überzeugt. Sie fing an, mit Kapoor heftig darüber zu diskutieren. Der Kommissar hielt sich aus der Debatte über die Wertesysteme der unterschiedlichen Bevölkerungsgruppen in diesem Teil Nordindiens heraus und ließ seine Gedanken schweifen. Bauern gegen Nomaden, sesshafte Matronen gegen Wanderhuren; die Argumente drangen als ein Gemurmel rassistischer Vorurteile an sein Ohr, das sich vor allem durch Kapoors stupendes Talent auszeichnete, für alles einen Schuldigen zu finden. Der Kommissar wartete ungeduldig auf die Stunde der Wahrheit. Dann könnten sie noch heute Nacht nach Delhi zurückfahren, und er könnte ein wenig ruhen vor dem unausweichlichen Mediensturm. Nicht zu reden von der ganzen Büroarbeit, die nach einem Fall wie diesem auf ihn wartete.

»Tragt ihr eigentlich eure kugelsicheren Westen?«, fragte er unvermittelt.

Smita und Kapoor sahen ihn überrascht an. Seine Frage unterbrach sie mitten in einer komplexen Debatte über die angeblich legendäre Promiskuität der Stämme von Fahrenden im Süden, ein Charakterzug, der nur noch von ihrem Ruf als Langfinger übertroffen wurde.

»Ich schon«, antwortete Smita. Kapoor zog nur die Augenbrauen hoch. Mehr Tee wurde gebracht.

Um sie her schritt die Nacht voran, und bald erstarb der Lärm des Fernsehgeräts, als mehr und mehr Männer zum Schlafen nach drinnen gingen. Die Lichter an der Fassade des Gebäudes blinkten weiter lautlos und fröhlich, während nun ein paar Hunde zwischen den Tischen umherliefen und nach Essensresten suchten. Ein Lkw-Wäscher kletterte in die Kabine seines Fahrzeugs, um dort die Nacht zu verbringen. Die Männer, die in der Küche des Dhaba arbeiteten, schrubbten ihre Töpfe und leerten ihre Schüsseln und Schalen in das Feld hinter dem Dhaba, und bald konnte man auch dort die Hunde herumwühlen hören. Ein Kellner kam unterwürfig an ihren Tisch und fragte, ob sie noch etwas wünschten, sie würden jetzt für die Nacht schließen. »Nur noch ein bisschen Tee«, antwortete Kapoor. Der Kellner schlich davon, kam mit ihrer Bestellung zurück und fragte dann unvermittelt, nach wem sie denn suchten.

Kapoor warf ihm wortlos über den Rand seines Teeglases einen Blick zu. Der Dampf daraus stieg in die kühle Nachtluft auf, um sie her breitete sich der Nebel am Boden aus. Die Zone hinter dem beleuchteten Vorhof lag jetzt völlig im Dunkeln. Nur ab und zu verwandelte ein vorbeifahrender Lkw die schwarze Asphaltstraße in ein leuchtendes Band. Das Feld hinter ihnen lag eingehüllt in dem aus der Erde aufsteigenden Dunst. Stille und Schlaf umgaben sie, und das schummrige Licht billiger Neonröhren, die mit der Niederspannung einer Stromleitung auf dem Land betrieben wurden.

Smita hatte das Gefühl, als könne sie den Haufen in der Nähe schlafender Männer förmlich riechen. Der Gedanke jagte ihr einen Schauer über den Rücken.

Der Kellner schlug die Augen nieder und verschwand.

»Meinen Sie, dass er sie anruft und warnt?«, fragte Smita besorgt.

»Das wird er schon nicht«, antwortete Kapoor gelassen.

»Wissen Ihre Eltern eigentlich, wo Sie sind, Smita?«, erkundigte sich der Kommissar.

»Ja, natürlich. Ich meine, sie wissen, dass ich im Dienst bin. Sie wissen, dass es mir gut geht und dass ich in Sicherheit bin.«

Dayal und Kapoor senkten ausweichend den Blick.

In einem plötzlichen Anflug von Ärger stand sie auf und ging zum Rand des Vorhofs hinüber. Der Nebel wurde jetzt dichter, und bald würden die Autos und Lkws nur noch ganz langsam vorbeikriechen. Wenn überhaupt noch Fahrzeuge auf dieser verschlafenen Nebenstrecke unterwegs waren. Die Bäume am Straßenrand sahen aus wie Gespenster, die mit dem Vorbeiziehen der Nebelschwaden kamen und gingen. Sie erschauerte und legte die Arme um ihren Körper, dann bemerkte sie, dass der Kommissar neben ihr stand und zur Straße und dem Gelände dahinter hinüberschaute. Sie ging zu Kapoor zurück und sah den Kommissar immer noch am Straßenrand stehen, als warte er auf jemanden. Kapoors Augen waren geschlossen, und so lehnte sie sich im Licht der Neonröhren und der Weihnachtslichter in ihrem Stuhl zurück und schloss auch die ihren.

Jetzt stand der Kommissar alleine da und versuchte, mit seinem Blick den Nebel zu durchdringen. Sein Kopf drehte sich von einer Seite zur anderen, als sähe er einem Tennisspiel zu, doch die Straße gab keins ihrer Geheimnisse frei. Es schien ihm, als höre er in der Ferne einen Lkw röhren, dann bellte irgendwo ein Hund, was von den Kötern im Dhaba sofort erwidert wurde. Bald schwiegen sie aber auch wieder. Er glaubte, die Lichter eines nahenden Autos zu sehen, doch tauchte es nie vor ihm auf. Es muss schon spät sein, dachte er, doch machte sich nicht die Mühe, auf die Uhr zu schauen. Bei aller Müdigkeit war sein Hirn hellwach, seine Sinne angespannt. Diese Nacht schien endlos. Dann spürte er mehr, als er es hörte, wie die Hundemeute hinter ihm zur Straße hetzte, mit dem beinahe lautlosen Geraschel ihres räudigen Fells. Plötzlich driftete der Nebel für einen Augenblick auseinander, und er sah einen Mann mit einem Palästinensertuch auf dem Feld hinter der Straße. Die Hunde waren bei ihm, er warf ihnen Leckerbissen zu. Sie taten ihm nichts. Der Mann sah, dass der Kommissar zu ihm herüberschaute, hob einen Finger und hielt die andere Hand mit einer Scherenbewegung dagegen. Der Kommissar tastete nach der Pistole im Holster, doch dann zog sich der Nebel wieder zu, und der Mann war verschwunden.

Der Kommissar zog die Waffe und trat auf die Straße hinaus, als er plötzlich die dröhnende Fanfare eines Lkws hörte, der sich im Nebel näherte. Scheinwerferlicht blendete ihn, und er konnte mit knapper Not zur Seite springen. Langsam fuhr der Lkw an ihm vorbei, dicht am Rand der Straße. Die Hunde liefen zum Dhaba zurück und musterten ihn gleichmütig, wie er dastand und seine überreizten Nerven zu beruhigen suchte. Ein leises Husten ließ ihn herumfahren, die Waffe noch in seiner Hand.

»Zeit zu gehen, Sir«, sagte Kapoors Neffe. Kapoor und Smita standen hinter ihm.

Der Kommissar nickte. Zu Fuß machten sie sich auf den Weg.

* * *

Das Haus war nicht besonders anziehend. Ein ungepflasterter Vorhof, über dem der Gestank alten Mülls und frischer Pisse lag. Ein Lkw mit offener Ladefläche stand davor. Sein Kennzeichen stimmte mit dem überein, das man ihnen durchgegeben hatte. Man konnte ahnen, dass die Morgensonne, wenn sie den Nebel vertriebe, ein hässliches rosafarbenes Gebäude enthüllen würde. Ein Latrinenhäuschen, eine Wellblechhütte für den Verkauf von Paan und abgepackten Chips, die jetzt geschlossen war, ein Kompressor für das Aufpumpen von Autoreifen. Das Gebäude selbst einstöckig, davor so etwas wie eine Veranda unter einem Vordach aus Wellblech, zwei Fenster. Licht brannte nicht.

»Man kommt in einen Vorraum. Dort schlafen mindestens zwei Männer. Dahinter liegen zwei Zimmer. Und dahinter beginnen schon die Felder.«

»Haben Sie da Leute postiert?«

Der Neffe nickte. »Ich geh mit meinen Jungs rein«, sagte er. »Wir kümmern uns um den Vorraum und die beiden Zimmer. Wir haben Scheinwerfer dabei. Die ganze Umgebung ist abgesperrt. Die kommen hier nicht raus. Gehen Sie auch mit rein, Sir?«

Der Kommissar bestätigte. »Wir folgen Ihnen«, fügte er noch hinzu.

Smita sah die Männer erwartungsvoll an. Kapoor warf ihr einen Seitenblick zu und lachte leise. »Keine Sorge. Sie gehen auch mit rein.«

Der Neffe eilte davon, um die letzten Dinge mit seinen Leuten klarzumachen. Der Nebel war jetzt so dicht, dass sie sich gar nicht mehr zu verstecken brauchten. Der Kommissar, Kapoor und Smita warteten nur ein paar Schritte von der Tür entfernt. Es war kein Hundegebell zu hören.

»Haben Sie das schon mal gemacht?«, fragte Smita Kapoor.

»So ab und zu.«

»Fällt einem das Warten mit der Zeit leichter?«

»Nie.«

»Ihr kennt den Ablauf ja«, sagte der Kommissar leise. »Wir gehen hinter dem Kommando rein, die Waffe entsichert in der Hand. Geschossen wird nur, wenn es unbedingt sein muss. Alles klar?«

Smita nickte. Sie spähte in das angespannte Gesicht des Kommissars. »Was war da vorhin los?«, fragte sie.

»Das Licht hat mich getäuscht«, antwortete der Kommissar knapp.

Dann stand der Neffe neben ihnen, hinter ihm fünf Männer, die Pistolen in den Händen, zwei mit Scheinwerfern bewaffnet.

»Wir sind startklar. Eine Minute noch, dann gehts los. Gebt uns dreißig Sekunden im Vorraum. Ich rufe ›alles okay‹. Das ist das Signal für euch. Kommt erst rein, wenn ihr mich rufen hört.«

»Und wenn wir Schüsse hören?«, fragte Smita.

»Dann sind wir das«, grinste der Neffe.

Smita wartete einen Moment, ging dann rasch auf die Tür zu. Sie spürte das Gewicht ihrer Dienstwaffe schwer in ihrer Hand, mit der anderen tastete sie sich in Richtung Tür vor, so, wie sie es gelernt hatte. Sie hörte den Ruf »Alles okay!« und stürmte durch die Tür in einen vom Scheinwerferlicht hell erleuchteten Raum, roch den ranzigen Gestank ungewaschener Männer, die auf schmuddeligen Matratzen auf dem verdreckten Boden lagen. Sie fühlte den Brechreiz in ihrer Kehle und wusste nicht, ob der Gestank oder das Adrenalin schuld daran war. Ihre Hand führte die Waffe in einem Bogen vor ihr Gesicht, während sie Kapoor und dem Kommissar in den rechten Nebenraum folgte.

Plötzlich sah sie, wie aus dem Schatten ein Mann mit einem Messer auf sie zusprang, sah, wie er mit dem Messer nach dem Kommissar stieß, wie das Messer an der Schutzweste des Kommissars abglitt, hörte wie in einem bösen Traum Kapoors Warnruf und unmittelbar darauf zwei Pistolenschüsse donnern. Sie sah, wie der Angreifer zurückprallte und zur Seite kippte, sah den Kommissar am Boden liegen und war schon bei ihm.

»Gute Arbeit, Smita«, grinste der Chef. Erst da wurde ihr klar, dass eine der Kugeln, die den Angreifer getroffen hatten, aus ihrer Waffe stammte.

Kapoor beugte sich besorgt über sie und musterte aufmerksam den Kommissar. Dann ging er zu dem Mann hinüber, der zusammengesunken an der Wand lag. Er kniete neben ihm nieder, fühlte seinen Puls und schüttelte den Kopf. Aus dem Nebenraum war zu hören, dass sich die anderen Cops schon um die Freunde des Mannes kümmerten, der die Dummheit begangen hatte, einen ihrer Kollegen anzugreifen.

Der Kommissar beschloss, dass er ja auch liegen bleiben konnte bis zur Ankunft der Kollegen, die für diesen Bezirk zuständig waren.

Smita hatte sich neben ihn auf den Boden gesetzt, den Rücken an die Wand gelehnt.

»Alles okay?«

»Ich glaube schon. Und Sie?«

»Werds überleben. Ein paar blaue Flecken, das ist alles.«

»Gut, dass Sie die Weste anhatten.«

»Ich weiß«, sagte der Kommissar und schloss für einen Moment die Augen. Als er sie wieder öffnete, sah er Kapoor immer noch neben der Leiche kauern. Die Schmerzensschreie der misshandelten Kriminellen drangen gedämpft durch die inzwischen geschlossene Tür.

Kapoor hob die Hand des Toten hoch. Der Kommissar wurde plötzlich hellwach.

Nur vier Finger.

In einer Ecke des Raums übergab sich Smita.

Diese verdammten Dörfer, dachte der Kommissar. Dann seufzte er, streckte sich aus und schloss wieder die Augen.

Kompromisse

Scheint fast so«, meinte Kommissar Sajan Dayal irritiert, »als bräuchten diese Männer nicht mehr alle ihre Finger.«

Kapoor nickte stoisch. Smita Dhingra, inzwischen festes Mitglied der ständigen Sonderkommission der Kriminalpolizei von Delhi, wartete wortlos ab.

»Was ist los mit diesen Männern?«, fragte der Kommissar. Es war eine rhetorische Frage, und er stellte sie zum Himmel hinauf, dem sein Blick hinter der Fliegersonnenbrille zugewandt war. Seine Arme hielt er hinter seinem Kopf verschränkt, seine Füße steckten unter einem mit Leinen gedeckten Tisch, auf dem Tee stand, und die Sonne strahlte auf sie alle drei herunter. Ein aufmerksamer Kellner wartete in der Nähe. Um sie her breiteten Sonne und Schatten die warme, scheckige Decke eines milden Wintertags über die dankbare Stadt. Doch die Schönheit des Tages und die Qualität des Tees kümmerten den Kommissar wenig, zumal der Vorhang aus Ashoka-Bäumen, der ihre Gartenoase von der hektischen Straße draußen abschirmte, kaum etwas ausrichten konnte gegen den donnernden Verkehrslärm in ihren Ohren.

Der Winter hatte jetzt wirklich Einzug gehalten. Dayals lässig elegantes Jackett passte sehr gut zu seiner Wollhose, während der diskrete Chic von Smitas Outfit die Fähigkeit der jungen Modedesigner Delhis unter Beweis stellte. Kapoors Zugeständnis an das Wetter war die Fleeceweste, die er gegen die kühle Luft trug. Doch seine Hemdsärmel waren auch jetzt noch so angriffslustig aufgekrempelt, wie er es liebte. Er hatte sie auch aufkrempeln müssen, als er in den Wochen nach der Lösung des Vergewaltigungsfalls in der staubigen Umgebung der Hauptstadt unterwegs war. Eine Seuche neunfingriger Männer, so hatte er gerade seinem Chef berichtet. Dutzende, Hunderte, vielleicht Tausende. Niemand wusste genau, wie viele. Doch waren sie überall zu finden, ein regelrechter Ring um Delhi, bei den Meos, Ahirs, Jats und den Gujjars. Sogar die gelisteten Kasten, Leute, mit denen die Land- und Viehbesitzer aus den Gemeinden um Delhi normalerweise nicht viel zu tun hatten, teilten das Leiden. Außerdem kannte diese Epidemie keine Religionsgrenzen: Muslims wurden genauso von ihr befallen wie Hindus oder irgendjemand eines anderen Glaubens.

Soweit Kapoor herausfinden konnte, hatte das alles ungefähr drei Jahre zuvor begonnen. Ein kleines Dorf im Süden, zwischen den kahlen Hügeln an der alten Straße nach Alwar. Eine uralte Siedlung, bettelarme Menschen, Wasser nur dann, wenn Regen fiel.

»Eine völlig andere Welt«, sagte Kapoor düster. »Und dabei liegt es nur eine Stunde von Gurgaon entfernt.« Plötzlich gingen dort Gerüchte um über eine Gottheit, die ihren Anhängern alle Reichtümer Delhis versprach und im Gegenzug nur um eines bat: Treue, bezeugt durch die Gabe eines Fingers. Für die bitterarmen Bewohner des Dorfes und der Umgebung war das ein guter Handel. So hatten sie es Kapoor jedenfalls erzählt.

Die Nachricht von diesem neuen Gott verbreitete sich wie ein Lauffeuer. Dabei war es nur irgendein Dorfgötze, ein Stein, ein Baum, ein an einen Busch gebundenes Band. Nicht einmal eine richtige Statue. Nur ein Hirngespinst, das in dem abergläubischen Sandboden der Gegend Wurzeln schlug und sich, wie es oft an solch trockenen Orten geschieht, wie ein Buschbrand ausbreitete. Auf dem ekstatischen Höhepunkt nächtlicher Feste wurde schließlich den Anwesenden ein Finger abgenommen. »Betrunkene, die sich gegenseitig die Finger abschneiden«, schüttelte Kapoor den Kopf. »Können Sie sich das vorstellen?«

Das Gesicht des Kommissars war ein regloser Gegenpol zu dieser provinziellen Finsternis. Doch seine hochgezogenen Augenbrauen verrieten, dass er sich das mit einiger Mühe schon vorstellen konnte. Und so fuhr Kapoor fort.

Irgendwann stieß ein sehr junger Wissenschaftler auf diese sonderbare Seuche. Eigentlich war er gekommen, um an Lösungen für die chronische Wasserknappheit zu arbeiten. Doch getrieben von Neugier und dem schwarz gebrannten Schnaps der Gegend verbrachte er einen Abend zusammen mit den Dorfbewohnern. Seine Mutter, selbst eine Expertin für Entwicklungsfragen, sollte später ihren Freunden am India International Centre erzählen, sie habe nicht gewusst, worüber sie mehr entsetzt sein sollte, über die Tatsache, dass ihr kluger Junge jetzt nur noch neun Finger hatte, oder darüber, dass der blutende Stumpf, den er ihr am nächsten Tag zerknirscht zeigte, mit dem schmutzigen Ende von etwas verbunden war, das entweder ein Stück lange getragener Turban oder ein Stück Lendenschurz war. Sie erstattete Anzeige bei der Polizei. Dort hatte man schon Wind von der Sache bekommen, aber bisher vorgezogen, keine schlafenden Hunde zu wecken. Jetzt jedoch war man gezwungen, sich des Falls anzunehmen, denn die empörte Mutter hatte exzellente politische Beziehungen. Der Baum, Busch, geschmückte Felsen oder was immer es war, wurde verbrannt, weggeschafft oder vergraben.

»Damit war es jedoch nicht vorbei«, empörte sich Kapoor und bestellte noch eine Kanne Tee.

»Und was ist mit unseren uniformierten Vettern? Ist einem von denen das etwa auch passiert?«, fragte der Kommissar.

Keinem von denen, die zurzeit im Dienst waren, fehlte ein Finger, berichtete Kapoor. Vorher jedoch hatten sich zwei Beamte mit nur noch neun Fingern auf ihrer Wache gemeldet. Einer war inzwischen gestorben, augenscheinlich eines natürlichen Todes. Der andere war spurlos verschwunden.

»Kein Wunder«, kommentierte der Kommissar lakonisch.

Kapoor löffelte noch mehr Zucker in sein schon ziemlich süßes Gebräu.

»Was denken denn Ihre Neffen?«

»Die meinen, ich soll aufhören, dieses Tier zu piksen, um zu sehen, ob es tot ist.«

»Haben sie Angst?«

»Eher schlechte Laune.«

»Weshalb? Wegen dem, was passiert ist? Oder weil Sie unbequeme Fragen stellen?«

»Keine Ahnung«, gab Kapoor zu.

»Dann wissen wir also eigentlich gar nichts über die Leute, die hinter dieser Geschichte stecken. Weder damals noch jetzt.«

Kapoor nickte grimmig hinter seiner Tasse Tee.

»Scheint ja so, als ob die Ermittlungen der Polizei vor Ort nicht besonders effektiv waren. Sind Sie denn zufrieden mit der Arbeit Ihrer Neffen dort?«, fragte der Kommissar versöhnlich.

»Bin mir nicht sicher«, gestand Kapoor.

»Und was sollen wir davon halten, dass sie zusahen, wie auch hier in Delhi Männern Finger abgenommen wurden, und uns nie etwas von dem berichtet haben, was bei ihnen da draußen los war?«

Kapoor sah ihn wortlos an. Der Druck des vergangenen Sommers war dem Beifall der ganzen Stadt für ihre Arbeit gewichen, doch jetzt schien es fast, als hätten sie nichts erreicht. Ein Fall, den sie für abgeschlossen gehalten hatten, war offensichtlich weit davon entfernt. Ein Mann, fast noch ein Junge, war dabei sogar ums Leben gekommen. Der Kommissar hatte die nötigen Beziehungen, war bestens vernetzt, und Kapoor ein erfahrener Praktiker harter tagtäglicher Polizeiarbeit. Und doch waren sie beide gescheitert, und keiner der beiden konnte verstehen, wozu der Tod des Jungen gut gewesen sein sollte.

Der Kommissar schüttelte verächtlich den Kopf. »Die Reichtümer Delhis … Das haben sie wirklich gesagt?«

»Ganz genau. Reich wie die Männer von Delhi.«

Auf dem Gesicht des Kommissars breitete sich ein Grinsen aus, das nach und nach in Gelächter überging, dann warf er einen Blick in die Runde. »Reich wie *wer*? Wie *wir*? Wie *ich*? Mein Reichtum ist das hier: diese Sonne, diese kühle Brise, diese Blätter und Bäume, dieser Augenblick. Das alles habe ich jetzt, in diesem Moment, und teile es mit Ihnen, und dann wird es wieder weg sein und wir genauso. Ist das denn nicht die Art und Weise, wie die Welt funktioniert?«

Es kam keine Antwort.

»Was ist los mit diesen Männern?«, fragte der Kommissar noch einmal. »Ich weiß schon, was es ist«, beantwortete er dann selbst die Frage. »Delhi ist für diese armen Schlucker immer wie ein Magnet gewesen. Wie eine Kerze für die Motten.«

»Arme Schlucker«, echote Smita.

Der Kommissar und Kapoor sahen sie überrascht an.

»Na ja«, sagte sie und wurde rot hinter ihrer Sonnenbrille. »Wenn das arme Schlucker sind, was denken Sie dann über Leute wie mich?«

»Und mich«, grinste Kapoor.

»Leute aus dem Punjab.« Der Kommissar schüttelte in gespielter Verzweiflung den Kopf. »Die Stadt habt ihr längst im Griff. Die Polizei auch schon fast. Jetzt wollt ihr auch noch die Rolle der armen Schlucker übernehmen?«

Das helle Lachen der drei klang durch den sonnendurchfluteten Garten. Doch es lag Arbeit vor ihnen. Zwar war es wichtig herauszufinden, weshalb es immer noch neunfingrige Männer in Delhi und Umgebung gab, doch das musste notgedrungen warten. Ohne viele Worte beschlossen sie, dass es sinnlos war, einen Fall neu aufzurollen, den alle Welt für abgeschlossen hielt.

Die beiden Männer warteten ab, bis ihre junge Kollegin ihre Tasse Tee ausgetrunken hatte. Dann bat Dayal den Kellner mit einer Kopfbewegung um die Rechnung. Der Geschäftsführer, der nur auf das Zeichen gewartet hatte, kam beflissen gelaufen. Zu dem bescheidenen Tee, den er ihnen angeboten hatte, seien sie natürlich eingeladen. Er wäre froh, wenn er ihnen etwas hätte anbieten können, das ihrer Stellung besser entspräche, und ob sie nicht zum Abendessen wiederkommen wollten? Smitas Protest ignorierte er mit energischem Gestikulieren, während der Kommissar hinter ihr stand und wortlos zuschaute. Kapoor war schon losgegangen, ein paar Augenblicke später folgten ihm der Kommissar und seine junge Kollegin auf die belebte Hauptstraße, die zum uralten Dorfbezirk Mehrauli führte.

»Wie ist das hier eigentlich so am Abend?«, fragte der Kommissar beim Hinausgehen.

»Wunderbar«, antwortete Smita. »Fast wie im Märchen. Lichterketten in den Bäumen und über der Terrasse, Kerzen auf den Tischen, leise Musik.«

»Klingt gut.«

»Na ja. Das Essen ist furchtbar. Und furchtbar teuer.«

»Man kann nicht alles haben«, grummelte Kapoor.

»Wie wärs, wenn ich Sie hierher einlade? Falls wir noch hier sind, wenn es Abend wird. Das wäre mir ein Vergnügen«, sagte Smita und lächelte.

»Vielleicht ein andermal«, antwortete der Kommissar ein bisschen verlegen. »Wir können das aber gern im Kopf behalten.«

Dann verschluckte sie das Gewirr der Gassen von Mehrauli, auf der Suche nach dem Haus, wo der tote Schwarze gefunden worden war.

* * *

Wie so viele Dinge in Delhi hatte es mit einem Gerücht begonnen. Ungefähr zur gleichen Zeit im Jahr zuvor war eine junge Mutter von der Arbeit zurückgekehrt und hatte entdeckt, dass ihr Baby verschwunden war, zusammen mit ihrer jungen Nichte, die auf den kleinen Jungen aufpassen sollte. Eine hysterische Suche folgte. Eine Stunde später trat eine Gruppe wütender Verwandter der Frau die Tür der afrikanischen Studenten ein, die im selben Haus wohnten. Man verabreichte ihnen eine Tracht Prügel, erzwang ein Geständnis. Die beiden unglücklichen Studenten waren kurz davor, in den stinkenden Wassern des alten Wasserreservoirs

Hauz-i-Shamsi ertränkt zu werden, als die Nichte mit erstauntem Gesicht am Ufer auftauchte. Ihren kleinen Cousin trug sie friedlich schlafend auf dem Arm. Ein Freudenschrei und zahlreiche Küsse und Umarmungen der verzweifelten Mutter bewiesen, dass das Kind tatsächlich ihr gehörte. Das junge Mädchen hatte nur aus Langeweile einen kleinen Spaziergang gemacht und das Baby mitgenommen. Man zog die afrikanischen Studenten aus dem Wasser, versuchte sie mit reichlich Schulterklopfen zu beruhigen und überredete sie, keine Anzeige zu erstatten.

Doch der Schaden war bereits angerichtet.

Von da an wurden auf der Polizeiwache von Mehrauli immer mehr Afrikaner angezeigt, die angeblich Neugeborene stahlen, um sie zu verspeisen. Hausmädchen schworen Stein und Bein, sie hätten in den Kühltruhen der Afrikaner ganze oder zerstückelte Babys gesehen. In der Folge weigerten sie sich, in diesen Wohnungen zu arbeiten.

»Die Hausmädchen sagen, dort stinkt es«, berichtete Kapoor.

»Kein Wunder, wenn da keiner mehr putzt«, gab Smita spitz zurück.

Der Kommissar schwieg und sah sich nur um, während sie durch die engen Gassen des alten Viertels gingen.

»Natürlich können jetzt die Hausmädchen, die bereit sind, bei den Afrikanern zu putzen, jeden Preis für ihre Arbeit verlangen. Sie sind die reichsten Frauen in ihren Gemeinschaften.«

»Sehen sie denn auch Babys in den Kühltruhen?«

»Ja klar. Sie sind reich, nicht blind.«

Smita verdrehte die Augen, doch dabei lächelte sie. Sie bemühte sich, mit Kapoor Schritt zu halten, dessen kräftige Gestalt ihnen einen Weg durch das belebte Mehrauli bahnte. Wie schon früher spürte sie den unsichtbaren Schutzwall, der Kapoor und den Kommissar umgab. Der stämmige Mann mit den breiten Schultern und dicht behaarten Armen stapfte schweren Schritts einher und schien nur geradeaus zu schauen, sah jedoch alles, was an seinem Weg lag.

Der Bär vornweg, der Wolf hintendrein, dachte Smita. Sie fühlte den leisen, fast schleichenden Gang der Kommissars ein oder zwei Schritte hinter sich. Sein Blick glitt über die Häuser an der Straße, während sein Assistent den seinen am Boden hielt. Beiden entging nichts von dem, was um sie herum vorging. Ihre Arme schwangen frei zu ihren Seiten, ihre Füße fanden von allein den Weg zwischen Kuhfladen und gelegentlichen Pfützen. Der dichte Strom der Fußgänger machte ihnen gar nichts aus. Lernten sie das, wenn sie Cops wurden?, ging es ihr plötzlich durch den Sinn. Oder wurden Männer wie sie Polizisten, weil sie sich dann in nichts zu ändern brauchten? Die Regeln jener anderen, gewöhnlichen Welt, deren Bewohner ihrer würdevollen kleinen Kavalkade mit niedergeschlagenen Augen auswichen: Sie schienen den beiden Männern an ihrer Seite nichts zu bedeuten. Weder die Regeln selbst noch die Legionen von Männern und Frauen, die sich diesen Regeln unterwarfen.

Vielleicht, so sagte sich Smita, sind wir eine eigene Rasse. Der Gedanke ließ sie zusammenzucken, vor allem, weil sie in Gedanken »wir« gesagt hatte. Werde auch ich zur Wölfin?, dachte sie. Oder bin ich so geboren worden? Dann wurde ihr klar, dass solche Grübeleien zu nichts führten und ohnehin mehr zur Mentalität des Kommissars passten als zu ihrer eigenen. Sie musste heimlich lachen und wandte sich ihrem Chef zu, der jetzt mit ihr gleichgezogen hatte. Mühelos hielt er mit Kapoor Schritt und sah sie lächelnd an. »Na, was geht Ihnen denn gerade durch den Kopf?«, fragte er aufgeräumt. »Was Interessantes?«

»Nur für mich selbst.«

Sein Lächeln wurde breiter.

»Die Hausmädchen«, ließ sich Kapoor hören. »Die sehen alles. Reden Sie mal mit denen, Smita. Mal sehen, was die zu erzählen haben.«

»Werden die überhaupt mir uns reden wollen?« Smita klang skeptisch.

»Haben sie denn eine Wahl?«, kam die Gegenfrage.

Sie bogen in eine Gasse in der Nähe des Sufischreins, vorbei an einer Reihe alter Häuser, deren hölzerne Fensterläden und verschlungene Balkongitter in starkem Kontrast zu den eintönigen Betongebäuden standen, die sich mehr und mehr im Viertel ausbreiteten.

»Viele Geister hier«, sagte der Kommissar nachdenklich und hielt vor einem dieser alten Häuser, um mit der Hand über die verwitterte Oberfläche der Tür zu fahren, deren eiserne Beschläge ein kühler Gegensatz zum rissigen, warmen Holz waren.

»Dieses Viertel hier«, er beschrieb mit dem Finger einen Kreis um sich herum, »ist uralt. Zum Teil älter als tausend Jahre.«

»Wirklich?«

»Viele der Muslimfamilien, die hier lebten, sind nach 1947 weggegangen. Ihre Wohnungen und Läden wurden von Einwanderern aus Pakistan übernommen. Vor allem von Hindus aus dem südlichen Punjab.«

Smita nickte interessiert, während Kapoor seinen Blick schweifen ließ.

»Geister«, sagte der Kommissar wieder und fuhr noch einmal mit der Hand über die rissige, gesplitterte Tür. Die Sonne war jetzt nicht mehr zu sehen, ihre Strahlen wurden von den eng stehenden Gebäuden ferngehalten. Durch das gelegentliche Hupen und Klingeln der Zweiräder drangen die aufgeregten Rufe eines Kricketspiels von Jungen in irgendeiner fernen Straße. Es war nicht kalt, auch nicht spät, doch spürte Smita, wie ihr ein Schauer den Rücken hinunterlief. Sie zog ihren Schal enger um die Schultern. Dann beugte sich ein Mann, den sie alle drei als ihren Kollegen erkannten, aus einem Fenster über ihnen und rief sie herauf.

* * *

»Was wissen wir denn bis jetzt?«, fragte der Kommissar.

Der Cop, der schon den ganzen Tag über dort gewesen war, ging seine Notizen durch. Der Schwarze war in der vergangenen Nacht ums Leben gekommen, das Hausmädchen hatte die Leiche am Morgen gefunden. Sie hatte kurz überlegt, ob sie einfach weglaufen und nichts davon erzählen sollte, hatte sich jedoch eines Besseren besonnen.

»Sie wissen ja«, hatte sie wieder und wieder gesagt, »ich habe nichts mit diesem Mann zu tun, ich hab nur ab und zu seine Wohnung geputzt.«

»Ist sie noch hier?«, fragte Kapoor.

Der Kollege zeigte zum anderen Raum, wo eine Frau saß, die verweint aussah und den Saum ihres Saris über den Kopf gezogen hatte. Ihre Hand krampfte sich um ihr Handy. Kapoor blickte kurz hinüber, nickte und wandte sich wieder ab.

Der tote Schwarze stammte aus Westafrika. Er hatte seit fünf Jahren in Indien gelebt, erst als Student, dann hatte er Asyl beantragt, auf dessen Gewährung er noch immer gewartet hatte. Sein Visum war abgelaufen, und man hatte ihm die Ausweisung angedroht. Offensichtlich hatte er es geschafft, sich die Behörden vom Hals zu halten.

Der Kommissar sah sich in der Wohnung um. Zwei kleine Schlafzimmer, ein kleines Bad, eine schmucke Küche mit vielen Flaschen unter der Spüle. Ein Wohnzimmer, in dem vor einem Ledersofa ein Flachbildfernseher samt Soundsystem thronte. CDs mit afrikanischen Rhythmen im Regal unter der Stereoanlage, auch indische Filmmusik.

»Er hatte eine indische Freundin«, erklärte der Ermittlungsbeamte.

Kapoor, der begonnen hatte auf und ab zu gehen, hielt kurz inne.

»Sie scheint wie vom Erdboden verschluckt, aber wir suchen sie schon«, schob der Mann hinterher.

Kapoor nickte und setzte sein Auf-und-ab-Gehen fort.

»Die Nachbarn?«, fragte Smita.

Der Mann blickte sie erstaunt an, schaute dann fragend zu Kapoor und dem Kommissar hinüber. Sie erwiderten seelenruhig seinen Blick, während er sich räusperte. »Nebenan wohnt eine junge Malayali-Familie. Der Mann arbeitet für die Regierung. Er ist noch im Büro. Wir haben mit seiner

Frau gesprochen. Die ist jetzt unterwegs, holt den kleinen Sohn von der Schule ab.«

»Außerdem?«

»Gegenüber lebt ein Kambodschaner oder Vietnamese, einer von diesen Leuten. Scheint so, als wechselten sie sich ab. Wenn einer geht, kommt schon der Nächste. Manchmal ganze Familien.«

»Haben die mit dem buddhistischen Zentrum zu tun?«, wollte Kapoor wissen.

»Schon möglich. Das checken wir gerade.«

Kapoor gab sein Hin-und-her-Wandern auch jetzt noch nicht auf. Der Kommissar hatte sich das Sofa genauer angesehen und zog es dann vor, auf einem der Stühle mit den geraden Lehnen um den kleinen runden Esstisch Platz zu nehmen.

»Sonst noch jemand?«

»Unten wohnt ein indisches Paar. Wir warten drauf, dass sie nach Hause kommen. Das sind alle im Moment.«

Der Kommissar nickte. Smita wechselte einen Blick mit dem auf und ab gehenden Kapoor, sah ihn eine leichte Kopfbewegung machen und schickte sich an, in den Nebenraum hinüberzugehen, wo das Hausmädchen saß. Die Hand schon am Türknopf, hielt sie einen Moment inne, als sie den Kommissar seine letzte Frage stellen hörte.

»Kennen wir schon die Todesursache?«

»Messerstiche. Wir warten noch auf Nachricht, ob es weitere, tiefer liegende Ursachen gibt, doch ehrlich gesagt, die Stichwunden reichten völlig aus. Es sind fünf, von unterschiedlicher Tiefe. Das allein schon hätte er nicht überlebt.«

Smita schloss leise die Tür hinter sich.

* * *

Sie war immer noch überrascht von Kapoors scharfsinnigen, scheinbar leicht hingesagten Bemerkungen. Die Hausmädchen sahen tatsächlich alles, und sie erinnerten sich auch gut daran. Die Frau hier war nicht alt, doch fand es Smita schwer zu sagen, ob es die Jahre oder das harte Leben gewesen waren, die ihr die Blüte der Jugend geraubt hatten.

»Wie viele Kinder haben Sie denn?«

»Vier«, antwortete die Frau.

Smita beugte sich behutsam vor, zog der Frau sanft den Saum des Saris aus den nervösen Fingern und sagte ihr, sie solle keine Angst vor ihr haben, sie seien beide Frauen und sie brauche sich nicht zu verstecken. Die Frau wurde rot, sah sie an und lächelte.

»Wie alt sind Sie?«

»Mein ältestes Kind ist zwanzig.«

»Mädchen oder Junge?«

»Mädchen. Dann kommen zwei Jungs, und dann noch einmal ein Mädchen.«

»Wie schön. Ist die Älteste verheiratet?«

»Nein.« Das klang ein wenig betrübt. »Sie studiert. Und sie will sich einen Job suchen. Dann sehen wir weiter.«

Smita nickte. »Ist Ihre Familie damit einverstanden?«

»Warum sollten sie das nicht sein? Wenn ein Mann ein einfaches Mädchen vom Dorf will, dann soll er es sich doch auf dem Land suchen. Wir sind hier schließlich in Delhi.«

Smita musste lachen. Die Frau lächelte, diesmal schon zutraulicher.

»Was denken Sie denn, wer wir sind?«, fragte die Frau verschmitzt. »Wir sind ja schließlich keine Dorfdeppen.«

Smita lachte noch einmal. »Putzen Sie hier alle Wohnungen?«

Die Frau nickte. »In diesem Gebäude ja.«

»Erzählen Sie mir etwas über die Vietnamesen.«

»Es sind keine Vietnamesen, sondern Kambodschaner. Nette Leute. Ordentlich und sauber. Leise und höflich. Zahlen immer pünktlich und schreien nie herum.«

»Was treiben sie denn so?«

»Sie kommen für Operationen hierher.«

»Was soll das heißen?«

»Das ist keine einzelne Familie. Einer von ihnen kommt alle drei Monate her. Das ist der Boss. Aber die Leute, die da wohnen, sind immer andere. Sie kommen mit Verwandten oder Freunden. Es geht ihnen nicht gut, sie müssen ins Krankenhaus. Sie müssen operiert werden. Manchmal brauchen sie eine Transplantation. Sie wohnen hier vor der Operation und auch danach, bevor sie wieder nach Hause fahren.«

»Welche Krankenhäuser?«

Die Frau wies mit dem Finger in die Runde, nannte ein paar bekannte private Hospitäler.

»Gab es Kontakte zwischen ihnen und dem Afrikaner?«

»Nein«, sagte die Frau verächtlich. »Er hatte ja nichts, was diesen armen, kranken Leuten hätte helfen können.«

»Die indische Familie von nebenan?«

»Leute aus dem Süden, aber sehr nett. Sehr höflich, sehr sauber. Und der kleine Junge ist so hübsch! Fast wie ein Mädchen. Ich möchte ihn jedes Mal streicheln, wenn ich ihn sehe. Seine Mutter ist sehr stolz auf ihn.«

»So hübsch ist er?«

»Und dabei so klug. Ein richtiges Wunderkind. Das denkt zumindest seine Mutter. Ich denke, darüber braucht sie sich keine großen Gedanken zu machen, wenn er so hübsch bleibt.« Diesmal lachten die beiden Frauen gemeinsam.

»Und das Paar einen Stock tiefer?«

»Freundliche Leute. Nur laut, wenn sie was getrunken haben. Sonst ganz ruhig. Ich glaube, er unterrichtet am College. Die Frau ist Künstlerin. Einmal im Jahr laden sie zu einem großen Fest ein, immer, wenn sich ganz Mehrauli in ein Fest verwandelt. Am nächsten Tag kriege ich dann immer ein gutes Trinkgeld.«

Ob sie den Afrikaner auch dazu einluden, wollte Smita wissen.

»Sie laden alle ein. Aber ich glaube nicht, dass sie Freunde waren. Oder Kunden.«

»Was hat der Afrikaner denn so getrieben?«

»Na, was denken Sie denn?«, fragte das Hausmädchen zurück.

* * *

Sie lehnten am Fensterrahmen, der Kommissar auf der einen und Smita auf der anderen Seite, Teetassen wärmten ihre Hände, während sie die letzten Augenblicke Licht und Wärme genossen, bevor sich die Winternacht auf Delhi senkte. Kapoor, der ebenfalls einen Becher in den Fäusten hielt, saß bequem auf einem Stuhl in der Nähe. Ein Drache drehte in dem kleinen Fleck blauen Himmels über ihnen seine Pirouetten.

»Ein Drogenhändler also.«

Der Kommissar nickte. »Das höre ich von den Kumpels im Drogendezernat. Noch nie verhaftet oder gar angeklagt worden, aber kontrolliert haben sie ihn schon ein paar Mal. Hat bisher immer Glück gehabt.«

»Diesmal aber nicht besonders«, bemerkte Kapoor bissig.

Der Kommissar lachte. Smita verzog keine Miene.

»Woher wusste das Hausmädchen denn davon?«, wandte sich der Kommissar an sie.

»Na ja, sie brauchte eigentlich nur eins und eins zusammenzuzählen. Er schien ja keiner Arbeit nachzugehen. Hat den ganzen Tag über nur vor dem Fernseher gesessen, während sie um ihn rum sauber machte. Hatte immer mehrere Handys griffbereit.«

»Irgendwelche Drogen in der Wohnung?«

»Nie. Sie schwört, dass sie nachgesehen hat.«

»Na, und wie wusste sies dann?«

»Ein Vetter ihres Ehemanns arbeitet am Flughafen. Beim Zoll. Der hat erzählt, wie die Drogenkuriere das Zeug ins Land schmuggeln, in Kondomen, die sie schlucken. Er hatte in ziemlich regelmäßigen Abständen Gäste, die immer so ein, zwei Nächte blieben. Männer und Frauen. Über Monate hatte sie da schon Präservative im Müll gefunden. Sie war fast erleichtert, als sie herausfand, dass er kein Sexmonster war. Aber sie fand natürlich immer noch, dass das eine ziemlich beschissene Art und Weise war, sich sein Geld zu verdienen.«

Der Kommissar und Kapoor brachen in schallendes Gelächter aus. Nach einer kleinen Anstandspause tat Smita es ihnen nach.

»Ich glaube nicht, dass unsere Kollegen von der Droge wussten, dass er Teil der Pipeline war«, meinte Kapoor, nachdem er sich die Lachtränen aus den Augen gewischt hatte.

»Dann sollten Sies ihnen besser sagen«, sagte der Kommissar. »Wir werden ihre Hilfe auf jeden Fall brauchen.«

»Wer weiß, vielleicht nicht«, warf Smita ein.

Die beiden Männer schauten sie erwartungsvoll an.

»Er hatte eine gute Freundin. Ein weißes Mädchen mit ›gelben‹ Haaren. Sie kam ziemlich oft her. Sprach ein bisschen Hindi, wirkte freundlich. Kam manchmal auch nachmittags zum Schlafen her. Sie erzählte dem Hausmädchen, sie müsse die ganze Nacht arbeiten.«

»Eine Nachtclubhostess«, schloss Kapoor sofort.

Smita nickte. »Wir haben ihren Namen, die Telefonnummer und die Adresse. Sie hat das Hausmädchen gebeten, auch bei ihr zu putzen. Das Mädchen konnte sie nicht in ihrem Plan unterbringen, aber sie hat die Daten trotzdem aufgehoben. Für alle Fälle.«

»Gott sei gedankt für die dummen Blondinen«, grinste Kapoor.

* * *

Die blonde Nachtclubhostess lebte ebenfalls in Mehrauli, einen Fußmarsch von gerade mal zehn Minuten vom Apartment des Afrikaners entfernt. Das Haus, in dem sie wohnte, sah dem des toten Pushers genau gleich: aus Beton und auf Stelzen gebaut, sodass unten Autos parken konnten, ein schweres Eisentor und ein Gitterzaun drum herum. Die Frau, die öffnete, wirkte fahrig, wusste nicht, wohin sie schauen sollte.

»Na, grad auf dem Sprung?«, fragte der Kommissar fröhlich.

Sie sah ihn ängstlich an, während Kapoor schon an ihr vorbei in die Wohnung rauschte.

Das Apartment war wesentlich kärger ausgestattet als das des Afrikaners. Ein kleiner Fernseher, eine iPod-Dockingstation. An der Wand Matratzen zum Faulenzen, ein Esstisch mit Stühlen aus Rattan, in der Mitte des Raums ein Überseekoffer, der als Couchtisch fungierte. Auf dem kleinen Fernsehapparat standen ein paar gerahmte Fotos. Auf dem Boden lag ein geöffneter Koffer, aus dem Kleider und Bücher quollen. In einer Ecke schlief auf einem Läufer eine Katze.

»Darf ich mal die Toilette benutzen?«, fragte Kapoor höflich.

Die Frau wies mit dem Kopf auf eine geschlossene Tür und legte die Arme um ihren Oberkörper, als müsse sie sich vor Kälte schützen.

»Sie wissen ja sicher, wer wir sind«, sagte der Kommissar und setzte sich auf einen der Stühle am Esstisch. Die blonde junge Frau nickte missmutig.

»Und Sie wissen inzwischen auch, dass er tot ist«, fuhr der Kommissar fort und zündete sich eine Zigarette an. Die Blondine blieb stumm, doch ihre zusammengepressten Lippen verrieten, dass der Kommissar richtiglag.

»Von wem haben Sies denn erfahren?«

Die Frau schwieg weiter. Smita setzte sich ebenfalls. Der Kommissar schüttelte bedauernd den Kopf. »Es gibt keinen Grund mehr, den Mund zu halten. Dafür ist es jetzt zu spät.«

Kapoor kam aus der Toilette, ebenfalls kopfschüttelnd. »Na, was hast du denn da alles ins Klo geschüttet, Süße?«, fragte er freundlich. »Die Spülung raucht ja fast noch.«

Der Kommissar grinste. Die Blondine fing zu weinen an.

»Weshalb müssen sie eigentlich immer gleich losheulen?«, fragte Kapoor, als sei die Blondine gar nicht da. »Sehen sie denn nicht, dass es besser ist zu reden und dass es ihnen mehr bringt? Warum immer das Rumgeheule? Versteh ich nicht.«

Der Kommissar schüttelte wieder den Kopf.

»Ich meine, ich hab ihr ja noch nicht mal ein paar verpasst. Ich hab die weibliche Kollegin hier auch nicht gebeten, den Raum zu verlassen. Oder hab ich das etwa? Warum also«, wandte sich Kapoor mit einer fragen Handbewegung an Smita, »muss diese kleine Schlampe hier jetzt flennen?«

Smita beobachtete die Vorstellung mit ausdruckslosem Gesicht. Kapoors Blick war noch immer auf seine junge Kollegin gerichtet, als warte er auf eine Reaktion. Dann stapfte er zum Koffer hinüber, beugte sich nieder, um wahllos ein paar Sachen herauszuziehen. Eine Bluse, ein Paar Jeans, eine Hindi-Grammatik, Unterwäsche, ein rosa Plüschtier, an dem noch das Preisschild hing.

»Du hast ein Kind, ein Mädchen«, stellte Kapoor fest. »Weiß es, womit du dein Geld verdienst?«

»Das ist für meine Nichte«, antwortete die Blondine trotzig, aber es klang nicht sehr überzeugend.

Kapoor schlenderte zum Fernseher hinüber, besah sich die Fotos darauf, nahm eins in die Hand. »Diese Kleine hier? Bildhübsches Mädchen. Willst du, dass sie mal so wird wie du?«

Die junge Frau schwieg und schloss die Augen.

»Du willst sie doch sicher wiedersehen.«

Jetzt begann sie heftiger zu weinen, ihr Mund zuckte verzweifelt, während sie schluchzend zu Boden sank. Kapoor angelte sich mit dem Fuß einen der Stühle, zog ihn zu sich heran und ließ seinen massigen Körper daraufallen. Seine Füße standen jetzt zu beiden Seiten der weinenden Frau, seine Gestalt hing wie ein drohender Schatten über ihr.

»Eins ist Ihnen doch klar«, mischte sich der Kommissar freundlich ein. »Wenn ich die Kollegen herhole und dieses ... Apartment auf den Kopf stellen lasse, dann finden wir auch was. Etwas, das Sie nicht haben wegspülen können.«

»Aber das müssen wir doch sicher gar nicht, stimmts, Darling?« Kapoors Knie waren dicht am Gesicht der weinenden Frau, und auch sein Schritt war nicht viel weiter entfernt. »Das Schlimmste, was wir dir antun könnten, wäre, dich jetzt einfach hierzulassen. Jetzt, nachdem wir mit dir geredet haben. Was meinst du, wie lange es wohl dauert, bis die Mörder deines Freundes wegen dir zurückkommen?« Er beugte sich runter, bis sein Gesicht nur ein paar Zentimeter vor dem der Frau war. »Wie lange wohl?« Dabei hob er hinter seinem Rücken die Hand und winkte Smita herbei.

»Aber das muss ja nicht so laufen«, sagte die junge Polizistin, während sie neben ihren älteren Kollegen trat. Dabei legte sie ihm eine Hand auf die Schulter und brachte ihn dazu, sich wieder zurückzulehnen. Sie ging in die Knie und sah der Blondine in die Augen. »Sie wollen doch nicht sterben, oder?«

Die junge Frau weinte weiter leise vor sich hin.

»Und Sie wollen sicher genauso wenig in einem indischen Gefängnis verrotten.«

Die Frau hob jetzt die geröteten Augen, ihr Blick war immer noch voller Angst.

»Gut. Wir können Sie in Schutzgewahrsam nehmen. Ihre Aussage aufnehmen und überprüfen. Und währenddessen auf Sie aufpassen. Wie finden Sie das?«

Die Blondine nickte zum ersten Mal. Ihre verweinten Augen schauten unsicher in die sanften, braunen Augen Smitas.

»Sagen Sie uns einfach, was Sie wissen. Das ist alles, was wir wollen. Sie müssen nicht ins Gefängnis. Reden Sie, und wir garantieren Ihnen, dass Sie nicht vor Gericht kommen. Sie werden nur Indien verlassen müssen. Und gehen dorthin zurück, von wo Sie gekommen sind. Ist das okay für Sie?«

Kapoor stand auf und ging zu dem einzigen Fenster im Raum. Smita nahm seinen Platz auf dem Stuhl ein. Der Kommissar saß einfach da und rauchte.

»Na, was halten Sie davon?«, fragte Smita noch einmal.

Die junge Frau nickte wieder, entschlossener jetzt. Ein Lächeln huschte über ihr Gesicht. Dann streckte sie instinktiv die Hand aus. Smita nahm sie in ihre eigenen, warmen Hände.

»Ich heiße Natalia«, sagte die Frau leise.

»Das weiß ich schon«, gab Smita lächelnd zurück.

»Möchten Sie Tee?«

»Das wäre toll.«

Die junge Frau ging zur Kochnische. Smita wandte sich zu ihren beiden älteren Kollegen um. Der Kommissar lächelte komplizenhaft, während sie Kapoors Lächeln nicht sofort deuten konnte. Erst später an diesem Abend sollte sie sich daran erinnern. Sie war schon zu Hause und trank nach dem Abendessen eine Tasse Kaffee mit ihren Eltern. Sie erzählte, wie ihr Tag gewesen war, worauf ihre Mutter erst ein bisschen schniefen, dann aber lachen musste. Als Smita ihren Vater anschaute, sah sie den Stolz in seinem Lächeln. Da erinnerte sie sich an Kapoor und das Blitzen in seinen Augen.

* * *

Wie erwartet sang die junge Frau wie ein Kanarienvogel. Sie mussten sie nicht einmal aufs Hauptquartier mitnehmen. Was sie ihnen zu erzählen hatte, war nicht besonders aufregend, doch die auf ihrem Handy gespeicherten Nummern und ihre Erinnerung an die Gesichter der Leute, denen sie im Nachtclub Drogen überbracht hatte, waren von unschätzbarem Wert. Sie beeindruckte die drei Cops auch durch ihr inständiges Bitten, man solle gut auf ihre Katze aufpassen. Das Tier, ein friedlicher, kastrierter Kater, hatte sich schon in Smitas Herz geschlichen, und sie übernahm die Aufgabe nur zu gern.

Wie Natalia in dieses Metier gekommen war, stellte sich als ziemlich einfach heraus. Sie war nach Delhi gekommen, weil sie Yoga- und Tanzunterricht nehmen wollte. Eine Freundin im Yogakurs hatte sie dem Inhaber einer Agentur vorgestellt, die Statisten für Werbefilme und Hostessen für Partys vermittelte. Es wurde zwar viel darüber geflüstert, dass diese Mädchen auch andere Dienste tun mussten, doch hatte Natalia ihn immer als respektvoll und professionell erlebt. Er war es gewesen, der sie als Hostess an den Club vermittelt hatte. Die Aussicht auf ein regelmäßiges Einkommen und einen Job, der ihr tagsüber viel Zeit für sich selbst gab, erschien der jungen Yogaschülerin besonders attraktiv.

Die anderen Mädchen waren ein bunt zusammengewürfeltes Grüppchen. Einige von ihnen studierten, andere wollten Models werden, manche waren aber auch nur in Indien, weil sie ein freies Jahr überbrücken wollten. Ein paar von ihnen gingen zwar mit den Gästen nach Hause, doch das waren nur wenige. Die ruinierten, so Natalia, den guten Ruf der anderen gleich mit. Auch diejenigen, die ganz offiziell einen indischen Freund hatten, mit dem sie aus freien Stücken ins Bett stiegen, wurden als Flittchen angesehen. Dennoch war es ein gutes Leben, meinte sie. Jeden Abend mit Männern und Frauen Champagner zu trinken, die in Porsches oder Bentleys vorgefahren kamen, war ja nicht zu verachten. Das war zwar nicht das Indien, das sie sah, wenn sie früh am Morgen durch die zugemüllten Straßen von Mehrauli nach Hause ging, doch auf jeden Fall ein faszinierendes Land. Sie hatte Tagebuch geführt. Ob Smita es sehen wollte?

Den Afrikaner hatte sie zufällig kennengelernt, bei einem gemeinsamen Bekannten, einem afrikanischen Studenten, der im Gebäude nebenan wohnte. Der Mann hatte sich für ihre Arbeit interessiert, war mal im Nachtclub vorbeigekommen und hatte sie mit seinem Charme und der Tatsache beeindruckt, dass er immer mit seiner Freundin ausging. Als er ihr ein Angebot machte, schien alles so einfach, sie hatte einfach nicht Nein sagen können.

»Was genau sollten Sie denn machen?«, wollte Smita wissen.

Wenn die reichen Gäste keine Lust mehr hatten auf Grey Goose und Black Label und sie nach etwas Aufregenderem fragten, sollte sie einfach den Kontakt zu dem Afrikaner herstellen. Ein Name, eine Handynummer. Das war alles. Und sie wurde fürstlich dafür bezahlt. Und bevor sie es richtig merkte, war der einmalige Gefallen, einem Stammkunden ein Päckchen zu überbringen, zu einer regelmäßigen Angelegenheit geworden. »Und dann«, sagte Natalia schlicht, »dann konnte ich nicht mehr aufhören.«

»Wer waren denn die Kunden?«, fragte Smita so beiläufig wie möglich.

Natalia sah sie aus den Augenwinkeln an, dann fiel ein Schleier zwischen ihr und Smita.

»Vielleicht kenne ich ja ein paar Namen.«

»Wahrscheinlich fast alle«, antwortete das Mädchen.

Es war längst dunkel geworden, als die drei die Wohnung

verließen. Ab jetzt würde sich die Frauenabteilung der Polizei von Delhi um Natalia kümmern und für ihre Sicherheit sorgen. Kapoor hatte ihr Handy und ihren Laptop schon in Smitas altes Büro geschickt. Morgen früh würden sie alle Informationen auf dem Tisch haben.

»Das sollte ziemlich bald gelöst sein«, sagte Kapoor aufgeräumt.

Der Kommissar brummte etwas, während Smita skeptisch dreinblickte.

»Was ist los?«, fragte Kapoor irritiert.

»Na ja, wenn ihre Kunden wirklich so mächtig sind, wie sie meint … Könnte das nicht ein Problem sein?«

»Nicht für uns«, meinte Kapoor selbstzufrieden. Smita verstand nicht.

Der Kommissar hüstelte unbehaglich. »Damit meint er Sie beide«, sagte er und schüttelte ergeben den Kopf. »Wenn es auf der politischen Ebene Stress gibt, dann muss ich mich damit rumschlagen.«

»Na, deshalb sind Sie doch der Boss«, lachte Kapoor fröhlich.

Smita konnte sich nicht verkneifen einzustimmen. Der Kommissar starrte nur finster in die Dunkelheit. In diesem Augenblick trat eine schlanke Gestalt aus der Tür hinter ihnen. Smita fuhr erschrocken zusammen, während Kapoor und der Kommissar sich noch eine Zigarette anzündeten.

»Ich hab mich schon gefragt«, sagte der Kommissar seelenruhig, »wann du wohl auftauchen würdest.«

* * *

Es war ihnen schon bestätigt worden, dass der Afrikaner, der im Gebäude neben Natalia wohnte, nichts mit Drogen zu tun hatte. Ein kurzes Telefonat hatte ausgereicht, um Kapoors Verdacht gegen ihn auszuräumen. Trotzdem musste mit ihm geredet werden. Dass er jetzt von sich aus zu ihnen kam, ersparte ihnen das Treppenlaufen.

Der Kommissar und Kapoor strengten sich nicht besonders an, ihn zu beruhigen, doch setzten sie ihn auch nicht sonderlich unter Druck. Das war gar nicht nötig. Zwar war er reichlich misstrauisch, wollte aber auch reden.

Er bestätigte, dass er schon lange mit dem Mädchen befreundet war. Bei einer Party in seiner Wohnung hatte sie den Toten kennengelernt. Der Dealer und er waren als Studenten Freunde gewesen. Er hatte gewusst, womit sich der andere sein Geld verdiente, und es nicht gutgeheißen. Doch kann man sich in der Fremde seine Freunde nicht immer aussuchen. Ob der Kommissar und Kapoor dafür Verständnis hatten, zeigten sie nicht.

»Wir sind nicht alles Dealer«, sagte der Mann leise, doch mit Nachdruck. »So kommt man ja nicht auf die Welt. Ich habe hier viele Freunde gewonnen. Auch wenn die meisten Inder bis ins Mark Rassisten sind.«

Smita stieg das Blut ins Gesicht, was in der Dunkelheit zum Glück nicht zu sehen war. Der Kommissar blieb stumm, nur Kapoor lachte kurz. Keiner der drei zog die Worte des Afrikaners in Zweifel.

»Ich mag es nicht, wenn man mich Habshi nennt. Keiner von uns mag das. Oder Kala. Andhera. All diese Schimpfwörter. Wir sind nicht alle Dealer. Das muss Ihnen klar sein.«

»Keine Sorge, das ist es auch«, antwortete der Kommissar sachlich. »Deswegen nehmen wir Sie auch nicht gleich fest.«

Der Schwarze nickte langsam. »Kann ich Ihnen irgendwie weiterhelfen? Das möchte ich gern. Natalia ist meine Freundin. Und er war mein Freund.«

»Sie sollten fürs Erste nicht die Stadt verlassen«, riet Kapoor.

»Ich habe eine unbegrenzte Aufenthaltserlaubnis«, antwortete der Schwarze grinsend. »Ich brauche nicht abzuhauen.«

»Wie war er denn so, Ihr Freund?«, fragte Smita.

»Ein netter Typ, eigentlich. Aber dann veränderte er sich. Man kann das nicht tun, ohne anders zu werden.«

»Was ist denn mit ihm passiert?«

»Er wurde arrogant. Großmäulig. Manchmal war er paranoid. Redete von seinen tollen Freunden, aber fast immer klang das bitter. Das waren ja nur flüchtige Bekanntschaften. Sie konnten ihm nicht dazu verhelfen, legal hier zu leben. Er hoffte, dass sie ihm helfen würden, aber im Grunde wusste er, dass sie das nie tun würden. Für sie war er nicht so wichtig.«

»Kennen Sie welche von ihnen?«, fragte Kapoor.

»Nur ein paar Namen, aber beschwören könnte ich die nicht.«

»Und das Mädchen?«, fragte Smita.

»Nett, sympathisch. Immer freundlich und mit einem Lächeln auf dem Gesicht. Lernt Hindi, interessiert sich für Geschichte, Yoga, Tanz. Ist genauso wenig eine russische Nutte, wie ich ein Habshi-Dealer bin.«

»Wir haben alle unser Kreuz zu tragen«, bemerkte der Kommissar trocken.

»Immer schön in der Nähe bleiben«, fügte Kapoor hinzu.

Der Afrikaner nickte widerwillig. Dann war er wieder verschwunden.

* * *

Am nächsten Tag wurde die Sonne am Himmel von einer Brise begleitet, die die Wolken in lange, weiße Strähnen zog. Ein kühler Wind, der vom Himalaja, von Afghanistan und fernen Tälern erzählte, wo Männer und Frauen sich in dicke Gewänder hüllen, unter denen sie Töpfe mit heißen Kohlen gegen die Kälte tragen.

In Delhi wich die nächtliche Kühle rasch einem blauen, sonnigen Himmel. Im Schatten aber wurde man daran erinnert, wie ungezügelt in den fernen Bergen und über die kühlen Ebenen der Wind blies.

Für Smita jedoch hätte der Tag draußen genauso gut grau sein können. Handydaten mussten ausgewertet, Telefonate geführt werden. Ihre alten Kollegen in der Abteilung für Internetkriminalität waren dabei willkommene Verbündete. Das Prüfen der Verbindungsdaten des Dealers bestätigte, was sie seit dem gestrigen Abend vermutet hatten: Viele Reiche und Mächtige der Stadt zählten zu seiner Kundschaft.

»Sind Wiederholungstäter dabei?«, fragte Kapoor am Mittag, als die drei sich beim Kommissar zusammensetzten.

»Viele von denen telefonierten immer wieder mit ihm. Oder meinen Sie die, die bei uns schon wegen Drogenvergehen erfasst sind?«

Kapoor nickte wortlos. Der Kommissar hielt die Arme hinter dem zur Decke gerichteten Kopf verschränkt, seine Füße lagen auf der Schreibtischplatte.

»Also … einer der Jungs vom Drogendezernat ist ein Kumpel von der Polizeischule. Den habe ich mal gefragt.«

»Und?«

»Er hat nur verblüfft gepfiffen und gesagt, ich soll ihn später noch mal anrufen. Das hab ich noch nicht getan, aber es ist jetzt schon klar, dass man dort viele der Namen kennt. Wollen Sie dem mal auf Ihrer Ebene nachgehen?«

Der Kommissar und Kapoor schüttelten unisono den Kopf.

»Das bringt nichts«, erklärte Kapoor. »Wenn die Drogenkollegen schon gefragt worden sind, müssen wir das jetzt selbst in die Hand nehmen.«

Der Kommissar nickte zustimmend.

»Gibts schon Druck von oben?«, fragte Kapoor, an den Kommissar gewandt.

»Bis jetzt noch nicht.«

»Wirds denn überhaupt welchen geben?«, fragte Smia neugierig.

Die beiden Männer sahen sie an, dann legte auch Kapoor die Hände hinter den Kopf und wandte ihn zur Decke.

»Kannten Sie irgendwelche der Namen?«, fragte der Kommissar.

»Ziemlich viele«, gab Smita zurück.

Der Kommissar seufzte, Kapoor gab ein Brummen von sich, und Smita schaute immer verwirrter drein.

»Haben Sie sich die Daten denn noch nicht angeschaut?«, fragte sie. »Und warum nicht?«, setzte sie hinzu, als sie keine

Antwort bekam. Sie wusste selbst nicht, ob es ihr jugendliches Alter oder ihr rebellischer Geist war, der sie zum Weiterreden trieb. »Jeder weiß inzwischen, dass ich die Daten gesehen habe und alle anderen in diesem Team auch. Die ganze Internetabteilung hat im Moment damit zu tun.«

An der Decke hätte ein Fresko zu sehen sein können, so aufmerksam studierten sie ihre beiden Kollegen.

»Dieser Fall wird schon nicht so schwer zu lösen sein«, beharrte Smita verzweifelt. »Schon gar nicht im Vergleich zum Fall des Fingerdiebs.«

»Der ist noch gar nicht abgeschlossen.«

»Wir haben die Vergewaltigung aufgeklärt.«

»Die Typen war arm und dumm.«

»Und das heißt?«

»Arme, dumme Typen werden immer geschnappt. Die Kunden von diesem toten Mistkerl waren zwar auch ziemlich dumm. Aber keiner von denen ist arm«, sagte Kapoor mit Nachdruck.

»Wenn man nicht will, dass der Fall gelöst wird, weshalb gibt man ihn uns dann überhaupt?«

»Alles klar für die Zeremonie morgen?«, wechselte der Kommissar das Thema.

Er und Smita sollten am nächsten Tag Tapferkeitsmedaillen verliehen bekommen, für ihren Einsatz bei der Lösung des Vergewaltigungsfalls. Die Ministerin höchst persönlich würde ihnen die Auszeichnungen überreichen.

Smita nickte stumm.

»Die alte Dame hat mich zum Frühstück eingeladen«, fuhr der Kommissar fort.

Kapoor zog die Augenbrauen hoch. »Das volle Programm?«

»Sieht ganz danach aus.«

»Diese Frühstückseinladungen sind ja berühmt«, sagte Kapoor. »Speck, Würstchen, frisches Fladenbrot und Dosa für die Vegetarier. Alkohol für alle, die wollen. Jede Menge wichtige Leute.«

Smita kochte zwar immer noch vor Zorn, zeigte sich jedoch interessiert.

»Eines Tages, Smita, wird man Sie auch einladen. Dann wird Ihr ganzer Flur genauso grün sein vor Neid wie die anderen Kommissare, wenn sie hören, wo unser Boss morgen seine Frühstückseier isst.«

Mit diesen Worten stand Kapoor schwerfällig auf und stapfte zur Tür. Smita sah ihm hinterher und wandte sich dann wieder dem Kommissar zu, nur um festzustellen, dass sein Blick schon auf ihr lag.

»Was haben Sie heute Abend vor?«, fragte er.

»Fernsehen. Dann mit ner heißen Wärmeflasche ins Bett.«

»Hört sich ja nach nem tollen Abend an.«

»Absolut.«

»Wie wärs mit einem Drink? Zur Feier der ersten Medaille?«

»Sicher. Ich meine, ja, gern. Das wäre nett.«

Der Kommissar grinste sie an. »Ich dachte an den Laden, wo wir gestern Tee getrunken haben. In Mehrauli. Der sah doch gut aus. Und Sie haben ihn empfohlen.«

»Ja, da ist es auch sehr schön«, bekräftigte Smita. »Gibt es … Gibt es sonst noch einen Grund?«

Der Kommissar musterte sie kühl. »Ich bin Ihr Vorgesetzter, Smita. Was sollte es da sonst noch für einen Grund geben?«

Smita wurde rot und sah zur Seite. Aber seine Worte hörte sie dennoch.

»Manchmal reicht es nicht aus, ein guter Polizist zu sein, wenn man hier bei uns Karriere machen will. Vielleicht können wir ja heute Abend ausführlicher darüber sprechen.«

* * *

Im Schneckentempo hatten sie sich durch den Albtraum der späten Rushhour gekämpft, der Turm von Qutb Minar leuchtete ihnen schon von Weitem über den dichten Strom der Autos entgegen. Dann bog der Strom in Richtung Gurgaon ab, und sie fuhren geradeaus nach Mehrauli hinein, schneller jetzt, an einer Steinmauer entlang, vorbei an schönen, alten Häusern. Sie beherbergten jetzt Luxusboutiquen und teure Restaurants für die Bewohner der Viertel um Mehrauli herum.

»Irgendwie ist das schon ein wenig seltsam«, sagte der Kommissar. »Die Leute aus der Umgebung kommen hierher und meinen, Mehrauli sei nur ein altes Dorf.«

»Ist es das denn nicht?«

»Jetzt kann man es vielleicht so nennen. Doch vor tausend Jahren war dies hier eine Stadt.«

»Das haben Sie ja gestern schon angedeutet.«

»Mehrauli war die Hauptstadt des Rajputen-Reichs, vor der Zeit des Sultanats von Delhi. Als dann die Sultane kamen, behielten sie es als ihre Hauptstadt. Deshalb ist auch der Qutb Minar hier.«

Smita nickte, ihr Gesicht war dem Kommissar zugewandt und leuchtete ab und zu hell auf, wenn das Licht der Straßenlaternen daraufffiel.

»Mehrauli hat alle Anzeichen einer imperialen Hauptstadt. Eine große Moschee für die Bevölkerung. Einen Wasserspeicher, damit es in schlechten Zeiten nicht an Wasser mangelte. Einen besonderen Friedhof für die Könige. Stufenbrunnen für ihren Hofstaat. Häuser für ihre Händler und deren Frauen und Sklaven. Dies hier war das Herz von Delhi, bevor die restliche Welt überhaupt wusste, dass es Delhi gab.«

Smita lauschte gebannt, während der Kommissar laut seine Gedanken aussprach.

»Delhis erster Sufi-Heiliger lebte und starb hier. Qutb Minar heißt so ähnlich wie er, aber ist es nach ihm benannt worden?« Der Kommissar schüttelte den Kopf. »Er war der Schutzpatron von Kaisern und Königen, die erst noch kommen sollten. Der letzte Kaiser Delhis wollte auch hier begraben werden.«

»Und? Ist er es denn nicht?«

»Sein Grab ist hier. Aber er ist nicht darin.« Er warf Smita einen raschen Blick zu und lächelte, als er ihren fragenden Gesichtsausdruck sah. »Die Dinge entwickeln sich halt nicht immer so, wie man möchte. Oder wie sie sollten.«

»Und dann schauen Sie sich diese Leute hier an«, fuhr er fort, als sie schon ausgestiegen waren. Sein Atem hing in der kalten Abendluft. Der Parkwächter hatte den Autoschlüssel schon entgegengenommen. »Sie kommen hierher, um Shisha zu rauchen und teuer zu essen und zu trinken, und denken, dass sie dabei einen Ausflug in die idyllische Vergangenheit unternehmen. Aber was wissen sie schon über den Ort hier?«

»Sie wissen, dass dieser Ort zurzeit sehr cool ist«, antwortete Smita.

»Und tatsächlich ziemlich kalt«, lachte der Kommissar. »Na, dann wollen wir mal«, fügte er hinzu, als ein Mann mit einem Turban die Tür zum Garten des alten Stadtpalasts für sie offen hielt.

Es war wirklich ein kühler Abend, und die beiden waren froh um die Wärmestrahler. Ihr roter Schein fiel auf den von Raureif überzogenen Rasen, die sorgfältig angelegten Kieswege und die Sitzgruppen, auf denen die Neureichen Delhis lagerten. Sanfte Musik mit leisen, eintönigen Beats drang aus Lautsprechern, die irgendwo versteckt waren. Frauen mit nackten Schultern registrierten aufmerksam Smitas Outfit. Sie wussten nicht, wer ihr Begleiter war. Doch offensichtlich wusste es irgendjemand im Restaurant. Das diskrete Getue von Manager und Kellnern ließ erkennen, dass er ein wichtiger Mann sein musste, weshalb Smita der entsetzliche Mangel hoher Absätze verziehen wurde. Dem Kommissar war nicht entgangen, dass sie betont underdressed gekommen war, auch nicht, wie souverän sie durch das Getuschel um sie her schritt, obwohl sie sich der kritischen Blicke offensichtlich ganz bewusst war. Er war mit beidem sehr einverstanden, die Blicke der anderen Gäste störten ihn nicht. Zufrieden ließ er sich auf das Sofa sinken, zu dem man sie führte. Ihre Wünsche wurden umgehend notiert, und schon bald darauf standen Getränke und Appetizer vor ihnen. Während sie sich im schummrigen Licht aufmerksam umschaute, biss Smita in einen der Happen, um zu sehen, was darin verborgen war.

Der Kommissar sah sie belustigt an. »Gut?«

»Man kann es essen«, urteilte Smita gnädig.

»Und die Frauen hier?«

»Interessanter als die Männer.«

»Weshalb?«

»Na ja, die Männer sind einer wie der andere. Sie arbeiten hart, oder ihre Väter haben hart gearbeitet. Jetzt genießen sie die Vorzüge ihres sozialen Aufstiegs. Viel mehr ist zu ihnen nicht zu sagen.«

»Die Frauen dagegen?«

»Die haben weitergehende Interessen. Denken an ihre eigenen Dynastien.«

»Und das bedeutet?«

»Niemand ist so snobby wie ein Mädchen aus Delhi mit viel Geld, aber ohne Wurzeln.«

»Wissen Sie das aus eigener Erfahrung?«, lachte der Kommissar.

»Glauben Sie mir ruhig«, antwortete sie schlicht. »Ich weiß es einfach.«

»Na, dann erzählen Sie mir mal, was diese Frauen tun, damit die Wurzeln wachsen.«

»Theoretisch ist das gar nicht so schwierig. Als Erstes braucht man ein Haus im richtigen Teil der Stadt.«

Der Kommissar nahm einen Schluck von seinem Drink.

»Ihr Ehemann muss seine rüden Manieren ablegen. Oder genug Geld machen, damit die keine Rolle mehr spielen.«

Der Kommissar nickte.

»Ihre Kinder müssen in die richtigen Schulen gehen. Wenn das große Geld erst kommt, wenn es dafür zu spät ist, dann müssen sie auf die richtigen Colleges im Ausland gehen. Selbst wenn der Sohn nur die Stellung des Vaters hinter der Ladentheke erbt, braucht er einen Master in Betriebswirtschaft.«

Jetzt musste der Kommissar lachen.

»Die Ehefrau muss zu den richtigen Partys gehen, die richtigen Freundinnen haben, mit den richtigen Leuten verkehren. Da werden Informationen weitergegeben, wahre Verhältnisse verschleiert, Familiengeschichten aufgehübscht.«

»Zum Beispiel?«

»Kleine Dinge zunächst. Eine Bekanntschaft wird zur Freundschaft. Eine Freundin vom College wird als Enkeltochter eines der engsten Freunde des eigenen Großvaters eingeführt. Ihr Juwelier wird plötzlich zum ›Juwelier der Familie‹, eine Rolle, die seine Familie seit Generationen gespielt hat. Ein Gast in einem Club wird als Mitglied vorgestellt. Ein Ring am Finger einer Frau, die man nicht mag, wird als unecht abgetan. Und die anderen stimmen zu. So in etwa läuft das.«

»Und so baut man Freundschaften auf?«

»So baut man Dynastien auf. Na, kommen Sie schon, Sir. Das wissen Sie doch alles genauso gut, oder etwa nicht?«

Der Kommissar grinste nur vieldeutig und sah, dass ein frischer Drink vor ihm stand.

»Dann erzählen Sie mir doch mal etwas, das ich noch nicht weiß.«

»Ein, zwei Sachen kann ich Ihnen schon erzählen.«

Der Kommissar wartete gespannt.

»Diese Frauen fürchten nur eins.«

»Und das wäre?«

»Armut. Das ist etwas Relatives, ich weiß. Doch in einem Ford bei einer Party aufzukreuzen, wo nur BMWs vor der Tür stehen, heißt, die soziale Vernichtung zu riskieren.«

»Meinen Sie wirklich?«

»Diese Stadt vergibt ihnen alles«, fuhr Smita leise fort. »Ihr Vater kann verbotene Medikamente herstellen, ihr Mann kann notorisch Steuern hinterziehen. Ihre Tochter kann eine halbseidene Künstlerin sein, ihre Verwandten kriminelle Waffenhändler, ihr Schwiegersohn im Knast, weil er Regierungsbeamte bestochen und krumme Geschäfte gemacht hat. Das spielt alles keine Rolle, solange sie reich sind. Wenn sie aber kein Geld haben, dann existieren sie überhaupt nicht. Ich weiß nicht, wie es in Ihrem Delhi läuft, Sir, aber das, was mein Delhi niemals vergibt, ist Armut.«

Der Kommissar sah sie nachdenklich an. »Und die zweite Sache?«

»Ha!« Sie grinste. »Ich wette mit Ihnen um einen Drink, dass eine dieser Frauen in den nächsten fünf Minuten herüberkommt und Sie fragt, ob Sie sich nicht schon einmal irgendwo gesehen haben.« Der Kommissar lachte.

»Warten Sies ab«, prophezeite Smita über den Rand ihres Glases hinweg.

Tatsächlich dauerte es kaum dreißig Sekunden, bis eine langbeinige Frau unbestimmten Alters, ein Tuch elegant über die nackten Schultern drapiert, zu ihnen herübergestöckelt kam. Gewinnend lächelnd schaute sie den Kommissar an. »Sind wir uns nicht schon mal begegnet?«, fragte sie.

Der Kommissar schüttelte den Kopf mit ebenso offenem Lächeln und sagte, nein, er habe noch nicht das Vergnügen gehabt, denn sonst würde er sich zweifellos daran erinnern.

Sie zog eine sorgfältig gestylte Augenbraue in die Höhe, streckte mit einer anmutigen Bewegung eine schlanke Hand über den Tisch und stellte sich vor. Dabei warf sie dem Kommissar wieder einen ihrer Hochspannungsblicke zu. Kann es nicht bei dem und dem gewesen sein?, beharrte sie. Der Kommissar lächelte zurück und schüttelte erneut den Kopf. Vielleicht bei der und der, fuhr sie unbeirrt fort, und der Kommissar antwortete, nein, die kenne er auch nicht. Sie tat überrascht, bohrte weiter auf ihre aufreizende Art und ignorierte Smita dabei völlig. »Aber es ist doch wirklich ein Jammer, Sajan« – natürlich war sie inzwischen schon beim Vornamen angelangt –, »dass wir nicht früher Bekanntschaft gemacht haben.«

»Vielleicht entschädigt uns ja die Tatsache, dass wir uns jetzt endlich kennen«, grinste der Kommissar. Den ironischen Unterton schien die Lady jedoch gar nicht zu bemerken. Vielmehr schenkte sie ihm ein letztes Lächeln, nickte nachlässig Smita zu und wandte sich zum Gehen.

»Und dabei wissen Sie gar nicht, wer sie ist«, sagte Smita, nachdem sie so ausgiebig gelacht hatte, dass ihr die Tränen in die Augen traten.

»Sollte ich das denn?«, fragte der Kommissar mit gespieltem Erstaunen.

»Wahrscheinlich stehen ihr Mann und Sohn auf den Datenlisten, die Sie sich heute Nachmittag hätten anschauen sollen.«

»Partygänger?«

»Genau solche Partygänger wie sie.«

»Ob sie wohl auch das Einkommen ihres Mannes das zarte Näschen hochschnupft?«

»Würde mich nicht besonders überraschen«, antwortete Smita trocken. »Die Telefonate dafür macht sie natürlich noch lange nicht selbst. Frauen wie sie haben immer Männer um sich herum, die nur zu gern diese Rolle übernehmen.«

Der Kommissar überlegte einen Moment. »Gut angezogen, auf jeden Fall«, sagte er dann anerkennend.

»Perfekt. Die typische Delhi-Dior-Schlampe.«

»Wie bitte?«

»Für jeden Blowjob schenkt ihr ihr Mann ein neues Kleid.«

Dem Kommissar blieb der Mund offen stehen. Smita lief dunkelrot an, hielt sich erschrocken die Hand vor den Mund und zeigte entschuldigend auf ihren zweiten Drink. Dann lachten sie beide lauthals los, worauf die fragliche Dame, umgeben von einem Hofstaat identisch aussehender Frauen, die Stirn runzelte. Dann lächelte sie gnädig und warf dem Kommissar noch einmal einen ihrer einstudierten koketten Blicke herüber.

»Aber ist es denn nicht okay«, sagte der Kommissar, immer noch nach Luft schnappend, »dass Wesen wie sie eine Rolle spielen, etwas, nach dem sie streben können?«

»Darüber will ich mich nicht mit Ihnen streiten«, war die schlichte Antwort. Nach einem Weilchen fragte sie: »Sie wissen schon, weshalb sie eben hergekommen ist?«

»So dumm bin ich auch nicht.«

»Also?« Smita blitzte herausfordernd ihren Chef an.

Der lehnte sich gemütlich zurück, nahm einen Schluck aus seinem Glas und fischte sich umständlich ein Minzeblatt aus dem Mund. »Na ja«, sagte er dann. »Sie haben mich wohl erkannt, oder einfach den Geschäftsführer gefragt, weshalb er so ein Trara wegen zwei anscheinend unbedeutenden Leuten macht.«

Smita nickte, ihre Augen funkelten.

»Sie wissen also, dass ich ein Cop bin. Ich bin nicht mehr ganz jung, aber auch nicht allzu alt. Lang genug im Polizeidienst, eine Bekanntschaft mit mir könnte nützlich sein, wenn zum Beispiel der Sohn mit Alkohol am Steuer erwischt wird. Bei einer Party gebe ich ein gutes Bild ab. Ich halte mich gerade, spreche akzentfrei, kann ein paar gute Geschichten erzählen, wenn sie keine Lust mehr haben, über den letzten Monat in London zu sprechen. Und ich habe noch fast zwanzig Dienstjahre vor mir. Wer weiß? Vielleicht komme ich ja bis ganz an die Spitze? Eine solche Freundschaft kann unbezahlbar sein. Selbst wenn man es nicht wirklich Freundschaft nennen kann.«

»Die schon.«

»Im Ernst?«

»Immer wenn Sie im Fernsehen auftauchen, wird sie sagen: ›Mein Freund Sajan, den ich seit ewigen Zeiten kenne; unsere Väter waren schon gute Freunde.‹ Ihnen ist doch klar, dass sie Sie zu sich nach Haus einladen wird.«

»Allein?«

Smita lachte leise auf und schaute weg. »Diese Frauen sammeln Männer wie Sie.«

»Männer wie mich hat man immer sammeln können. Heutzutage und zu allen Zeiten. Das soll gar nicht arrogant klingen. Ihnen wird das auch mal so gehen, wenn Ihre Zeit gekommen ist. Dann hängts von Ihnen ab, wie Sie darauf reagieren.«

Sie nickte nachdenklich, während Dayal weitersprach.

»Ich entscheide das von Fall zu Fall. In einer so alten Stadt wie dieser, wer weiß da schon, wo die richtigen Beziehungen sind.«

»Und Beziehungen spielen wirklich überall eine Rolle?«

»Überall. Davor müssen Sie sich hüten.«

»Und wenn unsere Zeit um ist?«

»Nach unserer Dienstzeit? Dann spielen wir Golf oder Bridge. Sammeln Briefmarken. Bringen uns um.«

»Verschwinden langsam wieder?«

Der Kommissar nickte. Eine neue Runde Drinks wurde vor sie hingestellt. Smita wehrte zunächst halbherzig ab, der Kommissar nickte dem Kellner nur freundlich zu.

»Und wer erinnert sich dann noch an uns?«, fragte der Kommissar rhetorisch. »Vielleicht nur die, mit denen wir auf der Schule und auf dem College waren.«

Dann stand er auf, entschuldigte sich und ging über den Kies in die Richtung, die ihm einer der Kellner gewiesen hatte. Während er über den uralten Boden schritt, spürte er die Blicke der Männer und Frauen dieses neuen Delhi auf sich und war sich mit einem Mal bewusst, wie seltsam es war, dass er, ein Mann der alten Stadt, derjenige sein sollte, der sich in dieser Umgebung fehl am Platz fühlte. Doch war es eigentlich nur folgerichtig, dachte er, während er durch den wunderbar gepflegten Hof ging. Die Dinge ändern sich, genauso wie die Menschen und die Städte, in denen sie leben. Weshalb sollte dieser Ort hier seine, Dayals, Herkunft würdigen, wenn er sich selbst von ihr abgewandt hatte? Und eigentlich war er hier ja auch gar nicht so fehl am Platz. Er genoss die Drinks, die Atmosphäre und die Aufmerksamkeit der schönen Frauen, die so vergänglich waren wie alles auf der Welt. Und wenn das alles einmal vorbei sein sollte, lachte er in sich hinein, dann hätte er immer noch seine Geschichte, die ihn trug. Die würde ihm bleiben, selbst wenn er nichts anderes mehr besäße.

Die Toilette war ein kunstvoll arrangierter Raum, von dem aus man zu den Sternen hinaufsehen konnte, ohne selbst gesehen zu werden. Es roch sauber nach Zitronengras und Winterblumen. Er zog den Reißverschluss herunter, erleichterte sich und bemerkte ein wenig überrascht, dass er tatsächlich einen leichten Schwips hatte. Plötzlich spürte er, dass jemand hinter ihm stand, fühlte, wie eine Hand die seine zur Seite schob und nach seinem Glied griff. Ein schlanker Leib presste sich an ihn, Atmen drang in sein Ohr, dann wurde sein Geschlecht von kundiger Hand verborgen. Gleich darauf dirigierte ihn die Hand eine Treppe hinauf an einen Platz, von dem aus man die Sterne hell in der klaren, kalten Nacht sehen konnte. Der Garten des Stadtpalasts mit Delhis neuen Schönheiten lag zur einen Seite unter ihnen, ein altes Gemäuer kauerte wie ein graues Tier im Mondlicht auf der anderen. Dahinter waren in der Ferne gestochen scharf die Umrisse von Delhis ureigener Erektion, dem Qutb Minar, zu sehen, gleichzeitig einladend und bedrohlich. Endlich wandte er sich zu der Gestalt um, deren Hand immer noch in seiner Hose steckte, beugte sich zu ihr hin und flüsterte ihr leise, doch deutlich ins Ohr: »Wo bist du nur gewesen?«

* * *

Sie standen im Schatten der Wassertanks und des alten Maulbeerbaums, der den Garten bewachte. Von hier oben konnten sie die Reihen der Männer sehen, die kamen und gingen. Sie standen dicht beieinander. Ein leichter Schauer lief über ihren Körper, und er zog sie noch näher an sich heran. Das Licht der Lichterketten im Garten fiel so, dass sie alles gut sehen konnten, selbst jedoch im Schatten und unsichtbar für die unten im Garten waren.

»Wo bist du nur gewesen«, fragte er wieder, sanfter jetzt als beim ersten Mal.

»Was macht das schon, mein Sajan?«, fragte die vertraute Stimme. »Jetzt bin ich hier.«

»Es ist eine ganze Weile her.«

»Du scheinst mich nicht vermisst zu haben.«

Sajan sah den schmalen Kopf leicht in Richtung seiner jungen Kollegin unten im Garten deuten.

»Muss sich eine Frau wie ich keine Sorgen wegen ihr machen?«, fragte Razia.

»Eine Frau wie du muss sich wegen nichts und niemandem Sorgen machen.«

»Auf jeden Fall ist sie sehr hübsch.«

Dem konnte Sajan nur beipflichten. Es war ihm nicht entgangen, dass Smita die Aufmerksamkeit von Männern und Frauen auf sich zog.

»Diese Mädchen aus dem Punjab«, fuhr Razia fort. »Solch herrliche Blüten, wenn sie jung sind. Doch altern sie wie wir?«

Er spürte ihren Blick in seinen Augen, beugte sich zu ihr hinab und küsste sie, zögernd zunächst, dann ungestümer.

Als sie wieder voneinanderließen, fragte er: »Wer bist du? Die Tante oder die Nichte?«

»Das hast du schon mal gefragt. Die Antwort ist immer noch dieselbe.«

»Sollte ich die Frage gar nicht stellen?«

»Die Frage verschwendet nur Zeit, die wir besser anders verbringen könnten.«

Wieder küsste er sie und fragte sich, wie eine Fremde so vertraut schmecken konnte. Ihre flinken Hände befreiten mühelos sein Geschlecht. Geschmeidig lehnte sie sich gegen die Wand, zog ihn zu sich heran und führte ihn unter ihren Rock. Ihm wurde abwechselnd heiß und kalt, er sah über ihre Schulter, ihren zurückgebogenen Hals wie durch ein Kaleidoskop die Welt vor sich, die sich um kometenhaft stürzende Lichter drehte, unterging und sich neu bildete. Dann war es vorbei, ein Schweißfilm lag auf ihren beiden Körpern. Er lehnte seinen Kopf gegen ihren Nacken und schmeckte ihren salzigen Schweiß auf seiner Zunge. Dann begann sie sich wieder hin- und herzuwiegen.

»Ich bin fertig«, flüsterte er halb protestierend.

»Ich aber nicht«, flüsterte sie über ihre Schulter und rieb sich stärker gegen ihn.

Er küsste ihren Nacken und legte die Hände auf ihre Brüste, spürte ihre Nippel hart und aufrecht durch den Kleiderstoff, während er seinen Unterleib gegen ihren Hintern presste. Sie langte zwischen ihre und seine Beine, griff nach seinem Hodensack und zog ihn noch näher zu sich heran, und plötzlich war er wieder völlig steif.

Diesmal ließen sie sich Zeit. Die Lichter vor Dayals

Augen verschwammen noch einmal. Er spürte den feinen Stoff ihres Kleids und das Kribbeln ihres zur Seite gezogenen Slips. Sein Atem wurde in der Kühle der Nacht zu Raureif auf ihrem Haar. Dann mischte er sich mit dem ihren, als sie sich endlich zu ihm umwandte.

»Jetzt möchte ich rauchen«, sagte sie. Sie lag in seinen Armen, das Blut pochte immer noch in Sajans Schläfen. Er zündete eine Zigarette für sie beide an. Sie waren halb zu Boden gesunken, hörten ab und zu, wie unter ihnen das Wasser rauschte, und lauschten gleichmütig auf das Klimpern der Musik im Garten. Draußen auf der Straße fuhren Busse vorbei. Gemeinsam rauchten sie die Zigarette zu Ende, und immer noch lagen sie sich in den Armen.

»Willst du dich nicht ein wenig sauber machen?«, fragte er.

Sie schaute ihn von der Seite an. »Wie denn? Und weshalb denn auch? Ich mag es, dich immer noch zwischen meinen Beinen zu spüren.« Sie beugte sich zu seinem Schritt hinunter. »Und du?«, fragte sie gespielt besorgt. »Was, wenn all die Leute da unten die Flecken auf deiner Hose sehen?«

Er schüttelte nur gleichmütig den Kopf. Dann riss er plötzlich erschrocken die Augen auf und schob sich trotz Razias Protestieren an den Rand der Dachterrasse. Dort, wo vor ein paar Minuten, vor einer halben Ewigkeit seine junge Kollegin gesessen hatte, war jetzt nur noch ein leerer Tisch zu sehen. Razia seufzte glücklich, während er wieder die Augen schloss.

»Immer wenn ich dich treffe, stößt mir etwas Schlimmes zu«, sagte er leise.

»Wirklich? Wie meinst du das?«

»Das erste Mal, als du mich verlassen hast, dachte ich, es sei für immer. Ist dir eigentlich klar, wie es mir da ging?«

Razia dachte einen Augenblick darüber nach. »Und dann?«

»Beim nächsten Mal wurde ich fast erstochen.«

»Und diesmal?«

»Meine junge Kollegin denkt sicher, dass ich entweder

verrückt oder ein totaler Einfaltspinsel bin. Wahrscheinlich beides.«

»Ich wünschte, ich könnte dir versichern, dass der Zorn deiner Mitarbeiterin das Schlimmste ist, mit dem du rechnen musst.«

Er zuckte ergeben die Schultern und fragte, ob sie etwas über den toten Dealer wisse.

Sie schwieg einen Moment und schien zu überlegen. »Mehr als mir lieb ist«, gab sie schließlich zu.

»Und was ist mit diesen Fingerdieben? Du wusstest doch, dass es mehr von denen gab, nicht wahr? Was wollen sie von dir?«

Seine Arme waren um ihren warmen Körper geschlungen, ihr Haar lag auf seinem Gesicht wie eine weiche Wolke.

»Warum hast du mir nichts davon erzählt?«, flüsterte er. »Warum erzählst du mir jetzt nichts?«

»Das war schlecht geplant«, antwortete sie schnell. »Wir wollten dich, Sajan. Ich wollte dich. Dieses Wesen war nur Mittel zum Zweck. Inzwischen gibt es wohl mehr von ihnen. Viel mehr.«

»Wer ist wir?«, fragte Sajan, bekam jedoch keine Antwort.

Sie stand auf und begann, sich vor dem Hintergrund des hell erleuchteten Qutb Minar in Ordnung zu bringen. Ihr Gesicht lag völlig im Dunkeln.

»Du sollst wissen, dass du mir sehr viel bedeutest. Und das wird immer so bleiben.« Sie schwieg einen Augenblick, dann fuhr sie fort: »Sie wollen dasselbe, was alle anderen auch wollen. Ich möchte, dass du darüber nachdenkst, wem du die Treue halten willst.« Dann war sie verschwunden.

Ein paar Augenblicke später stieg auch er hinab. Im Raum unten wusch er sich ein wenig, dann ging er an seinen Tisch zurück. Dort empfing ihn der Geschäftsführer mit der Nachricht, dass Smita nach zwanzig Minuten des Wartens das Lokal verlassen hatte. In welcher Gemütsverfassung sie gewesen war, sagte er nicht, und der Kommissar fragte auch nicht danach.

»Ich hatte zufällig jemanden getroffen«, erklärte er wie

nebenbei und bat um die Rechnung. Der Geschäftsführer machte eine abwehrende Handbewegung und entgegnete, er könne wiederkommen, wann immer er wolle. Dayal erwiderte das strahlende Lächeln der Lady vom Tisch gegenüber, sie schien schon auf seine Rückkehr gewartet zu haben. Dann knirschte der Kies unter seinen Füßen. Er verließ das Lokal, stieg in seinen Wagen und fuhr davon. Begraben in der Winternacht mit dem Qutb Minar als Grabstein wurde Mehrauli zu einem schwindenden Punkt im Rückspiegel.

* * *

Es war wohl ein typisches Merkmal der Position der Ministerin, dass der Platz hinter dem Kaffeeausschank ihre Autorität in keinster Weise schmälerte. Mit dem leutseligen Flair einer Matrone der besseren Gesellschaft teilte sie guten südindischen Kaffee, kluge Ratschläge und auch ein bisschen Klatsch und Tratsch an ihre Frühstücksgäste aus. Jemand, der sie nicht kannte, hätte sie vielleicht sogar für eben dies gehalten. Der riesige Garten strahlte in all seiner Herrlichkeit, die Sonne schien extra für diese Gelegenheit bestellt worden zu sein. Ihre Gärtner, so hatte die Ministerin dem Kommissar bei seinem Eintreffen anvertraut, waren schon seit Sonnenaufgang auf den Beinen, um mit rauen Besen den Tau vom Rasen zu fegen, damit die helle Wintersonne ihn nicht verbrennen konnte. Die bunt bezogene Hollywoodschaukel war derzeit belegt durch den Chefredakteur einer der wichtigsten Zeitungen Delhis und eine mit ihm befreundete Lady, und an den Tischen saßen einige der angesehensten Bürger.

Sie präsidierte der Gesellschaft mit heiterem Elan, unterstützt von ihren uniformierten Bediensteten. Aufmerksam achteten sie auf jedes Signal ihrer Hände und Augen, schenkten hier Kaffee oder Tee nach, räumten dort einen Teller ab. Alles war ganz zwanglos arrangiert, ein Frühstück, bei dem die Gäste sich am Buffet bedienten und einfach dort hinsetzten, wo sie Platz fanden, und sich mit denen unterhielten, an denen sie Interesse hatten. Sakkos und Pullover bei den Männern, kniehohe Stiefel bei den jüngeren Frauen, dunkle Sonnenbrillen auf allen Gesichtern: Die Demokratie teurer Kleider machte sie alle gleich. Doch dies war das Haus der Ministerin, und eine Einladung hierher war hart umkämpft.

Diesmal hatte der Kommissar den Vogel abgeschossen: Er war an ihrem eigenen kleinen Tisch platziert worden und war, nur durch ein kleines Kaffeegedeck von der Ministerin getrennt, den neidischen Blicken der feinen Gesellschaft von Delhi ausgesetzt.

»Noch etwas zu essen?«, fragte sie mit ihrer kultivierten Stimme. Dayal schüttelte lächelnd den Kopf und fragte sich, wann sie wohl zum Punkt kommen würde.

»Kaffee?«, setzte sie nach, und der Kommissar hielt ihr mit einem Wort des Danks die Tasse hin.

»Ich glaube«, sagte die Ministerin schließlich, »Sie haben gestern Abend eine Freundin von mir getroffen.«

Der Kommissar sah sie aufmerksam an und wartete höflich auf das, was folgen mochte.

»Na, kommen Sie schon, Sajan, nur nicht so schüchtern. Erinnern Sie sich etwa nicht mehr?«

»In dieser Stadt gibt es so viele Leute, die Sie mögen, Ma'am«, murmelte der Kommissar.

Sie schenkte ihm ein Lächeln und legte gespielt skeptisch den Kopf schief. »Und was ist mit denen, die mich nicht mögen?«

»Dafür haben Sie uns.«

Diesmal musste sie lachen, ein mädchenhaftes Kichern, das ihr von weißen Haaren umrahmtes Gesicht jung aussehen ließ. »Ein nettes Lokal, wie ich höre. Hat einen sympathischen Besitzer. Er war sogar schon mal hier. Letzte Woche, glaube ich.«

Der Kommissar saß da und wartete.

»Haben Sie sich amüsiert?«

»Soweit das Gesetz es zulässt, ja.«

»Ja, ja, das Gesetz. Ich glaube, diese charmante junge

Kollegin von Ihnen, Smita Dhingra, war auch dabei, nicht wahr? Das Mädchen, das ich nachher noch kennenlernen werde?«

»Ja, das war sie.«

Sie nickte und nahm einen Schluck Kaffee. »Ich freue mich, dass Sie sie gefunden haben. Ihr jugendliches Alter und ihre Herkunft sind Pluspunkte, meinen Sie nicht? Sie kennt die Stadt so, wie Ihre älteren Kollegen sie ganz bestimmt nicht kennen, oder?«

»Schon möglich«, stimmte der Kommissar zu.

»Sie sollten dafür sorgen, dass sie bei Ihnen bleibt. Ich denke oft, ein guter Mitarbeiter ist wie eine schöne Frau: Lässt man sie einen Augenblick zu lange allein, kommt gleich jemand anders und schnappt sie einem weg.«

Der Kommissar sah sie direkt an, und sie erwiderte seinen Blick ruhig aus freundlichen, braunen Augen, die nichts verrieten.

»Jemand anders«, wiederholte sie bestimmt, um gleich darauf vorzuschlagen: »Kommen Sie, Sajan, gehen Sie ein paar Schritte mit mir spazieren.«

Er bot ihr seinen Arm, den sie lächelnd und mit einem Wort des Dankes nahm. So gingen sie in den Garten hinaus, wo die Frühstücksgäste standen und redeten. Sie nickte einem Mann mit lauter Stimme und dröhnendem Lachen zu, der sie jovial begrüßte, sie beim Vornamen nannte. An einem Tisch in der Mitte des Gartens hielt er Hof, um ihn scharten sich einige Männer und Frauen, die ebenso elegant gekleidet waren wie er. Einen Witz trug er so laut vor, dass die Ministerin es hören konnte. Sie lächelte höflich, worauf er ungehemmt loswieherte und die Tischgesellschaft willig einstimmte. Dem Kommissar fiel seine schwere goldene Armbanduhr auf, das Gold in seinen Ohrläppchen, dem Sonnenbrillengestell und den in der Sonne blitzenden Manschettenknöpfen. Auch das Logo des Autoschlüssels vor ihm auf dem Tisch war nicht zu übersehen, genauso wenig die Anzahl Handys, die vor ihm lagen. Diese Accessoires waren überall auf dem Tisch und bei den Menschen auf dem Rasen zu sehen. Der Kommissar, der einen großen Teil seines Lebens in Uniform verbracht hatte, fragte sich ironisch wie immer, ob den Männern und Frauen hier überhaupt bewusst war, welch strengem Dresscode sie folgten.

»Den Mann da ertrag ich nicht«, sagte die Ministerin leise, aber lachend zum Kommissar. »Ein abscheulicher Karrierist.«

»Auf jeden Fall scheint er gut vernetzt zu sein.«

»Zumindest hält er sich dafür. Jetzt hat er auch ein paar Redakteure, Geschäftsleute und Damen der Gesellschaft von sich überzeugt.«

»Und das heißt dann wohl, dass er nun tatsächlich gut vernetzt ist?«

»So ist es. In Wirklichkeit ist er jedoch vor allem eins: ein Arschloch. Und ein lautes dazu. Aber er hat auch seine nützlichen Seiten.«

Der Kommissar schwieg, während sie ihn an ihren berühmten Rosenbeeten entlangführte. Die Rosenstöcke waren noch kahl, würden jedoch in ein paar Wochen in prächtiger Blüte stehen. Interessiert schaute er sich die dornigen Büsche an.

»Einheimische Arten. Mir geht es nicht nur um das Aussehen. Wie eine Rose riecht, wie sie sich anfühlt, ist genauso wichtig, meinen Sie nicht? Ich habe auch Beete für die extravaganteren Sorten. Aber ich mag diese hier lieber, die, die unsere Vorfahren gerochen hätten, wenn die jährliche Blütezeit kam. Mit ihren Dornen und allem Drum und Dran.« Sie beugte sich kurz zu einem der Stöcke hinab. Ihre Hand lag immer noch auf dem Arm des Kommissars.

»Mit ihren Dornen und allem Drum und Dran«, wiederholte sie bedeutungsvoll. »Genau wie unsere Stadt. Wir kennen ihre Mängel und Fehler und halten ihr dennoch die Treue, stimmts, Sajan?«

Er zog es vor, in den Himmel zu schauen. Doch spürte er ihren Blick auf seinem Gesicht, riss sich zusammen und sagte: »Der Mann da wird mich bald zum Abendessen einladen, hab ich recht?«

»Ihre Handynummer ist längst auf mindestens zweien seiner Telefone.«

»Dabei hab ich ihn noch nie gesehen.«

»Er hat Sie hier gesehen, das reicht.«

Sie schlenderten an den Beeten entlang, die Beagle der Ministerin streunten jetzt um sie herum. Die Hunde trugen leuchtend rote Deckchen mit weiß aufgestickten Pfoten.

»Das ist die Währung dieser Stadt, Sajan, ist es immer gewesen. Einfluss und der Handel damit sind typisch für eine Hauptstadt. Der Reichtum ist neu. Die Macht dagegen nicht.«

»Es gab auch schon früher Händler in dieser Stadt.«

»Die wussten immer, wo ihr Platz war.«

»Wissen die Neuen es etwa nicht?«

Die Ministerin dachte einen Augenblick darüber nach. »Vielleicht haben Sie recht«, gab sie dann zu. »Geld und Macht sind immer enge Freunde gewesen.«

»Was genau ist also neu?«, fragte der Kommissar.

Sie hatten jetzt die entfernteste Seite des Gartens erreicht, nur die Hunde hörten, was sie redeten.

»Leute wie wir sind erfolgreich, Sajan, weil wir die Interessen von unsresgleichen schützen. Hab ich recht?«

Der Kommissar schwieg und wartete.

»Ich bin Politikerin in einer Demokratie. Ich sorge dafür, dass meine Wähler zufrieden sind. Dafür wählen sie mich wieder.«

Der Kommissar nickte.

»Aber wir beide wissen auch, dass es nicht ganz so einfach ist. Ich muss die Leute, die ich vertrete, schon ein bisschen sortieren. Ich kann beim besten Willen nicht die Interessen von allen und jedem vertreten.«

Der Kommissar nickte wieder, wenn auch ein wenig zögerlicher.

»Es ist nicht ihr Interesse, dass ich an zu vielen Fronten kämpfe und mich verzettle. Es ist auch nicht in meinem Interesse. Und wenn es nicht in meinem Interesse ist, na, dann ist es auch nicht in unserem Interesse, stimmts?«

Der Kommissar wandte den Blick, geschützt durch die Sonnenbrille, der Menge zu, die sie beobachtete. Sie schien plötzlich sehr weit weg zu sein.

»In Wirklichkeit ist das alles doch sehr einfach. Eine Frage der Zugehörigkeit. Wessen Interessen vertreten Sie, Sajan?«

»Die Interessen dieser Stadt und ihrer Bürger.«

»Ganz genau. Aber ernten Sie nicht manchmal den Zorn dieser selben Bürger, wenn Sie ihnen helfen?«

Manchmal schon, nickte der Kommissar.

»Und dennoch machen Sie weiter.«

Wieder nickte der Kommissar, hypnotisiert wie die Schlange vor ihrem Beschwörer.

»Warum, Sajan? Warum machen Sie weiter? Weil Sie dafür ausgebildet wurden? Weil man es Ihnen befohlen hat? Oder einfach, weil Sie es besser wissen? Weil Sie oft in einer Position sind, in der Sie die Interessen eines armen Analphabeten besser einschätzen können, als er selbst es kann?«

Der Kommissar schwieg, und die Ministerin, die sein Unbehagen spürte, lachte kurz auf und nahm wieder seinen Arm. »Das müssen Sie jetzt nicht beantworten«, zwinkerte sie. »Sie müssen nur mal überlegen, wie lange Leute wie wir das schon getan haben. Auf irgendeine Weise managen wir diese Stadt schon seit Jahrhunderten. Ist es da nicht unvermeidlich, dass in all der Zeit, über all die Jahre unsere Interessen und die der Stadt ein und dieselben geworden sind?«

Wer ist denn hier überhaupt »wir«?, dachte der Kommissar und erschauerte in diesem smaragdgrünen Garten unter einem winterblauen Himmel in einer Stadt voller Konflikte. Und auch wenn er die Frage nicht aussprach: Sein Schweigen war beredt genug.

Die alte Frau mit den freundlichen Augen sah ihn spöttisch an. »Über all die Jahre«, sagte sie noch einmal und gab dabei jedem Wort Gewicht. »Leute wie Sie und ich, Sajan. Delhis Ureinwohner, sozusagen. Dieses neue Delhi wird irgendwann auch wieder vergehen, und Leute wie wir werden seinen Untergang begleiten und seine Zukunft bewahren.«

»Ziemlich große Verantwortung.«

»Eine, die ich sehr gern trage«, antwortete die alte Dame. »Und Sie?«

Der Kommissar wandte wieder den Blick ab und betrachtete den herrlichen Garten, wo der Mann, den sie nicht ausstehen konnte, immer noch dabei war, seine Zuhörer zum Lachen zu bringen. Ihre Augen folgten seinem Blick, und ihr ausdrucksvoller Mund zog sich kurz verächtlich zusammen, um gleich darauf in ein Lächeln überzugehen. »Mein Enkel hat mir gestern ein wunderbares Wort beigebracht«, sagte sie. »Er ist zwölf und ziemlich aufgeweckt. Er liest die Regenbogenpresse. Da sah er das Foto eines Mannes und sagte, das sei ein ›Player‹. Kennen Sie den Ausdruck?«

Der Kommissar gab zu erkennen, dass er wusste, worum es ging.

»Dann sah der Junge mich an und sagte lachend: ›Aber das meint nur er selbst, stimmts?‹ Da mussten wir beide lachen. Seine Mutter kam rein und wollte wissen, was so witzig war. Wir haben ihr natürlich nichts gesagt.«

»Natürlich«, echote der Kommissar.

»Player«, kicherte die Ministerin. »Wissen Sie, was das Problem mit solchen Männern ist? Werbefreaks, Marketinggurus, Karrieristen und so?«

»Dass sie alle gleich aussehen?«

Sie lachte wieder, ein echtes Lachen, das von tief drinnen kam und ihre schlanke Figur schüttelte.

»Mit ihren lächerlichen Armbanduhren und Autos und aufgedonnerten Tussis, genau. Und was sie noch mehr von sich eingenommen macht, ist ihr Erfolg. Sie sind alle total erfolgreich. So erfolgreich, dass sie gar nicht mehr wissen, worin überhaupt.«

Der Kommissar schwieg und wartete.

»Die Gegenwart, Sajan, ist alles, was sie interessiert. Sie sind Männer des Augenblicks, mehr sind sie nicht, werden nie mehr sein. Sie kriegen ihre Autos und teuren Zigarren und irgendwann auch ihre Club-Mitgliedskarten, und dann meinen sie, sie hätten die Vergangenheit ausgelöscht und ihre eigene Zukunft geschaffen. Aber das stimmt nicht, weil sie keinerlei Begriff von der Vergangenheit besitzen.«

Gemeinsam gingen sie zu den Menschen zurück, die an den mit Porzellan gedeckten Tischen auf dem tadellos gepflegten Rasen auf sie warteten.

»Jeder Tyrann, der hierherkam, um zu herrschen, dachte, dass seine Worte und Taten alles überdauern würden. Die Klügeren unter ihnen sahen ihr Scheitern kommen, aber sie kämpften und wüteten und versuchten es dennoch. Wir verschwinden wieder, mein Lieber. Das ist nun mal eine Bedingung unserer menschlichen Art. Doch sogar meine Feinde denken, dass ich für alle Zeiten da bin.« Sie lachte leise. »Welch absurde Idee. Frauen, die nicht sterben. Wo außer in Delhi würde man so etwas überhaupt denken? Wenn man seine Geschichte nicht kennt, wie um Himmels willen soll man da etwas von der Zukunft wissen?«

Sie gelangten wieder zur Frühstücksgesellschaft, die Ministerin sprach hier ein paar Worte, gewährte dort ein Lächeln.

»Diese Player. Schön, dass sie meinen, sie hätten das Spiel völlig im Griff, oder jedenfalls fast ganz. Dabei wissen wir beide doch, dass sie nur mit im Spiel sind, um benutzt zu werden. Aber ein Spiel ist es tatsächlich, und Männer wie Sie, mein lieber Sajan, integre Männer mit einer Vision, die das Ohr an der Geschichte und ihren Blick in die Zukunft gerichtet haben, diese Männer von Delhi müssen entscheiden, auf welcher Seite sie mitspielen wollen.«

Kalt schien die Sonne auf den so ins Gebet genommenen Kommissar herab. In seinem Kopf dröhnte schmerzhaft das Echo von Razias Worten aus der vergangenen Nacht. Eine faltige, doch immer noch weiche Hand legte sich im Angesicht der aufmerksam schauenden Menge auf sein Gesicht. Er neigte sich leicht zu ihr hinab, als die Ministerin ihm tief in die Augen schaute.

»Dieser tote Drogendealer. Es wäre nicht statthaft für unsere Player, von so jemandem in Schwierigkeiten gebracht zu werden. Und diese neunfingrigen Männer, die Vampire und Werwölfe. Lassen Sie sie das sein, was ganz Delhi denkt: abgeschlossene Fälle. Kinderspiele. Geschichten.« Im Licht des Wintermorgens lächelte sie ihn an. »Sie kümmern sich doch in meinem Sinne darum, nicht wahr?«

Damit wandte sie sich von ihm ab. Der Kommissar fühlte die Blicke der Menge wie glühende Kohlen auf sich und spürte, wie er rot wurde. War die Handynummer des wiehernden Players wohl im Telefon des Dealers gespeichert, oder die Nummer des Dealers in dem des Players? Er hörte den Mann dröhnend lachen. Mit wem war noch gesprochen worden? Wer war noch so konsequent in die Pflicht genommen worden? Er dachte daran, wie er zu Angulimala geführt worden war, daran, dass die Ministerin ihn persönlich gebeten hatte, den Vergewaltigungsfall zu übernehmen. Er dachte an all das Lob, das sein Team geerntet hatte, die Zustimmung von oben, derer sie sich erfreuten. »Wir« hatte ihn mühelos an die Leine gelegt.

Er wartete noch einen Moment, dann nickte er den Frauen und Männern zu, die er in der Menge erkannte, und ging hinaus, wo sein Fahrer schon auf ihn wartete, um ihn zur Zeremonie zu bringen. Der Polizist am Tor salutierte schneidig. Dann fuhr der Kommissar über Delhis schattige Straßen, und das Blaulicht auf seinem weißen Dienstwagen war keinerlei Befriedigung für ihn.

* * *

Der Paradeplatz, wo er und Smita ihre Medaillen verliehen bekommen sollten, lag nicht weit entfernt. Viele Kollegen waren schon erschienen, doch würde es noch eine Weile dauern bis zum offiziellen Auftakt. Die Ministerin erschien nie pünktlich, aber sie würde die Versammelten auch nicht allzu lange warten lassen. Die ganze Zeremonie, einschließlich des Fototermins für die Presse, sollte nicht mehr als eine Stunde dauern. Nichts dagegen, dachte der Kommissar säuerlich.

Dann hab ich noch genügend Zeit, im Büro ein bisschen Papierkram zu erledigen und ganz für mich allein in aller Ruhe nachzudenken.

Die Sonne strahlte hier auf dem Platz noch heller – wenn das überhaupt möglich war. Der auf einer Seite aufgebaute Pavillon leuchtete in festlichen Farben, die großen, roten Schleifen an den Stuhllehnen und die Blumen in den Bodenvasen vor der ersten Reihe passten gut zu den selbstgefälligen Gesichtern der geehrten Cops. Der ganze Platz strotzte vor der Arroganz des offiziellen Delhis. Der Kommissar rümpfte die Nase und langte nach den Zigaretten in seiner Tasche, wobei er einen kurzen Moment überlegte, ob es ratsam war, so nah bei seinen Vorgesetzten zu rauchen. Zerstreut sah er sich nach bekannten Kollegen um. Dabei blendete ihn einen Augenblick die Sonne, und plötzlich roch er ein wohlbekanntes Parfüm. Dann sah er auch schon Smita hinter sich auftauchen.

»Herzlichen Glückwunsch«, sagte sie sarkastisch, »dass Sie jemandes Augenlicht geworden sind.«

Im hellen Sonnenlicht blinzelte er sie an.

»Diesem einen Menschen so nah«, fuhr sie fort, »dass du niemand anders mehr siehst.«

Er lachte. »Hätte nicht gedacht, dass Sie die Lieder aus der alten Zeit noch kennen.«

»Mein Vater hat mir das ab und zu vorgesungen, als ich klein war. Als ich dann größer wurde, hatte ich die Melodie immer noch im Kopf und habe sie oft vor mich hin gesummt. Auf Youtube habe ich dann den ganzen Song kennengelernt und auch seine Botschaft.«

»Ziemlich bittere Botschaft, nicht?«

»Wieso, waren Sie gestern Abend etwa nicht glücklich?«

Der Kommissar wandte den Blick ab. »Ajeeb dastan hai yeh. Das ist wirklich eine seltsame Geschichte. Hat Shailendra geschrieben, Lata hat es gesungen. Tolles Lied. Wussten Sie, dass er nur wenig älter war als ich jetzt, als er starb?«

»Der Himmel schütze Sie vor solchem Schicksal«, antwortete Smita trocken.

»Na, hoffentlich. Erinnern Sie sich noch an die erste Strophe?«

Smitas Augen waren hinter der Sonnenbrille nicht zu erkennen.

»Die Sängerin sitzt mit dem Mann, den sie liebt, in einem Boot. Der ist aber natürlich in jemand anders verliebt. Sie denkt darüber nach, weshalb Licht immer von Rauch begleitet wird, und sie fragt sich, ob sie sich in einem Traum befindet oder ob sie aus einem Traum erwacht ist und das jetzt die Wirklichkeit ist.«

»Wahrscheinlich eifersüchtig«, sagte die junge Polizistin im strahlenden, rauchlosen Sonnenlicht.

»Auf jeden Fall unglücklich. Wenn sie eifersüchtig ist, dann frage ich mich, ob dieses Gefühl jemals schöner beschrieben worden ist.«

»Rauch hilft, Träumen auch.«

»Zweifellos«, antwortete der Kommissar. Da kündigte der Lärm von Sirenen und eine dichte Staubwolke die Ankunft der Ministerin an. »Ein tolles Lied auf jeden Fall. Na, dann wollen wir mal.«

* * *

Die Ministerin fuhr ab, wie sie gekommen war, in einer Wolke von Jovialität und teuren Parfüms. Die Offiziere der Polizei von Delhi standen noch eine Weile herum, im angenehmen Hagel allgemeiner Glückwünsche, der nach solchen Veranstaltungen immer niedergeht. Zum obligatorischen Tee gab es Zigaretten und gegenseitige Einladungen, um diesen Orden und jenes besondere Lob abends zu Hause weiter zu feiern, und die Stadt wurde allseits für glücklich befunden, eine so pflichtbewusste, furchtlose Truppe von Beschützern zu haben. Smita stand plaudernd und lachend dabei und fragte sich, ob einer ihrer Vorgesetzten wohl auf die dumme Idee kommen könnte, an diesem unpassenden Ort aufdringlich zu werden. Der Kommissar stand etwas abseits und nahm die Glückwünsche auf seine Weise entgegen.

Der Anruf kam für beide völlig unvorbereitet. Kapoor berichtete ihnen knapp, die Freundin des Drogendealers sei in Sanjay Van, einem der letzten Waldstücke zwischen Mehrauli und der Jawaharlal Nehru University, tot aufgefunden worden. Die Stimme, die den Vorfall gemeldet hatte, hatte sehr erschrocken geklungen.

»Wer hat sie denn gefunden?«, fragte der Kommissar. Sie saßen schon im Wagen und rasten mit Blaulicht los.

»Eine alte Frau. Sie war wohl beim Feuerholzsammeln. Sie war ziemlich verängstigt.«

»Mit wem hat sie gesprochen?«

»Einem von unseren Jungs.«

»Woher wusste sie denn, wie sie den erreichen konnte?«

»Sie hat den Notruf gewählt. Da war ein cleverer Kollege dran. Der hat zwei und zwei zusammengezählt und sie mit unserer Abteilung verbunden.«

»Einer unserer Neffen?«

»Das wird er sicher bald.«

Der Kommissar brummte zustimmend. »Die Cops vor Ort?«

»Hab ich noch nicht informiert. Ich will nicht, dass sie den Tatort versauen. Der Anruf ist gerade erst reingekommen. Wenn ihr Glück habt, seid ihr als Erste dort.«

»Wir müssten gleich da sein.«

»Gut, dann treffen wir uns dort. Ich bin auch schon unterwegs.«

Der Kommissar und Smita gelangten von der Nordseite an das riesige Parkgelände. Durch eine Zone ruhiger, schattiger Straßen mit kleinen Verwaltungsbüros fuhren sie zur alten Mauer. Ein buddhistisches Institut bewachte das eigentliche Tor. Das Innere des Parks lag vor ihnen wie eine grüne Traumwelt, gut markierte Pfade führten von der Mauer weg in das Dickicht alter Bäume. Der Verkehrslärm der am Park vorbeiführenden Straßen wurde hier völlig verschluckt. Smita hatte das Gefühl, Dinge zu hören, die sie im hektischen Betrieb der Großstadt draußen nie wahrgenommen hätte.

»Wie sollen wir die Leiche überhaupt finden?«

»Gute Frage«, antwortete der Kommissar trocken.

Immerhin hatte die Frau, die angerufen hatte, dem Kollegen beim Notruf einen Hinweis gegeben: das jahrhundertealte Grab eines Heiligen, zu dem viele pilgerten, die in diesem Wald unterwegs waren. Smita, deren Augen sich inzwischen an das Zwielicht gewöhnt hatten, gewahrte am Rand des Pfads zerbrochene Flaschen und Überbleibsel von Partys voller Drogen und Sex. Vogelgesang klang ihr im Ohr, als sie auf ein herabgestürztes Mauerstück stieß. Skeptisch sah sie den Kommissar an, der grinste und eine Handbewegung machte, als wolle er sagen: »Bitte nach Ihnen.« Sie seufzte ergeben, zog ihren eleganten Sari hoch und begann den alten Festungswall emporzuklettern, in der Hoffnung, ihre hochhackigen Schuhe würden das bröckelige Mauerwerk überstehen. Ihr schwarzes Haar und die Seide ihres Saris glänzten in der Sonne. Der Kommissar, der ihr den Wall hinauf folgte, sah die Rundung ihres Hinterns und ihre schmale Taille und sagte sich ohne jedes Schuldgefühl, wie viel besser es jetzt wäre, wenn sie einen Rock getragen hätte. Ihre Schultern bewegten sich anmutig, das Haar fiel ihr ins Gesicht, während sie nach sicherem Tritt suchte, und auf ihnen lag warmes Sonnenlicht in einem strahlend blauen Himmel. Der Kommissar lachte leise vor sich hin. Als Smita es hörte, schielte sie über ihre Schulter zu ihm zurück.

»Ach nichts«, sagte er fröhlich. »Ich dachte nur über diesen Wall hier nach. Der stammt aus einer Zeit, als Delhi noch ein Hindureich war.«

»Wirklich?«, fragte Smita und setzte ihren Anstieg fort.

»Später haben ihn dann die Sultane instand gehalten und erweitert. Als man neue Städte baute, wurden die Wälle Teil der neuen Befestigungsanlagen. Man stelle sich vor: Wir stehen hier auf etwas, das Menschen seit mindestens tausend Jahren bestiegen haben. Da kommt man schon ins Grübeln, nicht?«

Bevor sie sich überlegen konnte, ob der Kommissar sie auf den Arm nehmen wollte, erreichte Smita schon die Krone des Walls. Sie sah sich um, sah den Wald und die kleinen Gebäude, wo ihr Wagen wartete, die neue Stadt dahinter, hier und da alte und neue Minarette, die Hochhäuser in der Ferne, zur Seite hin die Hügel und dahinter der Qutb Minar, und war überwältigt von der Schönheit ihrer komplizierten Stadt. Still staunend stand sie auf dem uralten Wall, während der Kommissar neben sie kletterte.

Das Flattern eines Drachens war das einzige hörbare Geräusch. Ein Düsenflugzeug zog seinen Kondensstreifen über den wolkenlosen Himmel, dann noch eines, und sie standen immer noch da, und wenn der Kommissar einen Arm um seine junge Kollegin gelegt hätte, wer hätte ihn dafür tadeln mögen? Er unterließ es jedoch, ihre Seidenbluse und der Paschminaschal blieben von ihm unberührt. Doch konnte er die Gänsehaut auf ihrem Arm spüren wie auf seinem eigenen.

»Wow«, sagte sie.

Der Kommissar nickte stumm.

Dann hörten sie die Stimmen von dem Grabmal unter ihnen, ein stiller Platz mit Blick auf die grünen Bäume. Drei Männer mit Gebetsmützen auf den Köpfen warteten freundlich auf sie, während sie die Stufen zu ihnen hinunterstiegen. Sie begrüßten sich, dann fragte der Kommissar, ob sie einen Vorfall bemerkt hätten, der es wert gewesen wäre, die Polizei zu rufen.

»Hier?«, fragte der Älteste der drei gutmütig. »Es kommen ja immer junge Leute und welche, die Alkohol trinken wollen, in den Park, aber sie haben so viel gesunden Menschenverstand und guten Geschmack, uns in Ruhe zu lassen. Das hier ist für alle heiliger Boden.«

Der Kommissar nickte lächelnd und legte einen Geldschein auf das bunte Tuch, das vor dem Heiligengrab ausgebreitet lag. Die Männer dankten für die Geste und wünschten ihnen Glück. Die beiden Cops stiegen wieder den Wall empor und wandten diesmal ihre Schritte Richtung Mehrauli. Eine Hundemeute kam schnüffelnd angelaufen und verschwand wieder. Bald war auch die heilige Stätte nicht mehr in Sicht.

»Und was machen wir jetzt?« Smita war ratlos. »Wo ist diese verdammte Frau denn nur?«

»Die Holzsammlerin«, fragte der Kommissar bissig, »oder die Leiche?«

«Beide«, seufzte Smita. »Das sind meine besten Schuhe, Sir.«

Der Kommissar sah auf ihre Füße hinunter und schlug eine kurze Pause vor. Smita setzte sich auf ein Mauerstück, den Rücken zum Teppich der Bäume unter ihnen gewandt, und begann sich die Knöchel zu massieren. Leise fluchend zog sie die Schuhe aus und rieb sich die Füße, erst sanft, dann immer heftiger. Der Kommissar zündete sich eine Zigarette an und versuchte, nicht auf ihre Füße in den Strümpfen zu schauen.

»Tut mir leid, dass ich gestern Abend so einfach verschwunden bin«, sagte er schließlich. Smita schwieg, als habe sie nichts gehört.

»Sie haben sich sicher ziemlich allein gelassen gefühlt.«

»Wie ein Idiot habe ich mich gefühlt.«

Der Kommissar nickte und schaute auf den Pfad, der vor ihnen die Krone des Walls entlanglief. »Wir sind hier gar nicht so weit weg von dort, wissen Sie. Von dem Lokal.«

Smita hob den Blick.

»Nur ungefähr einen Kilometer Luftlinie«, fuhr der Kommissar fort.

»Wollen Sie etwa noch mal dahin?«, fragte Smita leise.

»Ich will erst mal die tote Frau finden«, antwortete der Kommissar sachlich. »Aber ich hätte nichts dagegen, wenn ich dort noch mal mit Ihnen einen Drink nehmen könnte. Nur wenn Sie Lust haben, natürlich.«

»Wäre das denn schicklich, Sir?«, fragte Smita und schaute wieder auf ihre Füße. Der Kommissar wandte sich ab und hörte, wie sie ihre Schuhe wieder anzog und aufstand.

»Erstaunlich, wie weit ein Kilometer einem vorkommen kann«, hörte er sie hinter sich sagen.

Fragend sah er sie an. Sie schaute auf die Bäume, die verfallene, doch immer noch imposante Mauer, gewahrte die

Stille und die Zahl der Jahre, die auf diesem Platz lag, und lächelte. Der Kommissar lächelte zurück. Dann gingen sie weiter, den Wall entlang.

An einer Stelle, wo der Wall zum Erdboden abfiel, spielte eine Gruppe junger Männer auf einer kleinen Lichtung Fußball. Der Kommissar holte sein Handy hervor und wollte Kapoor anrufen, um zu sehen, wo er steckte. Da hörte er Smita rufen. Sie lief über die Lichtung zu einer Stelle hin, wo ein Stück Stoff etwas bedeckte. Als Smita den Stoff wegzog, lag da die nackte Leiche einer jungen Inderin. Vorsichtig folgte der Kommissar Smita, merkte, dass das Geräusch des Ballspiels verstummt war, und erinnerte sich an das, was er gesehen hatte, bevor er sein Handy aus der Tasche zog. Eine ältere Frau hockte in der Nähe der Fußball spielenden Männer, doch war bei ihr kein Feuerholz zu sehen. Ohne sich umzusehen, ging er weiter. Ihm fiel ein, dass er unter dem Aufschlag der Jacke eines der jungen Männer ein Palästinensertuch hatte hervorlugen sehen. Er drückte den Knopf, um Kapoor anzurufen. Als nach ein paar Sekunden keine Antwort kam, legte er wieder auf. Jetzt merkte er, dass die jungen Männer noch nicht einmal ein Tor markiert hatten, und erinnerte sich daran, dass es ganz in der Nähe in Mehrauli viel bessere Bolzplätze gab. Siedend heiß wurde ihm klar, wie völlig kontrolliert diese Gruppe junger Männer sich verhielt, während eine hübsche, junge Frau in einem Sari eine unbekleidete Frauenleiche direkt neben ihnen fand. Seine Hand suchte vergeblich nach der Pistole. Sie war nicht dort, wo sie hätte sein sollen. Die Sicherheitsbestimmungen der Zeremonie am Morgen hatten es nicht zugelassen. Er wusste, dass auch seine junge Kollegin keine Waffe trug. Smita kniete neben der Leiche und kramte in ihrer eleganten Handtasche nach ihrem Handy. Plötzlich stand er da und legte ihr behutsam eine Hand auf die Schulter, während die andere noch das Handy umklammert hielt. Sie sah überrascht zu ihm auf und hörte, wie er leise, doch eindringlich sagte: »Schnell, laufen Sie weg.«

Sie sah in seine von der Sonnenbrille verdunkelten Augen

und auf die Leiche hinab. Dann sprang sie auf und stob davon, nur noch der Schimmer ihres Saris und das Geräusch ihrer hastenden Absätze blieb zurück, ihr Haar glänzte im gleißenden Sonnenlicht. Der Kommissar sah aus dem Augenwinkel, wie sie den Rand der Lichtung und den Pfad erreichte, der zum Grabmal führte. Das Handy in seiner Hand klingelte. Er nahm ab, sagte: »Am Grab vorbei, circa fünfhundert Meter. Kümmer dich um das Mädchen.«

Er ließ das Handy fallen, um sich dem Rudel junger Wölfe zu stellen, das ihn ansprang. Er ging in Deckung und maß die Distanz auf diesem uralten Boden hinter Delhis ältester noch erhaltener Stadtmauer. Erbaut, um Generationen von Barbaren draußen zu halten, dachte er noch, doch was ist mit den Killern in der Stadt drinnen?

Dann waren sie schon über ihm, er spürte den Einstich einer Nadel und hörte in der Ferne Rufe. Ein Mann mit einem Palästinensertuch lief schnell davon. Er meinte, Kapoor angerannt kommen zu sehen, Smita dicht hinter ihm. Dann wurde ihm schwarz vor Augen.

* * *

Kapoor hatte Smita getroffen, als sie ihm auf dem Wall direkt in die Arme lief. Er hielt seine Waffe schon in der Pranke, die er ihr über die Schulter legte, als sie sich ihm in die Arme warf. Mit der anderen zog er sein Handy heraus und forderte von der Polizeiwache in Mehrauli ein bewaffnetes Kommando an. Dann steckte er das Handy weg und musterte Smita, den Arm mit der Pistole noch über ihre Schulter gelegt. Seine Hand legte sich beruhigend auf ihre Wange. »Alles okay, Mädchen?«, fragte er auf Punjabi.

Smita nickte und blinzelte ein paar Mal schnell hintereinander, dann wies sie hinter sich. »Machen Sie schnell«, drängte sie.

»Warte bei der Grabstätte«, befahl er.

Sie sah erst ihn, dann seine Waffe an. »Danke, aber ich glaube, ich bin bei Ihnen sicherer«, antwortete sie und begann, zu Dayal zurückzulaufen. Der Bär trabte hinter ihr her, die Pistole schlenkerte locker in seiner Hand. Bäume und Hügel glitten an ihnen vorbei, in der Ferne ragte der Qutb Minar auf.

Ein junger Mann mit einem Palästinensertuch stand plötzlich auf dem Weg, ungefähr fünfzig Meter vor ihnen. Smita hielt abrupt und wich zur Seite, während Kapoor Schusshaltung annahm. Der Mann schien zu grinsen, grüßte sie mit einem V-Zeichen und verschwand auf einer Seite des Walls. Smita rannte hinterher, doch der Mann entkam in einer Geröllawine den Hang hinunter und ins Dickicht hinein. Kapoor fluchte ein paar Mal kräftig, dann rannten sie weiter. Sie kamen um eine Biegung und hatten jetzt die Lichtung vor sich. Der Kommissar lag an ihrem Rand direkt neben der Leiche. Die Fußballspieler und die alte Frau waren verschwunden.

Smita rannte zum Kommissar hinüber, kniete nieder und fühlte seinen Puls. Kapoor kam herbeigeschnauft, die Waffe immer noch in der Hand. »Leichen will ich jetzt erst mal keine mehr sehen«, sagte er trocken und atmete schwer dabei. Sie nickte erleichtert und holte ihr Handy hervor. Kapoor hielt sie zurück. »Wen wollen Sie denn jetzt anrufen?«

»Den Notarzt natürlich.«

»Aber er lebt doch, oder? Lassen Sies gut sein. Wenn sie ihn hätten töten wollen, dann wäre er jetzt nicht mehr am Leben.«

Sie starrte ihn einen Moment lang unentschlossen an, dann steckte sie das Handy wieder weg.

»Wie lange wirds denn wohl noch dauern, bis die Cops aus Mehrauli da sind?«, überlegte Kapoor.

»Fünf Minuten, würde ich sagen. Sie haben denen ja gesagt, sie sollten sich beeilen.«

»Okay. Nur gut, dass diese Kerle sein Handy nicht mitgenommen haben. Helfen Sie mir mal«, sagte Kapoor und beugte sich zum bewusstlosen Kommissar hinab. Mit einem unterdrückten Fluch und Smitas Unterstützung hievte er sich seinen Chef auf die Schulter.

»Ich bringe ihn zum Grabmal. Sie sind für die Leiche zuständig. Die Cops werden Ihre Autorität nicht in Zweifel ziehen. Wenn sie Fragen stellen, sagen Sie, die Leiche wurde per Notruf gemeldet und die Frau, die anrief, sei weggelaufen. Der Kommissar ist nie hier gewesen. Wenn sie weiter nerven, sagen Sie ihnen, sie sollen den Mund halten.«

Der Bär zottelte davon, den Kommissar wie einen Sack über der Schulter. Smita bemühte sich, ruhiger zu werden, wühlte eine Zigarette aus ihrer Handtasche und rauchte, bis die Cops der örtlichen Wache mit gezogenen Waffen angerannt kamen.

»Wer ist hier zuständig?«, herrschte der Älteste sie an. Smita blickte sich betont deutlich um, schaute dann wieder den Uniformierten an, nahm einen tiefen Zug und stieß den Rauch provozierend langsam aus. Dabei schwieg sie, so wie sie es bei Kapoor und dem Kommissar gesehen hatte, und sah den Mann nur unverwandt an. Schließlich wandte der den Blick ab und ging zu seinen Kollegen zurück. Die wussten nicht, wohin sie schauen sollten.

»Wo ist denn Kapoor Sahib?«, fragte einer von ihnen misstrauisch.

»Er wird gleich da sein«, antwortete Smita herablassend. Als einer der Neuankömmlinge näher zu der Leiche gehen wollte, sorgte sie dafür, dass er abrupt innehielt.

»Achten Sie bitte darauf, keine Spuren zu zerstören«, sagte sie jovial. »Ich glaube nicht, dass Kapoor Sahib möchte, dass hier herumgetrampelt wird.«

»Er wollte doch, dass wir bewaffnet sofort hierherkommen. Was ist da das Problem?«, fragte der Misstrauische herausfordernd.

»Ist eine Leiche mitten im Wald etwa nicht Problem genug?«

Die anderen akzeptierten das ohne offensichtlichen Widerspruch, schnüffelten ein Weilchen am Rande der Lichtung rum und fingen dann an, einfach nur so herumzulungern. Smita rauchte ihre Zigarette zu Ende, tat ein Weilchen so, als untersuche sie die Leiche, bevor sie zum Wall hinüberging. Bald sah sie Kapoors Kopf am Ende des Pfades auftauchen. Als sie an den uniformierten Cops vorbeiging, hörte sie, wie jemand das Wort »Schlampe« zischte. Sie bemühte sich nicht einmal, ihr Grinsen zu verbergen.

* * *

»Das Handy war super wichtig«, sagte Kapoor. »Wenn sie das mitgenommen hätten, wären wir ganz schön beschissen dran gewesen.«

Seit dem Angriff auf den Kommissar waren ein paar Tage vergangen. Smita hatte sich Kapoors Sichtweise widerspruchslos angeschlossen. Sie hatte das Gefühl, Teil eines Spiels zu sein, dessen Ausmaße sie nur dunkel ahnen konnte, und Kapoors Sicherheit war wohltuend für sie. Also tat sie, was er ihr sagte, und tröstete sich mit dem Gedanken, dass es ein Zeichen der Stärke statt der Schwäche war, jemandem so zu vertrauen, wie sie Kapoor vertraute.

Sie wusste sehr wohl, dass sie sich da etwas schönredete, doch nötigte es ihr gehörigen Respekt ab, wie er auf seine ruhige, unaufdringliche Art die Situation in die Hand genommen hatte.

»Man hat uns ganz klar eine Falle gestellt«, meinte Kapoor.

Smita nickte.

»Dieser junge Kollege vom Notruf, der den angeblichen Anruf zu unserer Sonderkommission durchgestellt hat, den muss ich mir wohl noch mal genau ansehen. Vielleicht habe ich ihn etwas zu schnell für ein Familienmitglied gehalten.«

»Was hatten die den Ihrer Ansicht nach vor?«

»Also, umbringen wollten sie ihn nicht. Und Sie offensichtlich auch nicht. Sie sind ja nicht mal hinter Ihnen hergelaufen. Vielleicht wollten sie ihm nur einen Finger abnehmen. Vielleicht ist es das Einzige, was sie sowieso immer wollen, diese Deppen. Keine Fantasie. Kein Ehrgeiz.«

Smita schwieg wieder. Sie waren in Kapoors Privatwagen,

ohne offizielle Kennzeichen, irgendwo in den Außenbezirken Delhis unterwegs. Der Flughafen lag zu ihrer Linken, als Kapoor nach Westen abbog.

»Vielleicht wollten sie nur mal auf den Busch klopfen und sehen, ob was runterfällt. Uns zeigen, dass sie zuschlagen können, wo sie wollen. Wann sie wollen. Uns Angst einjagen.«

»Und nun?«

»Dass sie das Handy nicht mitgenommen haben, macht ihnen im letzten Teil ihres Plans einen Strich durch die Rechnung. Niemand weiß, dass der Kommissar außer Gefecht ist.«

Wieder nickte Smita. Sie und Kapoor hatten die Sache gut gemanagt, und nur ein paar Leute hatten überhaupt bemerkt, dass der Kommissar nicht auf Deck war.

»Vielleicht wollten sie uns auch nur testen«, kombinierte Kapoor weiter.

»Und weshalb?«

»Um zu sehen, wie wir reagieren.«

»Und wer will das wissen?«

Kapoor warf ihr einen kurzen Seitenblick zu. »Drei Mal dürfen Sie raten.« Er dachte einen Moment nach. »In einer Situation, wo man kein gutes Blatt hat – und wir haben kein gutes Blatt, stimmts? –, in einer solchen Situation kann man nur bluffen. Das Blatt offenlegen ist keine Option.«

Smita nickte noch einmal.

»Diese Typen sind clever. Und sie sind gut informiert. Sie wussten, dass ich euch herbeirufen würde und nicht die Cops aus der Gegend. Sie wussten, dass ihr in der Nähe wart und als Erste am Tatort sein würdet – unbewaffnet! Woher wussten sie das? Das Handy, das sie benutzten, wurde heute Morgen gestohlen gemeldet. Der Besitzer ist sauber. Sie wussten auch, wie lange die Cops brauchen würden. Und selbst wenn sie es nicht wussten, hatten sie sicher jemanden dort, der sie vorgewarnt hat, als die unterwegs waren. Dann das tote Mädchen. Stichwunden. Wie ihr Freund. Aber weshalb musste auch sie dran glauben?«

»Wir haben noch keine Beweise, dass sie von denen umgebracht wurde. Vielleicht haben sie sie nur da gefunden.«

»Das stimmt«, nickte jetzt Kapoor. »Wir haben nichts, was diese Kerle mit einer der beiden Leichen in Verbindung bringt. Die Frage ist, wer wollte, dass sie sterben? Und was hat der oder die mit den verdammten Fingerdieben zu tun?«

Er ließ das Fenster auf seiner Seite einen Spalt herunter und zündete sich eine Zigarette an. »Sie wissen, weshalb ich geheim gehalten habe, wie es dem Kommissar geht, nicht wahr?«

»Es hätte uns nicht weitergebracht, wenn es irgendjemand erfahren hätte.«

»Ganz genau. Allerdings würde es uns weiterbringen, wenn irgendjemand sich besonders dafür interessieren würde.«

»Hat aber bisher keiner getan. Wenigstens nicht bei mir.«

Kapoor nickte mürrisch. »Bei mir auch nicht.«

Sie waren gerade aus einer Unterführung herausgekommen und fuhren jetzt auf eine lange Hochstraße hinauf. Alte Dörfer, in denen neue Gebäude in die Luft schossen, flogen vorüber. Gurdwara-Tempel, Moscheen, Sportstudios, Wohnhäuser, dazwischen blitzten Geschäfte auf: Alles nur ein paar Meter von der Hochstraße entfernt. Der Wind, der durch den Spalt von Kapoors Fenster eindrang, war eiskalt und ließ Smitas Kopf schmerzen, aber sie brauchte das jetzt. Sie wollte Klarheit, und dieses Gut war schwer zu haben.

»Was wissen wir also?«, fragte Kapoor. »Es gibt eine Bande, einen Kult, eine Sekte von neunfingrigen Männern in den Vororten von Delhi. Was ist das Schlimmste dabei?«

»Dass wir so wenig über sie wissen?«

»Genau. Dann ist da noch diese Frau.«

»Razia.«

»Richtig. Sie ist die Schlüsselperson, das meinte zumindest der Kommissar. Doch zu welchem Schloss passt dieser Schlüssel? Und was wollte dieser tote Freak überhaupt von ihr?«

»War es denn nur er allein?«

Kapoor dachte nach.

»Was um alles in der Welt wollen sie denn nur?«, fragte Smita ratlos.

Doch Kapoor hatte auch keine Antwort auf diese Frage. »Wissen Sie überhaupt, wohin wir fahren?«, fragte er stattdessen.

»Dorthin, wo der Kommissar jetzt ist, vermute ich.«

Kapoor nickte. »Die Wächter der heiligen Grabstätte waren sehr hilfsbereit. Ich muss mir noch überlegen, wie ich ihnen danken kann, dass sie den Dayal bei sich versteckt haben, bis ich ihn abholen konnte.«

Smita wartete darauf, dass er weiterreden würde, doch Kapoor fuhr schweigend weiter und rauchte. Nach einer Weile fragte er: »Worüber habt ihr denn gerade geredet, als das alles passierte?«

»Das weiß Gott allein, ich weiß es nicht mehr. Wahrscheinlich hat er mir gerade einen Vortrag über die alte Stadtmauer gehalten. Sie wissen ja, wie er ist.«

Sie lachten.

»Moment mal. Ich habe Ihnen doch erzählt, dass er mich am Abend zuvor auf einen Drink eingeladen hatte, in Mehrauli, und wie er dann einfach verschwunden ist.«

Kapoor nickte.

»Ich glaube, er war gerade dabei, sich zu entschuldigen. Ich sagte ihm, er solle sich keine Gedanken darüber machen. Oder so ähnlich. Eigentlich wollte ich ihm klarmachen, wie demütigend das gewesen war. Ich weiß nicht mehr, ob ich das noch konnte.«

Kapoor schüttelte den Kopf. »Das war keine Demütigung, Mädchen. Überhaupt nicht.«

»Wenn man allein gelassen wird in einer Bar, wo zwanzig Neureiche aus Delhi über einen herziehen?«

Kapoor lachte. »Wahrscheinlich haben Sie recht. Aber hier um uns herum gibt es jede Menge Frauen, die solche Probleme haben möchten.« Er wies aus dem Autofenster, wo neue Hochhäuser aus dem staubigen Boden schossen. Dazwischen lagen Slums, wo die Männer und Frauen lebten, die für die Hochhausbewohner arbeiteten.

Etwas in seiner Stimme ließ Smita aufhorchen. Er spürte, wie sie ihn ansah. Nach kurzem Zögern sagte er leise: »Ich habe eine … Nichte. Sie lebt hier. Sie hat einen Fehler gemacht. Sich mit dem falschen Mann eingelassen. So in der Richtung. Verstehen Sie?«

Smita wartete schweigend.

»Hat sich mit ihrer Familie zerstritten. Sie … wir möchten sie sehen. Ihr Kind. Möchten teilhaben an ihrer kleinen Familie und ihrem kleinen Leben. Aber es wurden ein paar böse Sachen gesagt. Und dann konnten wir ihr nicht mehr helfen.«

Kapoors Kopf war ein Schattenriss gegen das blendende Licht des klaren, kalten Tages draußen.

»Man kann leicht durch die Ritzen fallen in dieser Stadt. Eine falsche Entscheidung, ein böses Wort. Hilfe, die erst verweigert wird und dann, wenn sie schließlich kommt, nicht mehr angenommen werden kann. Verstehen Sie?«

Smita schüttelte den Kopf, sie verstand tatsächlich nicht.

Kapoor lächelte verständnisvoll. »Ein Kind. Die Miete, die gezahlt werden muss, Lebensmittel, die man kaufen muss. Falsche Freunde, eine Familie, die nicht da ist. Wer weiß, wie das alles passiert?«

Smita sah aus dem Fenster.

»Ich will Ihnen sagen, was diese Stadt mit einem macht«, meinte Kapoor. »Sie macht es Ihnen manchmal leicht zu überleben, aber nur, wenn Sie bereit sind, Kompromisse zu schließen.«

* * *

Die Stunden nach dem Angriff vergingen für den Kommissar wie im Nebel. Die Schläge und die Droge, die man ihm gespritzt hatte, machten ihm jede körperliche oder mentale Anstrengung unmöglich. Nur an ein paar wenige Eindrücke erinnerte er sich später.

Eine klumpige Matratze. Ein schmuddeliges Deckbett. Billige Wasserfarbe an den Wänden, die im Licht der Neonröhren glänzten.

An die Tageszeiten konnte er sich nicht erinnern. Oder wann er schlief. Er wusste, dass die Tür nicht weit entfernt lag, doch seine Beine konnten ihn nicht bis dorthin tragen.

Ein Kind war da. Ein kleines Mädchen. Es saß neben ihm auf dem Bett. Stühle gab es nicht. Keine Möbel außer dem Bett, auf dem er lag. Die Wand neben ihm war kalt. Es gab keinen Heizkörper im Raum.

Das Mädchen las. Es redete. Es aß. Es schlief. Neben ihm.

Er sollte sich an die Gegenwart des Mädchens erinnern, seine Zehen an seinen Beinen unter dem Deckbett, sein Murmeln im Schlaf.

Irgendwann fragte er sich, wie spät es wohl sein mochte. Ein billiger Vorhang war vor dem einzigen Fenster zugezogen. Bei Tag. Bei Nacht. Immer zugezogen.

Er schlief.

Man half ihm, zu einem Bad zu gehen, dessen Boden unter Wasser stand. Man stützte ihn, während er in die Kloschüssel pisste. Daneben stand ein Plastikeimer voller Wasser, das ein riesiger Tauchsieder zum Kochen brachte. Ein winziges Fenster auf Augenhöhe, durch das man Rohre voller Taubenscheiße sehen konnte. Dann hatte er zu Ende gepisst. Er musste sich übergeben.

Er schlief.

Er wachte auf, das Mädchen war fort. Zur Schule? War es Tag?

Das Mädchen kehrte zurück und machte seine Hausaufgaben. Es roch nach Linsenbrei, dann fütterte man auch ihn.

Wieder musste er sich übergeben, wieder schlief er ein. Als er aufwachte, schlief das Mädchen neben ihm.

Da war ein Mann. Ein großer Mann. Er war es, der ihm half, ins Bad zu gehen. Er brachte ihm auch das Essen und sang das Kind in den Schlaf.

Und da war auch eine Frau. Ein stilles, hübsches Ding,

das dem Mädchen vorlas, ihm bei den Hausaufgaben half und ab und zu verschwand, wenn die Türglocke schellte.

Einmal kam ein Mann ins Zimmer, den er nicht kannte, der große Mann führte ihn herein. »Setzen Sie sich hier hin«, sagte der große Mann. »Aufs Bett.«

Der Kommissar rückte seine Füße zur Seite, um Platz zu machen. Der Neue wandte seinen Blick von den ruhigen Augen des Mädchens.

»Nur ein paar Minuten«, sagte der erste Mann. »Keine Sorge.«

Ein Fernsehgerät plärrte. Ein Mann ging schnell an der offenen Tür vorbei. Der Fremde stand ebenso schnell auf und verschwand im anderen Zimmer.

Der Kommissar schlief wieder ein.

Irgendwann begriff er, was los war. Er sah, wie der große Mann telefonierte und an die Tür ging, wenn es läutete, und wie die Frau aus dem Zimmer ging und das Mädchen sich auf dem Bett zur Wand drehte. Er sah den zähen Rhythmus von Tag und Nacht, von Linsenbrei und Reis und Haferbrei, wenn es Zeit war, zur Schule zu gehen, und das Nachhausekommen und die Hausaufgaben und das Lesen und Schlafen und Essen. Er sah die erwartungsvollen Gesichter der Männer, die hereinkamen, die schnellen Schritte der Befriedigten, wenn sie mit abgewandten Gesichtern hinausgingen.

Das Gesicht der jungen Frau kam ihm irgendwie bekannt vor, doch er wusste nicht, woher und weshalb. Er sah, wie der große Mann der Frau seinen Arm über die Schulter legte, wenn sie sich über ihr schlafendes Kind beugten. Er hörte das Plärren des Fernsehers im anderen Raum und wusste, dass ein weiterer Mann sein Bedürfnis befriedigt hatte.

Er musterte, so erinnerte er sich später, den Vater im hellen Licht der Neonröhren, wenn er wusste, dass der mit anderem beschäftigt war. Er wusste, dass der Name des Vaters auf den Arm der Mutter tätowiert war. Er hatte es gesehen. Er hatte sie zusammen lachen gesehen, hatte gesehen, wie nah sie sich waren und wie der Mann zur Hauptstraße ging, um Männer aufzugabeln und sie neben sein schlafendes Kind zu setzen, wo sie abwarteten, dass sie an die Reihe kamen.

Endlich konnte er sein Essen bei sich behalten.

Dann schlief er wieder.

* * *

Sie hielten vor einem unscheinbaren dreistöckigen Haus in der schmutzigen Gasse eines überfüllten Slums. Die Straßen waren voller Händler, die Kekse und Besen verkauften. Jeder zweite Laden war ein Schönheitssalon. Jede Frau in diesem kleinen Viertel trug glänzend lackierte Fingernägel.

Kapoor holte tief Luft. »Bereit?«, fragte er Smita. Sie nickte, dann stiegen sie die Treppe hinauf.

Auf Smitas Klopfen öffnete ein Mann die Tür. Er lächelte sie an, sah Kapoors granitharten Blick, senkte den eigenen und ließ sie eintreten. Eine junge Frau kam aus einem Seitenraum. Sie lief auf Kapoor zu und fiel ihm um den Hals. Er küsste sie aufs Haar. Seine behaarte Pranke fuhr hoch, mit einem Fingerrücken streichelte er ihre Wange. »Alles in Ordnung?«, fragte er auf Punjabi.

Die Frau nickte und lächelte zu ihm hinauf, und Smita sah seine Augen, warm und voller Liebe. Dann war die Frau fort, und Kapoors Blick verhärtete sich wieder.

Die Frau kam mit dem Kommissar zurück, sie stützte ihn. Er lächelte ihr zu, gab dem Mann die Hand, nahm Kapoors dargebotenen Arm. Smita wollte ihn umarmen, begnügte sich dann jedoch mit einem Lächeln, das er müde erwiderte.

»Wir haben allen gesagt, dass es Ihnen nicht gut geht«, getraute sie sich zu sagen.

»Na, nur gut, dass das nicht gelogen war«, gab der Kommissar zurück.

Er stützte sich jetzt auf Smita, denn Kapoor war noch in der Wohnung geblieben. Die beiden stiegen langsam die Treppe hinab zur Straße und dem dort wartenden Auto.

»Ist diese Frau tatsächlich …?« Smita ließ die Frage unvollendet.

»Auf jeden Fall sehen sie sich sehr ähnlich.«

»Wie kann so etwas passieren? Ich meine, dass ein Polizist eine …?«

Der Kommissar schaute zur Seite. »Sie ist nicht die Erste. Und sicher nicht die Letzte.«

»Wo findet man einen so breiten Spalt zum Durchfallen, Sir?«

»In dieser Stadt? Überall.«

Smita wurde rot und dachte an die Demütigungen und alle ihre Spielarten und Varianten. Sie fragte sich, ob es eine Stadt gebe, in der die Polizei nicht wusste, wo die Huren lebten, und ihr war klar, dass das niemals Delhi sein konnte. Mit Schaudern dachte sie daran, dass irgendwelche Kollegen vielleicht schon darauf spekulierten, mal gratis dranzukommen, weil sie wussten, dass die Frau mit Kapoor verwandt war. Sie stellte sich vor, welche Belastung es für Kapoor sein musste zu wissen, was seine Untergebenen taten. Sie hätte schreien mögen, doch erinnerte sie sich auch an seinen warmen Blick, die Hand an der Wange der jungen Frau, die leise in der Sprache des Punjab gestellte Frage.

»Ich denke, er will noch dem Kind guten Tag sagen«, hörte sie den Kommissar sagen.

»Warum hört sie nicht auf damit? Wenn es überhaupt jemand kann, er kann ihr doch dabei helfen!«

»Vielleicht ist es nicht so einfach. Vielleicht will sie keine Hilfe annehmen.«

»Aber warum denn nicht?«

»Ja, warum nicht«, murmelte der Kommissar. »Wie kann es sein, dass in dieser Stadt eine Frau die Hilfe eines Mannes nur zu ihren eigenen Bedingungen annimmt?«

Mit hochrotem Kopf wandte Smita sich ab.

»Ich nehme an, er hat alles im Griff?«, wechselte der Kommissar das Thema.

»Ja, das hat er.«

»Er vertraut Ihnen, das kann man sehen.«

Smita nickte.

»Jeder Mensch verdient eine zweite Chance«, sagte der

Kommissar und zündete sich die Zigarette an, die ihm der Mann oben in der Wohnung gegeben hatte.

Smita sah auf sein hartnäckig abgewandtes Gesicht, dann nach oben auf den Streifen Himmel, der zwischen den Häusern dieser engen Gassen zu sehen war, wo Kapoors Kontakte ihr Leben lebten.

»Er hat ja so viele Neffen«, fuhr der Kommissar fort. »Ein Mann wie er braucht auch eine Nichte oder zwei.«

Ein Straßenköter kläffte sie an und wurde gleich darauf von einer Horde Kinder verjagt, die johlend vorbeirannten. Ihre offenen Winterjacken flatterten im Wind. Kapoor kam aus der Toreinfahrt, sein Gesicht war zur Maske erstarrt.

»Wollen wir?«, sagte er und kletterte in seinen Wagen. Der Kommissar setzte sich neben ihn auf den Beifahrersitz, Smita stieg hinten ein.

»Wir ermitteln zurzeit, wer das tote Mädchen ist«, sagte Kapoor.

»Nicht allzu schwierig, denk ich mir?«

»Sie war drogenabhängig. Darauf weisen alle Spuren hin. Das kriegen wir schnell raus.«

»Und die Russin?«

»Die habe ich gestern Abend ins Flugzeug gesetzt und nach Hause geschickt.«

Der Kommissar nickte.

»Was passiert denn jetzt, Sir?«, fragte Smita vom Rücksitz her.

»Ich hab keine Ahnung«, antwortete der Kommissar und zuckte die Achseln.

»Hätte uns das Mädchen nicht helfen können?«

»Nein. Sie weiß Dinge, die keiner von uns unter Kontrolle hat. Besser, wir ziehen sie aus dem Verkehr. Bevor es jemand anders tut.«

»Und zwar für immer«, ergänzte Kapoor.

»Dann wird also der Tod des Dealers und seiner Freundin unter den Teppich gekehrt?«

»Da ist doch Platz genug«, frotzelte der Kommissar.

Smita lachte bitter und sah aus dem Fenster.

»Wir können nicht jeden Fall lösen«, sagte Kapoor gelassen. »Es wird neue Fälle geben, das wissen wir doch.«

»Aber was machen wir mit diesem hier?«

»Der läuft uns nicht weg«, meinte der Kommissar müde. »Die Player sind alle noch da. Sie werden ihre Chance schon noch bekommen, Smita.«

»Und jetzt geben wir einfach so auf?«

»Niemand will, dass dieser Fall gelöst wird. Ich finde, das sollten Sie jetzt mal zu verstehen versuchen.«

»Kompromisse eingehen, Mädchen«, sagte Kapoor. Ihre Blicke trafen sich im Rückspiegel. »Manchmal muss man das tun. Nur beim ersten Mal fällt es einem schwer.«

Dann gab er Gas, während sie auf die lange Brücke hinauffuhren. Die helle Scheibe der Sonne hing groß im Winterhimmel, doch Smita kam es vor, als gäbe es in ihrer Stadt kein Licht und keine Wärme. Frustriert ließ sie sich in ihren Sitz zurückfallen, zog ihren Mantel enger um sich und wartete auf das Ende dieser Fahrt.

Frühlingskinder

Der Frühling hielt Einzug. Blumen sprießten in den Parks von Delhi. Die Tage waren warm und voller Sonne, die Nächte noch kühl genug für Wolle. Der Wind wehte warm von Süden und Osten, kalt von Norden und Westen und zauberte ein Lächeln auf die Gesichter von Delhis Einwohnern. Die ersten Kapokbäume trugen Knospen, die Orchideenbäume standen schon in voller Blüte. Salbei und Reihen von Stockrosen und Löwenmäulchen wetteiferten in ihren Beeten mit den Gänseblümchen um die Aufmerksamkeit der Vorbeikommenden. In den Gärten der besseren Leute blühten die Rosen, Dahlien standen in Töpfen. Auf den Straßen wurde Eiscreme verkauft, und fröhliche Wolken schmückten das Firmament.

Doch Delhis Märkte wirkten kalt und leer, und die Karren der Eisverkäufer fanden kaum Nachfrage bei den Familien. Angst ging um in den Straßen von Delhi. Der Kommissar und sein Team, die sich noch die Wunden leckten von den Niederlagen der vergangenen Wochen, wurden wieder mal gebraucht, um die Bürger zu beruhigen.

Alles begann – so sollten es die Chronisten später berichten – wegen der hart umkämpften Zulassungen zu den Grundschulen der Stadt. Die Eltern kleiner Kaiser in spe versuchten, ihre so furchtbar begabten Sprösslinge in die bestmöglichen Privatschulen zu bekommen. Diese galten nicht nur als Talentschmieden. Es wurde auch davon ausgegangen, dass die anderen Eltern »Leute wie wir« waren mit denselben Zielen, derselben Bildung und demselben Geschmack. So würden die kleinen Lords und Ladys nicht nur eine gute Ausbildung bekommen, sondern auch passende Freunde fürs Leben gewinnen, den besten Schutz gegen eine unsichere Zukunft. Daddy könnte weiter an den Wochenenden mit den Männern Golf spielen, die er schon sein ganzes Leben kannte, Mommy bekäme mehr Freundinnen für den Kaffeeklatsch, und wenn in zwölf Jahren die Zeit reif wäre, dem Kind Zugang zu einem teuren College zu verschaffen, dann würde ein Zeugnis dieser Schule nur von Vorteil sein.

Dies ging über alle Ebenen hin bis zu den nicht besonders seriösen Privatschulen in den ärmeren Vierteln der Stadt, wo sogar die fragwürdigen Einrichtungen mit ihrem angeblich des Englischen mächtigen Personal für besser gehalten wurden als die öffentlichen Schulen Delhis. Dort lieh man sich bei Kredithaien zu wahnsinnigen Zinssätzen Vorschüsse für das Schulgeld, damit das über alles geliebte Kind ein Dutzend Jahre später vielleicht die Chance auf ein besseres Leben bekäme. Es hieß – und Beweise gab es auch dafür –, Schulen nähmen gerne Geld und andere Geschenke und garantierten im Gegenzug, nur die Kinder ehrgeiziger Eltern aufzunehmen. Gotteshäuser und Therapeuten verzeichneten großen Zulauf, der Verkauf von Valium stieg dramatisch. Schließlich zwang die Situation die Regierung zum Handeln. Man führte ein Punktesystem für die Zulassung ein. Und man legte Quoten fest, die sicherstellen sollten, dass in jeder Klasse ein angemessener Anteil von Kindern aus benachteiligten Familien Platz fand. Die Resultate sollten dann in Presse und Internet öffentlich gemacht werden, um größtmögliche Transparenz zu schaffen.

»Der einfache Bürger«, so erklärte der Bildungsminister mit Nachdruck, »liegt uns am Herzen. Es gibt nichts Wichtigeres für diese Stadt als eine gute Schulbildung ihrer Kinder.«

»Das Ergebnis dieser Fürsorge«, brummte Kapoor, »ist, dass die Reichen und Privilegierten jetzt um noch weniger Plätze konkurrieren. Und folglich der Preis für einen solchen Platz dramatisch in die Höhe geht.« Die Listen auf den Webseiten der Schulen legten eine verblüffende Tatsache bloß. Wenn es zum Beispiel einhundert Plätze gab, gingen vielleicht vierzig davon an Kinder, die durch das Punktesystem dafür qualifiziert waren. Weitere vierzig wurden an ärmere Familien vergeben, die nach ihrem eigenen Punktesystem ausgewählt wurden. Das ließ der Schulleitung zwanzig Plätze, die sie an die verteilen konnten, die sie selbst für am geeignetsten hielt. »Und wen«, fragte jetzt Kapoor rhetorisch, »hält sie wohl für am geeignetsten?«

Der Kommissar seufzte, und Smita lachte spöttisch, worauf Kapoor ihnen versicherte, dass das, was sie vielleicht für Zynismus hielten, nichts anderes war als eine realistische Betrachtung unbestreitbarer Tatsachen.

Eine der Eliteschulen, besonders beliebt bei Politikern, Industriellen und anderen, die ihren Nachwuchs von Bodyguards in die Schule bringen ließen, hatte vor ein paar Tagen ein Problem bekommen. Die Liste der aufgenommenen Schüler war veröffentlicht worden, dazu diejenige der Nachrücker, die es für den Fall gab, dass die ursprünglich Zugelassenen ihre Chance nicht wahrnehmen würden. Interessierte Leser hatten voller Neid festgestellt, dass viele bekannte Nachnamen in den beiden Listen standen. Es muss daran erinnert werden, dass das Schuljahr erst im April beginnen würde, dass all diese Kinder also noch in ihren jeweiligen Vorschulen waren.

Und dann geschah das, was Kommissar Dayal und sein Team auf den Plan rief: Am Tag nach der Veröffentlichung wurde ein Kind, dessen Name auf der ersten Zulassungsliste stand, am helllichten Tag entführt, während es von seinem Kindermädchen in die Vorschule gebracht wurde. Die junge Frau wurde von hinten niedergeschlagen, als sie sich anschickte, mit dem Kind die Straße zu überqueren. Sie konnte sich an nichts erinnern. Der Fahrer, der auf der Suche nach einem Parkplatz ein Stück weitergefahren war, hatte nichts mitbekommen. Von den Autos auf der belebten Straße hatte keines angehalten. Der Wachmann der Schule war befragt worden, genauso wie die Anwohner der Straße. Keiner hatte etwas gesehen.

Doch war es vor allem ein Zettel an der Mauer der Vorschule, der die besseren Kreise Delhis in helle Aufregung versetzte. »Nehmt eure Kinder von der Liste. Und sagts auch euren Freunden.«

Das Kind war drei Jahre alt.

* * *

Empörung flammte auf, doch mehr noch Angst und Schrecken. Ist denn die Zukunft unseres Kindes dieses Risiko wert, fragten sich die entsetzten Eltern der anderen Kinder.

»Zuallererst«, sagte der Polizeichef von Delhi, »müssen wir uns um die Nachahmer kümmern.« Seine Kollegen in der Stadtregierung nickten, diskutierten und riefen so schnell und diskret wie möglich zu Hause an, um nachzufragen, ob ihre eigenen kleinen Prinzen und Prinzessinnen wohlauf waren. Die Warnung des Polizeichefs war nicht umsonst: Zwei weitere Entführungen aus der Umgebung Delhis wurden gemeldet, eine sogar weit draußen in Aligarh. Die waren schnell aufgeklärt, die Übeltäter wurden ordentlich verprügelt und der Polizei übergeben. Ein Möchtegern-Kidnapper verlor allerdings sein Leben durch die Lynchjustiz der aufgebrachten Verwandten und Nachbarn des Kindes, das er hatte entführen wollen.

Vor den Kindergärten patrouillierten Polizisten, und vor den Direktorenzimmern der besseren Privatschulen zogen Wachen auf. Doch der Schaden war da. Immer weniger Kinder verließen noch ihre Wohnungen. Kindermädchen meldeten sich krank, Fahrer erfanden Ausreden, um nicht zur Arbeit zu erscheinen. Der Preis für Bodyguards verdoppelte sich über Nacht.

In den Schulen brodelte es. Der Direktor der Schule, zu der das Kind zugelassen worden war, war außer sich. »Unser Ruf«, behauptete er, »wird dadurch nicht beschädigt.« Doch war das eine glatte Lüge: Natürlich würde er das, wenn wichtige Leute dort keinen Aufnahmeantrag mehr stellten.

»Wir sind in keinster Weise besorgt«, tönte er weiter, »über unsere Zukunft als eine der Eliteschulen dieser Stadt.« Doch wenn ab jetzt keine Schüler mehr kämen, dann gäbe es diese Zukunft überhaupt nicht.

»Besorgt sind wir einzig und allein«, so erklärte er treuherzig, »über das Wohlergehen dieses armen Kindes. Wir werden alles tun, was in unserer Macht steht, um es zurückzubringen. Und wir versichern seinen Eltern, dass sein Platz bei uns reserviert ist.«

Die Eltern des Kindes machten sehr schnell deutlich, wie sie die Dinge sahen. Schon am Tag nach der Entführung war der Name des Kindes von der Liste verschwunden. Wenigstens dachten die meisten, die Eltern hätten dies veranlasst. Die waren aber vorsichtig genug, die Medien zu meiden. Das Bild der Mutter, die beim Verlassen ihres Hauses ihr verweintes Gesicht hinter einer Sonnenbrille und ihrer Hand verbarg, während ihr Ehemann schützend den Arm um sie legte und die Meute der Reporter zu ignorieren versuchte, beschämte selbst die abgebrühtesten Pressefotografen der Stadt.

Die Tageszeitungen erhielten Lawinen von Leserbriefen, die Fernsehstationen riefen Expertenrunden zusammen. Man stellte Prognosen auf über die Sicherheit des Kindes, den Zeitpunkt der Übergabe an die Eltern, seinen psychischen Zustand. In den Internetblogs herrschte Hochbetrieb. Doch die Schulen blieben leer.

Drei Tage nach dem Vorfall wurde der Kommissar mit dem Fall betraut.

»Was soll ich tun?«, fragte er so diplomatisch wie möglich. »Das Kind finden? Die Eltern beruhigen? Nachahmer verhindern? Mich um die Medien kümmern?«

»Am besten alles gleichzeitig«, antwortete sein Chef, ohne mit der Wimper zu zucken. Der Kommissar nickte und wandte sich zum Gehen.

»Dayal?«, rief in sein Chef zurück.

»Sir?«

»Die alte Dame hat darum gebeten, Sie mit dem Fall zu

betrauen. Auch diesmal. Hier wirds einigen politischen Ärger geben.«

»Ist mir klar, Chef.«

»Das Kind könnte schon tot sein.«

Der Kommissar nickte wortlos.

»Und die Angst der Leute wächst.«

Der Kommissar blieb stumm.

»Hier kann keiner gewinnen, mein Lieber. Ich hoffe, das ist Ihnen klar.«

»Hat sie deshalb nach mir gefragt?«

»Die Nähe zur Macht ist immer eine heikle Angelegenheit«, gab sein Chef zurück. Mit dieser rätselhaften Antwort musste sich der Kommissar begnügen, als er hinausging, um sein Team zusammenzurufen.

* * *

Sie waren unterwegs zu dem Kindergarten, vor dem der Junge entführt worden war, als Kapoor seine »realistische Betrachtung unbestreitbarer Tatsachen« begonnen hatte.

»Wenn genügend Kids ihre Namen von der ersten Liste tilgen lassen«, fuhr er fort, »dann rücken die von der Warteliste automatisch nach.«

»Na, dann ist es doch eigentlich ziemlich leicht«, folgerte Smita. »Da fangen wir doch am besten mit den Leuten auf der Warteliste an.«

Kapoor schaute sie nur an, der Kommissar hing seinen eigenen Gedanken nach.

»Was ist denn?«, fragte Smita, als sie Kapoors Blick bemerkte.

»Haben Sie sich mal die Nachnamen auf der Liste angeschaut?«

»Ja, hab ich.«

»Ist Ihnen da irgendwas aufgefallen?«

»Eigentlich nicht. Zwei Politiker, der eine ein Cop, der andere ein Verwaltungsmann, ein paar Leute aus den Medien. Der Rest Geschäftsleute.«

»Irgendwas Besonderes bei den Geschäftsleuten?«

»Sie kennen sich offensichtlich alle. Zwei sind Bauunternehmer. Beide korrupt. Einer ist ein Immobilienhai aus Uttar Pradesh. Jeder weiß, dass er ein Gangster ist.«

»Dann ist der also unser Kandidat?«

»Ich würde sagen, ja. Diese Typen denken doch alle, dass sie unbesiegbar sind. Er könnte es schon gewesen sein, aber im Grunde sind sie alle verdächtig.«

Kapoor sah sie nachdenklich an. Der Kommissar schien von weit her in die Gegenwart zurückzukehren.

»Wollen Sie es ihr sagen?«, fragte Kapoor.

Der Kommissar seufzte und übernahm: »Also zunächst: Unser Gangster und sein Kumpel, der andere Bauunternehmer. Sie wissen, für wen die als Strohmänner fungieren, oder?«

»Na klar. Einer hat den wichtigsten Minister von Uttar Pradesh in der Tasche. Der andere ist der Strohmann eines Kabinettsmitglieds.«

»Des Regierungskabinetts von Indien. Genau. Und die beiden stehen nur auf der Warteliste. Was sagt Ihnen das über den Einfluss der Eltern, die schon einen festen Platz für ihre Kinder haben?«

»Und was geht uns das alles an?«, fragte Smita angriffslustig.

Jetzt war es Kapoor, der einen Seufzer hören ließ.

Der Kommissar fuhr so gelassen fort wie immer. »Sie würden mir schon zustimmen, dass unsere Verdächtigen ein bisschen politisches Gewicht in dieser Stadt haben?«

»Ich will verflucht sein, wenn mich das diesmal aufhalten sollte.«

»Okay, nichts dagegen. Aber ich schlage vor, dass Sie als Erstes recherchieren. Man hat uns den Fall heute übergeben. Das Kind ist vor drei Tagen entführt worden. Am Tag danach haben die Eltern oder irgendjemand anders den Namen des Kindes von der Aufnahmeliste genommen. Richtig?«

»Richtig.«

»Haben Sie sich seither schon mal die Listen angesehen?«

»Nein. Die stehen ja nicht mehr im Internet.«

»Ich meine die Listen der anderen Schulen. Ähnlicher Privatschulen wie der hier.«

»Die sind alle aus dem Netz genommen worden.«

»Stimmt. Aber bevor sie verschwanden, haben Sie sie sich da mal angeschaut?«

Smita schwieg, doch ihr Gesichtsausdruck sagte »Nein«.

»Der Kleine war auf vier Zulassungslisten. In vier Schulen. Also gibts vier Wartelisten voller möglicher Verdächtiger, Smita. Und die haben alle ihre Verbindungen zu Kabinettsmitgliedern und irgendwelchen Ministern. Wie viele reiche, mächtige Leute wollen Sie heute richtig sauer machen?«

Kapoor massierte sein Gesicht. Hinter seinen Händen murmelte er genervt: »Auf dem Zettel an der Wand stand nur, dass der Name des Kindes von der Liste gestrichen werden sollte. Aber welcher Liste?«

»Ich habe angenommen ...«

»Sie haben angenommen, wie alle anderen auch, dass die Schule, deren Direktor sich die Kehle wund geschrien hat, diejenige war, die die Entführer meinten. Das wissen wir aber nicht.«

»Der Bildungsminister hat alle Zeitungen und jeden Fernsehsender in der Stadt angerufen«, sagte der Kommissar. »Können Sie sich überhaupt vorstellen, was die Regierung gerade unternimmt, um das Feuer einzudämmen?«

»Warum hat man dann genau diesen Direktor den Wölfen zum Fraß vorgeworfen?«

»Weil der seinen Mund aufgemacht hat, bevor man ihm sagen konnte, dass er ihn halten sollte. Aber haben Sie von einem der Direktoren irgendeiner der anderen Schulen auch nur einen Muckser gehört?«

Der Wagen hielt vor dem Kindergarten. Eine Reihe von Gaffern stand auf dem Gehsteig, ein uniformierter Wachmann versuchte halbherzig, sie zu vertreiben. Ein misstrauisches Gesicht spähte durchs Tor, dann winkte sie jemand energisch herein, während das Tor sich gerade genug öffnete, damit sie durchkamen.

»Noch etwas«, flüsterte der Kommissar in Smitas Ohr. »Ihr Freund, der Gangster. Sein kleines Töchterlein wurde in zwei der Schulen aufgenommen, zu denen das entführte Kind zugelassen wurde. Und das Mädchen stand bei den beiden anderen auf der Warteliste. Macht das unsere Liste von Verdächtigen irgendwie kürzer?«

Smita starrte ihn an.

»Und ein Letztes«, fuhr der Kommissar fort, während er seinen Blick durch den Garten und über die Plastikspielgeräte schweifen ließ. »Sein Kind war auch hier in diesem Kindergarten.«

* * *

Die Inhaberin des Kindergartens war eine sympathische Frau unbestimmten Alters. Sie trug ihr Haar zu einem Knoten aufgetürmt, der von einem Bleistift gehalten wurde. Der Garten ihres Hauses, in dessen Obergeschoss sie auch wohnte, stand voll mit den Attributen ihres Berufs: Spielzeug und kleinen Tischen und Stühlen aus Holz. Überall hingen Tafeln mit Zahlen und Buchstaben, auf denen die Abdrücke kleiner Hände zu erkennen waren. Einige Frauen, ihr Personal, saßen stumm und mit verzweifelten Gesichtern auf der Veranda und klammerten sich an ihre Teetassen. Alle ähnelten sie irgendwie ihrer Chefin: Frauen, deren Jugend längst vorüber war und die hier eine Möglichkeit gefunden hatten, ihren Morgen sinnvoll zu verbringen, nachdem die eigenen Kinder aus dem Haus waren. Alle freundliche Personen, alle völlig unvorbereitet auf das Gewitter, das sie jetzt erwischt hatte.

Smita hatte den Eindruck, dass eine von ihnen verweint wirkte. Die Direktorin des Kindergartens bemerkte Smitas fragenden Blick und nickte, sie sah mitfühlend und erschöpft aus. »Der Kleine war in ihrer Gruppe.«

»Ein süßes Kind?«

»In dem Alter sind sie alle süß ... Eigentlich sollen wir ja keine besonderen Lieblinge haben. Doch dieses Kind ist einfach ein Schatz. Gut erzogen, gut im Unterricht, ein richtiger kleiner Sonnenschein.«

Smita nickte. »Kann ich mit Ihren Mitarbeiterinnen reden?«

»Ja, selbstverständlich.« Die Direktorin führte den Kommissar und Kapoor in ihr Büro.

Smita nahm die angebotene Tasse Tee entgegen und gesellte sich zur Gruppe der Vorschullehrerinnen, die einsam Wache hielten in ihrer bis dahin so lebendigen Schule.

Erst schwiegen die Frauen, wurden dann jedoch gesprächiger, und Trauer, Wut und Ratlosigkeit mischten sich im Gespräch. Sie hatten Angst um das Kind, fürchteten die Konsequenzen und wollten am liebsten, dass dies alles so schnell wie möglich vorüber wäre. Sie mochten und respektierten ihre Chefin, sagten, sie habe sich sehr tapfer gehalten. Erst vorsichtig, dann immer offener bekräftigten sie, dass sie froh waren, nicht an ihrer Stelle zu sein.

Die Arme, das war ja nicht ihre Schuld gewesen. Und es war auch nicht ihnen anzulasten. Das Kind war auf offener Straße gekidnappt worden, es war nicht einmal in ihrer Obhut gewesen, als man es entführte. Wie also konnte alle Welt sie dafür verantwortlich machen?

Eine »Experten«-Talkrunde hatte am Abend zuvor in einem privaten Fernsehprogramm die Schule wegen ihrer mangelhaften Sicherheitsvorkehrungen schwer getadelt. Kaum verhüllt hatte man den Vorwurf erhoben, dass die Schule, um möglichst viel Gewinn zu machen, die Sicherheit ihrer Schützlinge grob vernachlässigt habe.

»Wie können sie es wagen?«, beschwerte sich eine der Frauen. »Arbeiten sie etwa hier? Sind sie je hier gewesen? Haben sie ihre Kinder bei uns? Wie können sie unser Pflichtbewusstsein in Zweifel ziehen? Lieben wir diese Kinder etwa weniger, weil sie Schulgeld zahlen?«

»Ist denen überhaupt klar«, fielen die anderen ein, »dass die Eltern uns Geschenke machen, wenn ihre Kinder den Kindergarten verlassen, weil sie wissen, wie wichtig er für die Kleinen war?«

Smita hörte zu und trank in kleinen Schlucken ihren Tee.

»Ich kann nicht fassen, dass er verschwunden ist«, sagte die Frau, die geweint hatte. »Alles andere spielt keine Rolle. Natürlich fühlen wir uns verantwortlich. Wie denn auch nicht? Wir sind ja alle Mütter.«

Die anderen Frauen nickten zustimmend. Sie hatten die Bilder der Mutter im Fernsehen und in den Zeitungen gesehen und ebenfalls geweint. Die Betreuerin des kleinen Jungen hatte sogar versucht, die Mutter anzurufen, sie jedoch nicht ans Telefon bekommen.

»Wie sind denn die Eltern so?«, fragte Smita behutsam.

Ziemlich sympathisch, war die Antwort. Der Vater stammte aus einer bekannten Familie. Sehr höflich, sehr gut aussehend. Ein Geschäftsmann, der Golf spielte und immer mit Kameras zu den Veranstaltungen der Schule kam. Seine Frau war zurückhaltend und mit ein paar von den anderen Müttern befreundet. Sie trank mit ihnen Kaffee, während die Kids im Kindergarten spielten. Einfühlsamer als einige der anderen. Kam nicht mit Stilettos und kurzen Röcken, wenn sie ihr Kind abholte, auch wenn sie Designersonnenbrillen trug und die Diamanten an ihrer Armbanduhr echt waren. Sie brachte für alle Kuchen mit, wenn ihr Sohn Geburtstag hatte, und die Party zu Hause war nicht übertrieben protzig. Das hatten jedenfalls die Kindermädchen berichtet, die dabei gewesen waren.

Altes Geld, das war deutlich zu sehen. Der Vater war allerdings noch zu jung, um die Verbindungen zu haben, die seinem Sohn die Aufnahme in all diese Schulen gesichert hatten. Seinem eigenen Vater war das zu verdanken. Der war noch immer im Geschäft, und offensichtlich reichten die Beziehungen der Familie bis ganz weit oben. Die Zukunft des Kindes schien gesichert. Und jetzt war es entführt worden.

»Da sieht mans mal wieder, nicht wahr?«, sagte eine der Lehrerinnen. »Man kann alles im Leben haben, und was nützt es einem dann?«

Die anderen schauten sie an, als sei sie gerade dabei erwischt worden, wie sie dem Gärtner hinter den Schülertoiletten einen Blowjob verpasst hätte. Doch war ja niemand dabei, der eine solche Bemerkung hätte tadeln können, und so zuckten sie die Achseln, nickten und wandten sich wieder ihrem Tee zu. Smita trank ihre zweite Tasse leer und wartete, dass ihre beiden Kollegen wieder zum Vorschein kämen.

* * *

»Die Frau hat einfach Angst«, urteilte Kapoor.

»Wovor denn?«, fragte Smita.

»Ihre Schule ist geschlossen. Und wer weiß, wann sie sie wieder öffnen kann. So etwas lässt junge Mütter nicht gerade Schlange stehen.«

»Und außerdem?«

»Und außerdem kennt sie die Betroffenen. Die Opfer, die Verdächtigen. Nicht die Art von Leuten, mit denen man sichs verderben will.«

»Finden Sie etwa, die Schuld liegt bei ihr?«

»Ganz und gar nicht. Aber es wird nicht viel helfen, das zu erklären. Es gibt schon Leute, die fragen, warum die Schule in diesem Privathaus überhaupt funktionieren konnte. Gab es eine Genehmigung dafür, die nötigen Zertifikate, eine Zulassung der Feuerwehr? Es wäre ein Wunder, wenn die wieder aufmachen dürfte.«

»Dies ist nicht die einzige Schule in Delhi, die jetzt geschlossen ist.«

»Aber bisher die einzige, die ein Kind verloren hat.«

»Bisher«, antwortete der Kommissar lakonisch. Kapoor brummte etwas. Inzwischen saßen sie wieder im Auto.

»Ich garantier euch eins«, meinte Kapoor. »Diese Lehrerinnen haben in den letzten Tagen gemerkt, wer ihre wirklichen Freunde sind.« Er ließ sein Fenster einen Spalt herunter, und eine kühle Brise drang in den Wagen.

»Und dann dieser Zettel«, setzte er hinzu. Der Kommissar nickte.

»Was ist damit?«, fragte Smita.

»Warum haben sie den überhaupt dagelassen? Es wäre doch klüger gewesen, einfach das Kind zu entführen und dann die Eltern anzurufen. Und so dafür zu sorgen, dass die Listen geändert werden, statt das in aller Öffentlichkeit zu tun. Warum so viel Wirbel? Wozu soll das nützen? Und vor allem: wem?«

»Die, die das getan haben, wollten Publicity«, schloss der Kommissar. »Aber weshalb?«

Kapoor seufzte und tippte dem Fahrer auf die Schulter. »Zu den Eltern.«

* * *

Sie lebten in einer noblen Wohnung am Rande eines Parks in einem von Delhis begehrtesten Vierteln. Das Apartment war nicht übermäßig groß und die Treppe steil, doch die Bücherregale im Wohnzimmer waren gut gefüllt, und die beiden Dachterrassen glichen grünen Oasen. Die Teppiche waren geschmackvoll, und die Gemälde an den Wänden trugen Signaturen, die Smita einen leisen Pfiff abnötigten. Die silbergerahmten Fotos, elegant im Raum verteilt, zeigten, dass die junge Familie schon viel in der Welt herumgekommen war. Auf einigen war zu erkennen, mit welch guten Beziehungen die Familie gesegnet war: die Frau eines amerikanischen Präsidenten auf Staatsbesuch, ein oder zwei indische Politiker, die obligatorische Nehru gewidmete Ecke. Die Möbel wirkten bejahrt, doch bequem, das ganze Wohnzimmer wirkte sympathisch und einladend. Selbst in diesem Moment der Verzweiflung standen überall frische Blumen in den Vasen. Vor dem Kamin schlief ein betagter Hund.

Eine ehrbare Familie, dachte Smita, die niemand viel beweisen musste. Die richtige Ausbildung, der richtige Akzent, Shatush-Schals, die tatsächlich legal waren. Entspannt guter Geschmack, für den die Emporkömmlinge der Neureichenviertel Millionen bezahlten. Doch woher, so dachte Smita bissig, sollten die Neureichen die alten Teppiche und Fotos nehmen? Die Leute hier waren mit all diesen Dingen auf die Welt gekommen. Selbst der Hund gehörte dazu; wahrscheinlich hatte er einen genauso langen Stammbaum.

Eine Tür öffnete sich, und die drei Cops konnten kurz ein ungemachtes Bett erkennen, auf dem eine Frau lag. Dann schloss sich die Tür wieder, und ein Mann kam ihnen mit ausgestreckter Hand entgegen.

Ziemlich jung, urteilte Smita, ziemlich gut aussehend. Sie kannte diese Sorte: Mitglied im Delhi Golf Club und dem Delhi Gymkhana, mit einem niedrigen Handicap auf dem Golfplatz und einem ausgeprägten Sinn für Humor. Ein bisschen übermütig, wenn er mit seinen Kumpels unterwegs war. In ihren jüngeren Jahren, dachte sie, während der Kommissar und Kapoor ihre Höflichkeitsformeln murmelten, hätte sie so jemand noch bewundert. Sogar in einem Moment wie diesem hier war sein Gesicht frisch rasiert, und er roch gut. Aber warum sollte er auch nicht? Sollte eine solche Situation jemand wie ihn etwa in Sack und Asche gehen lassen? Wenn er nun mal nichts anderes hatte als Kaschmirpullover? Warum sollte ein Unglück wie dieses ihn dazu zwingen, seinem Stil untreu zu werden? Dann lag seine Hand in der ihren, und sie hörte sich sagen, wie leid ihr das alles tue, worauf er nur abwinkte.

»Bitte«, sagte er und wies auf die Sofas und Sessel. »Setzen Sie sich doch. Kaffee? Tee?«

Seine Augen sahen müde aus, und es lag so etwas wie Ratlosigkeit in der Art, wie er sich mit der Hand durchs wohlgekämmte Haar fuhr. Mit einem Anflug von Sympathie dachte Smita an die Frau, die da am Nachmittag auf dem ungemachten Bett lag, während draußen im Park die Frühlingssonne warm auf spielende Kinder schien. Ein alter Diener stellte eine Teekanne auf den Tisch, ihr Gastgeber schenkte ein und reichte ihnen die Tassen.

»Ich habe schon ausführlich mit den anderen Beamten gesprochen«, sagte er schließlich, als er selbst eine Tasse in Händen hielt. Der Kommissar und Kapoor nickten. »Ich weiß nicht, ob dem noch viel hinzuzufügen ist. Obwohl ich mich natürlich freue, Ihre Bekanntschaft zu machen. Sie haben alle einen ausgezeichneten Ruf.«

Smita fiel auf, wie elegant seine Umgangsformen waren. Mit so einem Mann verheiratet zu sein war bestimmt nicht einfach. Andere Menschen für sich einzunehmen war für ihn so leicht wie Ein- und Ausatmen. Sogar jetzt noch.

»Außer dem Zettel hat es keinen Versuch der Kontaktaufnahme gegeben?«, fragte Kapoor.

Der Mann schüttelte den Kopf.

»Irgendjemand hat etwas von Privatdetektiven gesagt«, fiel der Kommissar ein.

Wieder schüttelte der Vater den Kopf. »Meine Frau«, fügte er erklärend hinzu, »wollte nichts unversucht lassen. Ich … wir haben sie davon überzeugt, dass das die Sache nur komplizierter machen würde. Wir wollen unser Kind nicht noch mehr in Gefahr bringen.«

»Kann ich offen mit Ihnen reden?«, fragte der Kommissar. Der Vater nickte nur.

»Natürlich tun wir unser Bestes. Das wissen Sie. Aber mit jedem Tag, der vergeht …«

Wieder nickte der Vater und schaute dabei unverwandt den Kommissar an. Smita fühlte ihre Abneigung schmelzen wie Schnee an der Sonne, als sie seinen leidenden Ausdruck sah.

»Wir kriegen den, der das getan hat. Da können Sie sicher sein.«

»Können Sie mir auch die Sicherheit meines Sohnes garantieren?«

Die drei Cops sahen ihn wortlos an. Der Vater stand auf und ging zu dem hohen Fenster hinüber, das auf eine der beiden Terrassen hinausging. »Ich bin nicht taub«, sagte er zu seinem eigenen Spiegelbild im Fenster. »Wir sind nicht blind. Wir hören und sehen, was alle Welt sagt. Dass Leute wie wir in einer abgeschotteten Welt leben. Schrecklich, was mit unserem Kind passiert ist. Das sagt jetzt jeder. Aber dass es eine Lektion für uns ist. Dass auch Leuten wie uns so etwas passieren kann. Selbst wenn das so ist«, fragte er in den

Raum hinter sich. »Weshalb dann nicht ich? Oder meine Frau, statt unseres Kindes? Warum muss es immer wir gegen sie sein?«

Smita sah seinen Umriss im Gegenlicht der Spätnachmittagssonne, spürte den Zorn in seiner Frage und wurde plötzlich selbst von Zorn erfüllt. Einer blinden Wut darüber, dass ein Mann wie der hier, dessen Leben unter einem günstigen Stern zu stehen schien, mit einer hübschen Frau und einer schönen Wohnung und einer gegen alle Wechselfälle gefeiten Zukunft, so voller Selbstmitleid war. Sie hätte ihn anschreien mögen, dass niemand die Wahl hatte, arm und ohne die richtigen Beziehungen auf die Welt zu kommen. Doch sie wusste, was seine selbstverliebte, spitzfindige Antwort sein würde: Dass er auch nicht darum gebeten habe, reich auf die Welt zu kommen. Ein Mann, der so abgeschottet lebt von der Welt um sich her, wird genau so wehleidig reagieren, wenn diese Welt auf ihn einstürzt. All dies dachte sie in dem kurzen Moment, in dem sie ihre Tasse an die Lippen führte. Dann fiel ihr wieder ein, weshalb sie hier waren, und ihre Wut verflog so schnell, wie sie gekommen war.

Kapoor stand schwerfällig auf, um dem Mann eine väterliche Hand auf die Schulter zu legen. Der drehte sich überrascht um, sah das verständnisvolle Lächeln in Kapoors Augen und lächelte zurück. Smita holte ihr Notizbuch hervor, und sie befragten den niedergeschlagenen Vater nach den Vorfällen der letzten Tage.

Irgendwann wurde das Teegeschirr abgeräumt und durch neues ersetzt. Die Dämmerung brach an, und die Lampen im Wohnzimmer wurden eingeschaltet. Der alte Hund ging nach unten, kam wieder hoch und legte seinen Kopf nacheinander auf die Knie der Besucher. Es wurde Abend, und sie stellten immer noch ihre Fragen. Schließlich erschien die Mutter, eine brennende Zigarette in der Hand, und ging zur Terrassentür.

»Ich fänds gut, wenn du hier drin nicht rauchen würdest«, sagte ihr Mann.

»Weshalb? Wegen des Kindes?«

Er schaute weg. Die Mutter rauchte trotzig eine Minute lang weiter, dann warf sie die noch brennende Zigarette auf die Terrasse. Sie ging zu ihrem Mann hinüber und legte ihre Arme um ihn. »Es tut mir leid«, murmelte sie gegen seinen Rücken. Ihr teuer geschnittenes und jetzt offensichtlich nicht gewaschenes Haar fiel offen über ihre Schultern. Sie trug eine bequeme alte Strickjacke und Trainingshosen, ihre Füße steckten in Hausschuhen. Smita zweifelte keine Sekunde, dass ihre Zehennägel von professioneller Hand lackiert worden waren. Doch der in ihrer Haltung erkennbare Schmerz war echt, als sie sich jetzt Schutz suchend an ihren Mann schmiegte. Und nichts war gespielt an der zärtlichen Art, mit der er ihre Hände streichelte. Smita sah überrascht, wie ihre beiden Kollegen diskret den Blick abwandten.

»Ich möchte was trinken«, sagte die Frau. Sie setzte sich in einen Sessel, schlug die Beine übereinander, verschränkte die Arme und sah ihren erstaunt dreinblickenden Mann an. »Nur ein bisschen Weißwein. Was gerade offen im Kühlschrank steht.« Ihr unsicherer Blick fiel auf die Besucher. »Leisten Sie mir Gesellschaft?«, fragte sie und versuchte ein Lächeln.

Der Kommissar und Kapoor murmelten eine Entschuldigung. Smita bemerkte, dass ein Diener wartend hinter ihr stand.

»Und Sie?«, fragte die Mutter zu ihr gewandt. »Wollen Sie uns allein trinken lassen?«

»Nein«, antwortete Smita zu ihrer eigenen und aller anderen Überraschung. »Ein Glas Wein wäre wunderbar.«

Der Diener verschwand, um gleich darauf mit zwei Gläsern Wein und einem Whisky Soda zurückzukehren. Kurz danach wurden noch Wasabi-Erbsen, Nüsse und Servietten gebracht. Die Ehefrau beobachtete ein wenig amüsiert, wie Kapoor die grünen Erbsen probierte und das Gesicht verzog, als ihm der scharfe Wasabi in die Nase stieg. Smita wurde klar, dass die Frau schon vorher etwas getrunken hatte, vielleicht schon den ganzen Tag. Aber wenn das einzige Kind verschwunden ist und vielleicht nie wieder auftauchen wird, dann ist Trinken vielleicht das Einzige, was man machen kann. Sie sah, wie die Frau einen großen Zug aus ihrem Glas nahm, seufzte und sich noch tiefer in den bequemen Sessel zurücklehnte. Sie legte einen Fuß über die Armlehne.

»Wollen Sie von mir auch irgendetwas wissen?«, fragte sie, die Augen geschlossen.

Der Kommissar und Kapoor sahen zu Smita hinüber.

»Wer könnte es denn Ihrer Ansicht nach gewesen sein?«, fragte die.

»Außer denen, die hinter uns auf der Aufnahmeliste standen? Außer ganz Delhi? Niemand Bestimmtes.«

Smita wurde rot. Der Ehemann warf ihr einen Blick zu, in dem die Bitte um Verständnis erkennbar war. Unsere Situation, sagte der Blick; unser verschwundenes Kind. Bitte verurteilen Sie meine Frau nicht wegen dieses Auftritts.

»Gerade an diesem Bestimmten bin ich interessiert«, beharrte Smita sanft.

»Alle reden über diesen Immobilienhai.«

»Genau«, ermutigte Smita sie weiterzureden.

»Er ist ein Nachbar meines Schwiegervaters. Ihre Landhäuser liegen nebeneinander. Wir haben ihn ab und zu bei irgendwelchen Empfängen getroffen.«

»Und?«

»Ich kann ihn nicht ausstehen. Und seine Frau, dieses arme Ding. Er schleppt sie immer zu den Partys, wo wir doch alle wissen, dass sie am liebsten gar nicht mitgehen würde. Sie gibt sich alle Mühe, einen guten Eindruck zu machen. Aber es gelingt ihr einfach nicht.«

Die Frau sah Smita über den Rand ihres Weinglases an.

»Sie gehört eben nicht zu uns, wird nie zu uns gehören. So viel Valentino gibts auf der ganzen Welt nicht. Ich finde es ekelhaft von ihm, dass er sie dazu zwingt, es immer wieder zu versuchen.«

Smita nickte.

»Was bringt diese Leute dazu, so sein zu wollen wie wir? Glauben sie etwa, unser Leben ist total perfekt? Er hat weiß

Gott genügend Geld, er kann sich jedes Leben kaufen, das er will. Warum will er unbedingt unseres haben?«

»Sie sind unsere Nachbarn«, warf ihr Mann leise ein.

»Aber nicht meine«, erwiderte sie gereizt. »Es ist so verdammt peinlich zu sehen, wie sie mit dem Tafelsilber kämpft. Und ihr Mann mit seinen vielen Ringen und seinem Gestank nach teurem Aftershave und dem Scheiß-Tika auf der Stirn. Als ob ihn das mit seinem Gott ins Reine bringen könnte für all seine krummen Geschäfte. Was sind das nur für Leute?«

Sie schrie jetzt beinahe.

»Sie haben unseren Sohn nicht entführt«, versuchte ihr Mann sie zu beschwichtigen.

»Woher willst du das wissen?«

»Weil er mir das gesagt hat.«

Eine Frau in der Straßenversion der Kleider, die die Mutter trug, war hereingekommen, die Sonnenbrille ins Haar geschoben, teure Sneakers an den Füßen. Ein edler Schal vervollständigte ihr Outfit. Sie ignorierte die Cops völlig, winkte ab, als ihr der Diener einen Drink anbot, gab dem Ehemann einen Kuss auf die Wange und nahm die Ehefrau in den Arm. Offensichtlich waren sie beste Freundinnen. Gleich darauf führte die Besucherin die Ehefrau in das Schlafzimmer, ohne sich noch einmal umzudrehen. Das Ganze dauerte nicht mehr als eine halbe Minute. Als ob wir gar nicht da gewesen wären, sollte der Kommissar die Szene hinterher trocken kommentieren.

Der Ehemann klärte sie rasch auf. Die Frau war eine enge Freundin, ihr Mann ein alter Schulfreund von ihm. Und auch die beiden Frauen kannten sich seit frühester Jugend. Sie gehörte praktisch zur Familie.

»Und der zwielichtige Nachbar?«, wollte Smita wissen.

Der war einer der Ersten gewesen, die angerufen hatten. Gleich am Abend nach der Entführung, als die Familie Zuflucht auf dem Landsitz des Patriarchen gesucht hatte, war er herübergekommen, die Hände mitfühlend verschränkt, die Stirn sorgenvoll gefurcht. Er hatte sofort gewusst, woher der Wind wehen würde, und war gekommen, um vorzubeugen.

»Der Mann hat Möglichkeiten. Die hat er uns zur Verfügung gestellt.«

»Und Ihre eigenen Möglichkeiten?«, fragte der Kommissar.

»Mein Vater?«

Der Kommissar zuckte fragend die Achseln.

»Mein Vater hat Himmel und Hölle in Bewegung gesetzt. Aber wie Sie wissen, haben wir unseren Sohn immer noch nicht zurück«, fügte er mit resigniertem Lächeln hinzu.

»Wenn Ihre ... Möglichkeiten zu etwas führen, dann lassen Sie uns das doch wissen, nicht wahr?«

»Selbstverständlich«, antwortete der Vater und wandte den Blick ab.

»Was werden Sie tun, wenn Sie Ihren Sohn zurückhaben?«, rutschte es Smita heraus.

»Wir werden weggehen, denke ich. Wir wollen weiß Gott nicht mehr hier leben. Nicht nach all dem.«

»Und wohin würden Sie gehen?«

»Singapur vielleicht. Dorthin, wo es sicherer ist. Irgendwohin halt.«

Aus dem Schlafzimmer hörten sie gedämpften Streit, dann den Schrei einer Frau. Ein Diener rannte mit erschrockenem Gesicht vorbei.

»Gibts sonst noch etwas?«, fragte der Vater müde. »Meine Frau scheint mich zu brauchen.«

Die drei Cops erhoben sich zum Gehen, der Vater brachte sie zur Tür.

»Eins noch«, sagte er. »Wenn Sie die Leute finden, die das getan haben. Und wenn dann nichts mehr zu machen ist. Ich wäre Ihnen dankbar, wenn Sie mich dann anriefen. Damit ich dabei sein kann. Es soll Ihr Schade nicht sein.«

Smita stand hinter dem Kommissar und Kapoors breitem Rücken und konnte deren Reaktion weder sehen noch hören.

Einen Augenblick später gingen sie schon die Treppe zur Straße hinunter. Am Auto angekommen, zündeten sich die beiden Männer Zigaretten an und rauchten, ohne sich in die Augen zu blicken. Smita überlegte noch, ob sie die Frage stellen sollte, als eine Frauenstimme, deutlich hörbar durch Glas und Vorhänge und Zwischenwände, die Luft zerriss. »Ich will mein Kind zurück«, jammerte sie, weinte so haltlos, wie es für ihre gesellschaftliche Schicht nicht üblich war. Smita spürte, wie sie eine Gänsehaut bekam. Ungläubig starrte sie ihre Kollegen an, die schnell zu Ende rauchten und nacheinander die Kippen funkenstiebend in die Dunkelheit schnippten. Dann saßen die drei auch schon im Wagen und verschwanden in der Nacht.

* * *

Der nächste Morgen war strahlend hell und passte nicht recht zur schlechten Laune der drei entmutigten Cops.

Der Kommissar wirkte noch abwesender als sonst. Smita fühlte sich erschöpft vom Vortag, Kapoor schien verkatert. Ein missmutiges Brummen war das Einzige, was sie von ihm zu hören bekamen. Smita verdrehte die Augen hinter ihrer Sonnenbrille und lehnte sich in ihrem Sitz zurück.

Sie waren unterwegs in die herrschaftlichen Villenvororte von Delhi, wo die reichsten Bürger der Stadt ihre Landhäuser hatten, umgeben von Rasen und Swimmingpools und ab und zu auch Pferdeställen. Mit dem Großvater des entführten Kindes war schon gesprochen worden. Sein Nachbar, der Mann mit der verdächtigen Vergangenheit und der strahlenden Gegenwart und Zukunft, war ihr nächster Gesprächspartner. Nach und nach ging die Stadt in ländliche Umgebung über, Bentleys und BMWs brausten an ihnen vorbei. Ab und zu konnten sie durchs Autofenster Senffelder erkennen und Traktoren zwischen den teuren Geländewagen. Einmal wurden sie von einem Ochsenkarren aufgehalten, was die Cops in ihrer weißen Limousine genervt schweigend ertrugen.

»Ich hasse solche Leute«, sagte Kapoor schließlich. »Wie die von gestern Abend.«

Seine Äußerung wurde mit Schweigen beantwortet, was ihn aber nicht zu stören schien.

»Ich hasse es, der zu sein, der darauf warten muss, dass man ihm einen Platz anbietet. Es kommt mir vor, als stünde alles kopf um mich herum.«

Dayal und Smita schwiegen noch einen Moment, dann begannen sie zu lachen, leise zuerst, dann immer ausgelassener. Kapoor sah sie schief an, dann sagte er auf Punjabi: »Verkehrte Welt. Wie sollen wir denn unsere Arbeit tun, wenn keiner mehr Angst vor uns hat?«

Aus dem Augenwinkel beobachtete er Smita und lauerte auf ihre Reaktion, doch sie kannte ihn inzwischen und lächelte ihn nur freundlich an. »Keine Sorge, Onkel. Ich bin sicher, Sie finden dort, wo wir jetzt hinfahren, jemand, dem Sie mal wieder richtig Angst einjagen können.«

»Hier in dieser Gegend?«, zweifelte Kapoor. »Wo sogar die Dienstboten in Palästen leben?« Er wandte sich dem Kommissar zu. »Das haben wir davon, wenn wir solche Fälle lösen wollen, Boss. Da kriegen wirs mit Leuten zu tun, die überhaupt nicht wissen, wer wir sind, die das gar nicht nötig haben.«

Zur Antwort lachte der Kommissar wieder und ließ sein Fenster ein wenig herunter. Die Spannung im Wagen wich.

Eine hohe Mauer mit herrlichen Terrakottafiguren flog vorbei, dann waren sie da. Uniformierte, diskret bewaffnete Wächter winkten sie durch ein riesiges Tor. Zwischen exotischem Buschwerk und blühenden Bäumen fuhren sie die Auffahrt hoch. Zur Seite hin war ein Swimmingpool zu sehen, ein weiterer lag vor ihnen. Hier und da standen griechisch anmutende Statuen auf dem makellosen Rasen. Sie gelangten zum Wohnhaus: Scheinbar ein Tribut des Architekten an einen LSD-Trip durch die neoklassizistischen Straßenzüge von Bath. Ein paar Baumelstern sausten an ihnen vorbei, als sie aus dem Wagen stiegen. Gut ernährte Koi-Karpfen schwammen in dem schillernden Teich, der an ihrem Weg zur Haustür lag. Smita kniete nieder, um sich einen von ihnen, der besonders ratlos dreinblickte, genauer anzuschauen. Ich kann mir vorstellen, wies dir geht, dachte sie, an diesem total verrückten Ort. Dann stand schon der Hausherr in der Tür und hieß sie willkommen. Sie erhob sich mit ausgestreckter Hand, doch er stand mit grüßend aneinandergelegten Handflächen vor ihr.

»Ich denke, ein bisschen Sonne wird Ihnen gefallen«, sagte er und führte sie zu einer Loggia neben dem Haus, unter deren breitem, rosenbewachsenem Gitterdach eine Bar, ein großer Grill, eine großzügige Sitzgruppe und ein Kickertisch standen. Kaffee wurde gebracht, bevor sie überhaupt richtig Platz genommen hatten. Smita wunderte sich über den Kickertisch und erinnerte sich an das, was die Mutter am Abend zuvor über den Mann gesagt hatte, dem sie jetzt gegenübersaß. Sie bemühte sich, den Duft seines Aftershave in die Nase zu bekommen, doch schien es dafür noch zu früh am Morgen zu sein. Auf seiner Stirn prangte kein Tika, aber vielleicht hatte er auch einfach noch keine Zeit gehabt, seinen Lieblingstempel zu besuchen. Seine Kleidung wirkte unaufdringlich salopp. Der einzige Ring an seinen Händen war ein goldener Ehering. Er war sogar einigermaßen attraktiv. Volles Haar, das langsam grau wurde, ein sorgfältig gestutzter Schnurrbart, glatt rasierte Wangen, braune Augen, in deren Winkeln die Lachfältchen ein freundliches Lächeln erkennen ließen.

»Kaffee, Sir?«, fragte er, an den Kommissar gewandt. Der Kommissar nickte, und der Mann wandte sich an Kapoor und Smita. »Und Sie, Kapoor Sahib? Madam?« Er reichte ihnen die Tassen, bot Süßigkeiten und Snacks an und wartete darauf, dass der formelle Teil des Gesprächs in Angriff genommen wurde.

»Sie wissen, dass Sie mich nicht Sir zu nennen brauchen«, begann der Kommissar im Plauderton.

»Ich bin nicht in diesem Haus geboren, Sir«, antwortete der Mann lächelnd. »Alte Angewohnheiten wird man nicht so leicht los.«

Der Kommissar lächelte höflich zurück. »Sie haben unter Ihren Bekanntschaften Leute, die ich Sir nennen müsste.«

»Vielleicht verschaffen Sie mir eines Tages die Ehre, Sie bei mir zu Gast zu haben. Sir.«

Das klang jetzt schon fast provozierend, doch war es so charmant hervorgebracht, dass das Lächeln auf den Gesichtern des Kommissars und Kapoors bestehen blieb.

»Mein Onkel erinnert sich sicher nicht mehr«, fuhr der Mann fort, »aber wir sind uns schon mal begegnet.«

»Wann denn?«, fragte der bis dahin ahnungslose Verwandte.

»Vor zwanzig Jahren ungefähr. Da war ich gerade erst in die Stadt gekommen. Sie taten Dienst in der Wache von Seelampur, auf der anderen Seite des Flusses.«

Kapoor entblößte die Zähne zu einem Lächeln. »Und? Wie ging das damals aus?«

«Für mich nicht gerade gut.«

Kapoor wartete neugierig grinsend ab.

Der andere lachte und hob beschwichtigend die Hand. »Ich hatte es aber auch verdient. Hab damals eine wichtige Lektion gelernt. Zwei Lektionen, genauer gesagt.«

»Und die wären?«, mischte sich Smita ein.

»Na ja, Ma'am«, antwortete der Baulöwe mit verschmitztem Lächeln und einem etwas brutaleren Ausdruck in den Augen. »Erst mal, lass dich nicht schnappen, wenn du etwas Verbotenes tust.«

»Und zweitens?«

Er zuckte die Achseln, und bevor er antworten konnte, fragte Kapoor: »Hat Sie denn das, was ich damals mit Ihnen gemacht habe, auf den richtigen Weg gebracht?«

Der Mann warf einen Blick auf das palastartige Anwesen rings um sie und begann zu lachen. Kapoor und der Kommissar stimmten nach kurzem Zögern ein.

»Sie müssen wissen«, fuhr der Mann fort, als sie genug gelacht hatten, »dass Sie in den Akten keinen Beleg mehr über unser kleines Meeting von damals finden werden. Ich hätte Ihnen eigentlich gar nicht davon erzählen müssen. Habs aber trotzdem getan.«

Der Kommissar nickte, ohne etwas zu sagen.

»Mit dem Verschwinden des Jungen habe ich nichts zu tun. Bin ich etwa der einzige Mann mit Vergangenheit in dieser Stadt?«

»Ihr Kind hätte davon profitiert.«

»Ich könnte dadurch nur verlieren. Alles. Da gibt es für mich nichts zu gewinnen. Nehmen Sies mir nicht übel, Sir, aber ich kenne mich mit Gewinn und Verlust auf grundsätzlicherer Ebene aus als irgendeiner von Ihnen.«

Er stand auf, zog eine Rose zu sich heran und sog tief ihren Duft ein, ohne auf die Dornen zu achten. Smita sah seine von harter Arbeit schwieligen Hände, so wie sie es bei den Männern ihrer Umgebung nie gesehen hatte. Dieser Mann kannte sich mit Dornen aus, und diese Kenntnis nahm ihnen ihre Bedrohlichkeit. Jetzt wusste sie, weshalb die Frau vom Vorabend so unverhohlen über das Auftreten dieses Mannes gelogen hatte. Bei allem, was er war: Sie mochte ihn irgendwie.

»Ich habe mehr Geld, als ich je ausgeben kann, mehr, als meine Tochter je brauchen wird. Ich habe gewartet, bis ich alles genau so hingekriegt hatte, wie ich es wollte, bevor sie auf die Welt gekommen ist.«

Seine Hände spielten immer noch mit den Rosen.

»Sie war auf der Warteliste, weil ich das so wollte. Wenn sie gleich aufgenommen worden wäre, hätte das nur für Verwunderung gesorgt, deshalb habe ich sie auf der Warteliste gelassen. Ich wusste, dass sie auf jeden Fall zugelassen werden würde. Das war alles geregelt. Diese Schule sollte im neuen Schuljahr fünf zusätzliche Plätze bekommen. Ich hatte genügend Geld gestiftet, damit das möglich wurde. Und das nur für den Fall, dass wir wirklich beschließen würden, sie dorthin zu schicken. Denn sie war schon in zwei anderen, auch sehr ordentlichen Schulen zugelassen worden, wo ihre Herkunft niemanden gestört hätte. Ihre Mutter fände es völlig in Ordnung, wenn sie auf eine von denen gehen würde. Irgendwann wechselt sie ohnehin auf ein Schweizer Internat. Da soll sie doch lieber, sagt meine Frau, eine normale Kindheit in einer ganz normalen Schule haben.«

»Und was sagen Sie?«, fragte Smita.

»Ich hab das alles getan, damit sie so sein kann wie all die anderen Kinder, die denken, diese Stadt gehört ihnen.« Ein Haifischlächeln lag auf seinem plötzlich schmallippigen Mund und in seinen Augen. »Ich habe das Protokoll unseres Meetings von damals nicht vernichten lassen, Onkel. Ich hätte das tun können. Habe mich aber entschlossen, es zu behalten. Es erinnert mich daran, von wo ich komme und wie weit ich gekommen bin.«

Sein Gesicht im Schatten der Rosen wurde weich.

»Ich habe nichts damit zu tun, das müssen Sie mir glauben. Ich bin nicht so arrogant. Ich bin nicht so dumm. Ich bin hier der, der am meisten zu verlieren hat.«

Smita entschuldigte sich, um auf die Toilette zu gehen. Sie schlug das Angebot des Hausherrn aus, ihr den Weg zu einer der Umkleiden der Swimmingpools zu zeigen, und ging ins Haus. Sie wollte sich lieber drinnen umsehen. Sie erwartete, auf eine bunte Hochzeitstorte zu treffen. Doch was sie sah, war ein überraschend geschmackvoll eingerichtetes Domizil mit Anklängen an die barocke Architektur Delhis. Eine große Eingangshalle mit einer geschwungenen Treppe auf der einen Seite, teuren, wenn auch nichtssagenden Gemälden an den Wänden und einer Decke, die leicht über sechs Meter hoch war. Alles vollklimatisiert, stellte sie fest. Und sicher auch ein Fitnessraum im Keller mit einem fest angestellten Masseur.

Sie fand die Gästetoilette und musste schmunzeln, als sie das schimmlige Stück Seife in der Seifenschale liegen sah. Ein Innenarchitekt kann eben nicht für alles sorgen, dachte sie belustigt. Als sie wieder herauskam und in die falsche Richtung lief, stand sie plötzlich in der Tür eines Wohnzimmers, in dem offensichtlich gerade ein Familientreffen stattfand. Eine beleibte, herrisch wirkende Matrone hielt Hof auf einer üppig gepolsterten Couch, aus der ihre eigenen Polster wie eine natürliche Verlängerung hervorquollen. Vor ihr stand ein Teller herzhafter Snacks. Zu ihren beiden Seiten wogten Wellen der Weiblichkeit. Die ihr am nächsten saßen, trugen Saris und Salwar Kamiz, die weiter weg moderne Kleider,

Hosen und Sonnenbrillen auf ihren unbedeckten Köpfen. Sie alle schauten Smita fragend an, als sie hereinkam. Die Unterhaltung verstummte abrupt. Hindi, bemerkte Smita. Mit dem Akzent, der in der Umgebung der Hauptstadt gesprochen wurde. Eine nicht sehr musikalische Aussprache, gröber noch durch den Ehrgeiz dieser Frauen hier. Taschen und Kleider mit den Logos der Designer. Mindestens zwei Paar hochhackige Schuhe mit roten Sohlen. Rote Lippen, rote Nägel, die Jüngeren eifrig bemüht, perfekte Delhi-Tussis zu sein, die die gespeicherten Handynummern ihrer Männer und Personal Trainer mit einem einzigen Knopfdruck wählen und ihre Porsche Cayenne vor der Tür stehen haben. Smita lächelte. Sie schauten sie wortlos an, während sie auf eine Reaktion der älteren Frauen warteten.

Die kam schließlich von einer Frau mit hübschem Gesicht, die ein Designer-Sweatshirt trug, auf dessen Rücken unübersehbar der Markenname prangte. »Kann ich Ihnen helfen?«, fragte sie höflich auf Englisch. Smita stellte sich vor und erntete ein Murmeln von der Versammlung, in dem sich Willkommensgrüße mit Unwillen über die Umstände ihres Besuchs mischten. Die Matrone schniefte und schaute weg, doch die Frau, die Smita angesprochen hatte, stand auf und kam zu ihr herüber.

»Hat mein Mann Sie schon begrüßt?«, fragte sie.

Smita nickte. Natürlich: Dies hier war die Hausherrin. Keine Zigarette in der Hand, kein Weinglas. Nicht so früh am Tag und nicht in dieser Gesellschaft. Sie sah aus wie eine nette Frau aus der Mittelschicht mit guter Ausbildung, einem kleinen Kind und zwei oder drei weiteren noch vor sich. Zwanzig Jahre früher, zwanzig Kilometer von hier entfernt, hätte sie mit über den Kopf gezogenem Sari auf irgendeinem Hof gesessen. Aber jetzt ist sie hier, dachte Smita. Mit Pailletten am Hintern.

Die anderen Frauen wandten sich wieder ihren eigenen Unterhaltungen zu. Die Frau des Unternehmers schickte sich an, Smita aus dem Raum zu geleiten. »Meine Schwiegermutter«, sagte sie mit einer unbestimmten Geste.

Smita machte eine Verbeugung zur Matrone hin.

»Sie ist nicht besonders glücklich darüber, dass die Polizei zu uns nach Hause kommt«, fuhr die Ehefrau fort.

Smita nickte zum Zeichen des Verstehens.

»Sie ist eben altmodisch«, sagte die Frau und deutete ein Lächeln an. »Es ist schön, Frauen wie Sie zu treffen«, fügte sie noch hinzu. »Frauen, die tatsächlich etwas tun.«

Ohne Eile gingen sie zu den Männern hinaus. Unterwegs fragte Smita nach den Bildern an den Wänden. Ein Berater. Und die Möbel? Ein Designer. Dienstboten und Küche? Die Schwiegermutter. Sie traten ins Freie, wo der Garten in voller Blüte stand. Smita fragte sie auch danach. Die Frau liebte den Garten, hatte aber mit seiner Pflege nichts zu tun. Das machten alles die Gärtner, unter direkter Anleitung ihres Ehemanns. Was tat sie denn dann, fragte Smita so vorsichtig wie möglich.

Die Frau schaute sie direkt an, vielleicht zum ersten Mal, dann wandte sie den Blick ab.

Die Männer saßen da und lachten auf die misstrauische, übertrieben ausgelassene Art von Spielern gegnerischer Mannschaften. Als die beiden Frauen sich näherten, blickten sie kurz auf. Smita setzte sich wieder an ihren Platz. Die andere Frau ging zu ihrem Mann hinüber und stellte sich hinter seinen Stuhl. »Meine Frau«, stellte der sie den beiden Cops vor. Sie erhoben sich und legten grüßend die Hände aneinander. Sie erwiderte die Geste. Ihr Mann war sitzen geblieben, den Rücken ihr zugewandt. Er drehte sich zum Haus um und machte eine stumme Geste mit dem Kopf. Seine Frau schlug die Augen nieder, wandte sich um und ging davon. Smita fühlte, wie ihr Gesicht heiß wurde, als ob die Sonne darauf schien, und wie der Baulöwe sie anstarrte. Sie zwang sich, seinem Blick standzuhalten, war froh, eine Sonnenbrille zu tragen, die ihre Augen verbarg. Sie sah, wie ihn ihr Zorn belustigte. Dann schaute er weg, doch nicht, so hatte sie den Eindruck, um ihr die Demütigung zu ersparen, sondern weil er genug hatte.

Sie riss sich zusammen. »Habe ich etwas verpasst?«

»Unser Gastgeber hat ein bisschen unsere Erinnerung aufgefrischt«, antwortete der Kommissar. »Über seine Geschichte mit Mr Kapoor.«

»Ist das nicht ein unangenehmes Thema?«

»Nur wenn es kalt ist«, antwortete der Unternehmer und hatte wieder sein Haifischlächeln aufgesetzt. »Haben Sie Onkel Kapoor schon mal bei der Arbeit zugesehen, Madam?«

»Ich glaube, das war ein bisschen vor meiner Zeit.«

»Stimmt«, brummte Kapoor. »Damals war ich ein ganzes Stück jünger. Und heißblütiger. Inzwischen bin ich viel ruhiger geworden.«

»Sollte man gesehen haben«, fuhr der Bauunternehmer sarkastisch fort. »So was lernt man nicht auf der Polizeischule. Das bringt der Beruf. Die Übung. Und der Onkel hat eine Menge Übung gehabt. Möchten Sie nicht auch ein bisschen Übung bekommen, Madam?«

»Das braucht sie nicht, mein Lieber. Nicht, solange ich dabei bin«, warf Kapoor ungerührt ein.

Die Augen des Unternehmers verdunkelten sich, als er Kapoors vertraulichen Ton hörte. Er wandte sich dem älteren Polizisten zu, sah den stahlharten Ausdruck in seinen Augen und auch in denen des Kommissars. Er grinste spöttisch, dann begann er laut zu lachen und schüttelte dabei den Kopf. »Kann ich sonst noch etwas für Sie tun?«, fragte er freundlich.

Die drei Cops erhoben sich gleichzeitig mit ihm, die Männer gaben ihm die Hand, und Smita erwiderte seinen Namaste.

»Noch eine Frage«, sagte der Kommissar zögernd. »Vielleicht ein bisschen merkwürdig. Aber ein Mann wie Sie, der so viele Leute kennt …«

Der Baulöwe senkte höflich ein wenig den Kopf.

»Haben Sie in letzter Zeit Männer gesehen, denen ein Finger fehlte? Neunfingrige Männer?«

Er hatte jetzt, wo sie die Loggia verlassen hatten, seine Sonnenbrille aufgesetzt. Seine Augen waren verborgen, doch sein Mund lächelte. »Komisch, dass Sie fragen, Sir«, antwortete er. »Letztes Jahr fehlte einem meiner Fahrer plötzlich ein Finger. Er sagte, er habe ihn bei einem Unfall verloren.«

»Tatsächlich? Und wo ist er jetzt?«

»Tot. Hatte vor ein paar Monaten einen Herzinfarkt. Es stellte sich dann heraus, dass er ein Trinker war. Gut, dass er zu Hause starb und nicht am Steuer mit meiner Familie im Wagen.«

»Sonst noch jemand?«, fragte Kapoor.

»Nein. Aber jetzt kommt das Seltsamste. Eine Lady aus meinem Bekanntenkreis hat mich erst gestern Abend dasselbe gefragt.«

»Ach ja?«, murmelte der Kommissar.

»Ja, tatsächlich. Ich erwähnte, dass ich Sie heute treffen würde, und sie sagte, dass Sie genau diese Frage stellen würden. Sie kennt Sie auch.«

»Mich kennen viele Leute«, antwortete der Kommissar und wandte den Blick ab.

»Ihr Name ist Razia«, fuhr der Unternehmer fort. »Jung. Hübsch. Entgegenkommend.«

Jetzt wandte sich der Kommissar wieder dem Unternehmer zu, holte eine Zigarette hervor und zündete sie an. »Kennen Sie sie schon lange?«

»Einen Monat, vielleicht sechs Wochen. Sicher nicht länger als diesen Winter.«

«Was hält denn Ihre Frau von Ihren Freunden?«, fragte Smita unvorsichtig.

»Meine Frau kennt ihren Platz.«

»Vielen Dank für all Ihre Hilfe«, sagte der Kommissar. Der Unternehmer winkte ab, seine Hand lag leicht auf Kapoors Schulter, als er sie zur Tür brachte.

»Machen Sies gut«, sagte er zum Abschied.

»Sie auch«, antwortete der Kommissar. Der Wagen fuhr an.

»Bitte um Entschuldigung für den Ausdruck, aber was für ein Arschloch!«, explodierte Smita.

»Nicht jedermanns Geschmack«, pflichtete Kapoor bei.

»Erinnern Sie sich denn noch an ihn?«, fragte der Kommissar.

»Ich erinnere mich an jeden, den ich mal verprügelt habe«, antwortete Kapoor aufgeräumt.

»Und?«

»Na ja, natürlich erst, als er mich daran erinnert hat. Da ist er mir wieder eingefallen. Ich muss gestehen, dass ich ihn aus den Augen verloren hatte. Keine Ahnung, warum. Wenn meine Opfer was Besseres werden, versuche ich, ihre Karrieren im Auge zu behalten. Zum Teil aus Angst. Zum Teil aus väterlichem Stolz.«

Smita verdrehte die Augen, der Kommissar schmunzelte.

»Was haben Sie denn damals mit ihm gemacht?«, fragte Smita neugierig.

Kapoor zog es vor, die Frage nicht zu beantworten. »Als Sie nicht da waren«, sagte er stattdessen, »bin ich mal kurz ein bisschen abseits gegangen und habe ein paar Telefonate geführt. Er hat vor circa zehn Jahren geheiratet. Damals wars eine gute Partie. Anständiges, gebildetes Mädchen. Aus derselben Gemeinde, einer Familie, die nie was verbrochen hatte.«

»Und jetzt?«

»Jetzt langweilt sie ihn. Er will noch höher hinaus.«

»Aber?«

»Leute wie er lassen sich nicht scheiden. Er weiß das, und sie weiß es auch. Irgendwie werden sie sich schon einigen. Bis dahin muss die Arme halt ihre Rolle weiterspielen.«

»Was noch?«, fragte der Kommissar.

»Der Minister, für den er den Strohmann gespielt hat, scheint in Schwierigkeiten zu sein.«

»Worum gehts?«

»Geld. Er hat offensichtlich seinen Kabinettskollegen nicht genügend abgegeben.«

»Und?«

»Und deshalb haben seine Kollegen das hier abgezogen, um unseren Baulöwen in Verruf zu bringen. Und dadurch seinem Paten eins auszuwischen.«

»Dem Minister?«

»Ganz genau.«

»Eine Verschwörungstheorie.«

»Eine ziemlich wilde dazu.« Smita schüttelte skeptisch den Kopf.

»Die guten sind das immer«, grinste der Kommissar. »Außerdem wissen Sie noch nicht, was er uns erzählt hat, als Sie nicht da waren.«

»Was denn?«

»Dieser Zettel an der Wand«, sagte Kapoor. »Der macht keinen Sinn.«

Smita sah den Kommissar an. »Was hat das mit dem Kerl hier zu tun?«

»Wenn es nicht um das Kind geht, worum dann? Wer hat hier am meisten zu verlieren?«

Smita schüttelte den Kopf. »Was hat er denn gesagt?«

»Dass es am Ende dieser Jagd eine Leiche geben wird. Aber es wird nicht die des Kindes sein.«

Sie hielten an einer Kreuzung, die von einem Traktoranhänger blockiert war, der eine Meinungsverschiedenheit mit einem teuren Geländewagen austrug.

»Diese Frau«, sagte Smita vorsichtig. »Diese Razia.«

Kapoor sah angestrengt aus dem Fenster, der Kommissar schwieg.

»Was spielt sie für eine Rolle?«

»Wobei?«

»Bei diesem Fall, Sir. Was hat sie damit zu tun? Und was hat sie mit dem Haufen neunfingriger Männer zu tun?«

Der Kommissar seufzte nur, Kapoor brummte irgendetwas, dann fuhr der Wagen wieder an und in den strahlenden Frühlingstag hinein.

* * *

Kapoor hatte seine Ermittlungen im Fall der Seuche der neunfingrigen Männer fortgesetzt, während das Wetter milder wurde. Die Wärme der Tage hatte seine Hände nicht zärtlicher werden lassen, wenn sie den Gangstern von Delhi und ihren Komplizen Informationen entlockten. Seine Neffen auf den Polizeiwachen in den Vororten hatten die üblichen Verdächtigen geprügelt, bis ihre Hände blau wurden. Gemüsehändler, Hausangestellte, Rikschafahrer, Lastenschlepper, Marktschreier, Verkäufer illegaler DVDs – sie alle hatten Kapoors Aufklärungseifer zur Genüge kennengelernt. Doch herausgekommen war bei alldem nichts. Selbst die, die sie mit fehlenden Fingern erwischt hatten, wussten kaum etwas außer dem vagen Versprechen künftigen Reichtums. Einige bereuten inzwischen heftig, so leichtfertig einen Teil ihres Körpers geopfert zu haben. Einer meinte beim Verhör durch Kapoors Leute, er wünschte, es wäre eine Niere gewesen, dann hätte er wenigstens Geld dafür bekommen.

Der Kommissar seinerseits war dauernd mit Razia in Kontakt gewesen, wenn sie auch nur per Telefon und von einer unterdrückten Nummer aus mit ihm gesprochen hatte. Nach den ersten paar Malen hatte Sajan ihr gesagt, sie solle unbesorgt sein, er würde keine Zeit mehr damit verschwenden, sie aufzuspüren. Es reiche ihm, wenn sie Kontakt mit ihm hielte. Wenn der Preis dafür war, dass dies zu ihren Bedingungen geschah, dann war er bereit, diesen Preis zu zahlen.

Die Nächte waren wärmer geworden, die Tage länger, die Bäume grüner, doch sie hatte es vorgezogen, im Dunkel zu bleiben. »Worte«, so hatte er nicht vermeiden können, eines Nachts zu sagen, als er im Bett lag, mit ihr telefonierte und sich dabei streichelte, »Worte sind dir vielleicht genug, mir aber nicht.«

Sie hatte gelacht und geflirtet und sich weiter geweigert, ihm zu sagen, wie er sie erreichen konnte. Das Einzige, was sie über das Leben um sie herum sagen wollte, war, dass die Dinge sich mehr und mehr zuspitzten. Wenn die Zeit gekommen war, so ließ sie durchblicken, dann würde er schon erfahren, was immer über sie zu erfahren war. Aber keinen Tag früher.

Dass der Immobilienhai sie kannte, hatte ihn fassungslos gemacht. Dass die beiden miteinander über ihn, den Kommissar, geredet hatten, noch fassungsloser.

* * *

»Ich wünschte, ich wüsste, was ich Ihnen darauf sagen soll«, antwortete er, ohne sich die Mühe zu machen, zu lügen. »Aber ich weiß kaum mehr als Sie.«

Smita biss sich auf die Lippe und schaute weg. Kapoor, der vorn neben dem Fahrer saß, gab dem Mann einen Klaps auf den Arm. »Wie stehts denn mit der Zulassung Ihres Sohnes?«, fragte er mit echtem Interesse.

»Da tut sich im Moment nichts, Sir.«

»Und?« Die beiden Cops auf dem Rücksitz spitzten die Ohren.

»Er ist angenommen worden, Sir. Aber jetzt weiß ja niemand, wies weitergeht. Sogar die Internetlisten sind verschwunden.«

Kapoor wandte sich zu seinen Kollegen um. Die sahen überrascht aus.

»Sein Sohn ist in derselben Schule aufgenommen worden wie das entführte Kind«, klärte Kapoor sie auf. »In der Quote armer Kinder. Und jetzt ist er genauso blockiert wie alle anderen und muss abwarten, was passiert.«

»Dieselbe Schule!«, entfuhr es Smita. »Aber davon haben Sie uns nie etwas gesagt!«

Der Fahrer musterte sie im Rückspiegel. Sie haben mich ja auch nie gefragt, sagte sein Blick.

Empört und verblüfft sah sie den Kommissar an. Der starrte nachdenklich auf den Hinterkopf des Fahrers. »Aber natürlich. Ich hab Ihnen da doch mal eine Empfehlung geschrieben.«

Der Fahrer nickte bestätigend.

»Sagen Sie mal«, fuhr der Kommissar fort. »Was halten Sie denn von der ganzen Geschichte?«

»Das ist eine schreckliche Sache, Sir. Dass das Kind

entführt wurde. Aber wenn ich ganz ehrlich sein darf … Ma'am?«

Smita nickte ungeduldig.

»Diejenigen, die am meisten darunter leiden, sind Leute wie wir. Dass mein Sohn überhaupt in diese Schule aufgenommen wurde, ist das Beste, was meiner Familie je passiert ist. Und Gott allein weiß, wie es jetzt weitergeht.«

»Die Schule besteht ja weiter«, beruhigte ihn Kapoor.

»Das sagen Sie, Sir. Doch von hier aus, wo ich gerade sitze, kann ich das nicht bestätigen.«

»Und das bedeutet?«

»Sir, Sie wissen doch, wies in der Welt zugeht. Besser als ich. Mein größter Ehrgeiz war, meinem Kind eine gute Ausbildung zu geben. Damit er so gut durch die Welt kommt wie Sie. Aber jetzt weiß ich nicht, wo das alles hingeht. Bitte um Entschuldigung.«

Der Kommissar beugte sich vor und klopfte seinem Untergebenen auf die Schulter, eine Geste, die von Herzen kam und alle anderen im Wagen überraschte.

»Keine Sorge«, sagte er. »Die Schule wird wegen dieser Geschichte nicht gleich schließen. Zu viele reiche Leute haben ihre Kinder dort schon registriert.«

Der Fahrer lächelte in den Rückspiegel.

»Danke, dass Sie das sagen, Sir. Meine Frau sagt das ja auch. Aber man hat immer das Gefühl, als ob es nur das ist, was man hören will, nicht das, was man weiß. Es jetzt von Ihnen zu hören, tut mir gut.«

Der Kommissar lächelte noch einmal, Smita und Kapoor schlossen sich an, und alle drei verschwiegen sie, was sie dachten: dass nämlich die reichen Eltern dieser Schule einfach ihre Kinder wieder abmelden und auf andere gute Schulen schicken würden, wenn es nötig sein sollte. Die armen Kinder jedoch, die über die Quote ihre Aufnahme erkämpft hatten, würden leer ausgehen. Vielleicht wusste der Fahrer das auch, doch die Ermutigung, die er gerade bekommen hatte, war genau das, was er jetzt brauchte, und deshalb fragte er nicht weiter nach.

Kapoor und der Kommissar sprangen an einer Metrostation aus dem Wagen, um mit dem Zug zu ihrem nächsten Termin zu fahren, einem Lunch in Gurgaon, zu dem sie schon seit der letzten Woche verabredet waren. Smita und der Fahrer fuhren weiter in die Stadt hinein.

Eher um die Zeit totzuschlagen, fragte sie: »Weshalb ist das denn alles überhaupt so wichtig?«

Der Fahrer verstand nicht.

»Diese Schule, meine ich. Ich verstehe die Bedeutung nicht. Es gibt doch auch andere Schulen.«

»Es gibt auch andere Jobs, Ma'am«, erwiderte der Fahrer. »Warum musste es bei Ihnen die Polizei sein?«

Smita steckte den Schlag mit einem Schmunzeln ein. »Aber wenn es darum geht«, fuhr sie fort, »Gleichheit für alle herzustellen, dann macht es doch mehr Sinn, gute Schulen zu fordern, die allen offenstehen. Denken Sie nicht?«

»Damit alle auf die gleichen Schulen gehen, meinen Sie? Sogar Leute wie wir? Und die Privatschulen völlig abschaffen?«

»Ganz genau.«

Der Fahrer schwieg.

»Machen Sie nur weiter«, ermunterte ihn Smita. »Ich möchte wissen, was Sie denken. Reden Sie frei heraus.«

»Ma'am, ich möchte, dass mein Sohn eines Tages selbst ein Sahib ist, der sich von jemand wie mir herumchauffieren lässt. Wir sind hier in Indien. So läuft das bei uns doch.«

»Aber geht es hier nicht um Chancengleichheit? Für alle und jeden?«

»Gleichheit funktioniert ja nie nach unten, Ma'am. Gleichheit wünscht man sich immer nur, wenns nach oben geht.«

»Und das heißt?«

»Ich will nicht, dass Ihre Kinder so werden wie ich, Ma'am. Wem sollte das nützen? Ich will, dass mein Sohn so wird wie Sie.«

Smita sank tiefer in ihren Sitz. Um sie her toste eine rastlose Stadt. Rollerfahrer brausten durch den Verkehr, die sich nach Motorrädern sehnten, deren Fahrer von Autos träumten, erst einfachen, im Land hergestellten, dann immer luxuriöseren internationalen Marken. Um sie herum Fußgänger, Straßenhändler, Bettler an den Fenstern der Privatautos, die neben ihrem Dienstwagen hielten. Das war die Welt außerhalb ihres kleinen Kokons, die ihre kleinen Kriege um lächerliche Siege und unbedeutende Niederlagen ausfocht. Im Grunde ging es um Ehrgeiz und seine schillernde Zwillingsschwester, die große Chance des Lebens, und die Aufsteiger Delhis kämpften mit Schaum vor dem Mund gnadenlos um sie. Sie wusste, ein Mangel an Ehrgeiz war das sicherste Zeichen der Privilegierten dieser Stadt, und sie war sich bewusst, dass sie von ihren Privilegien umgeben war wie von einem Pheromon, dem gegenüber niemand immun war. Sie hielten vor roten Ampeln, fuhren bei Grün weiter, und dann kamen schon die Kreisverkehre mit den Blumen in der Mitte, und sie waren im friedlichen Zentrum von Delhi mit Orchideenbäumen in den Parks. Doch ihr Anblick konnte Smita nicht trösten, denn sie wusste, dass sie hier nur im ruhigen Auge des Wirbelsturms war. Dass sie sein Heulen nicht hörte, hieß nicht, dass er sich nicht rasend schnell drehte, getrieben von den unerfüllten Träumen der Bewohner dieser gnadenlosen Stadt. Die Villen der Milliardäre, Minister und Richter des Obersten Gerichtshofs flogen vorbei, ein Verkehrspolizist salutierte vor dem Offizier, den er in ihrem Dienstwagen vermutete.

»Keine Sorge«, sagte sie zögernd, leise in die Stille. »Wir kümmern uns schon um Ihren Sohn.«

Die ruhigen Augen des Fahrers musterten sie einen Augenblick lang im Rückspiegel. Ein Lächeln lag in ihnen, dann waren sie wieder verschwunden.

* * *

Am Nachmittag tauchten auch der Kommissar und Kapoor wieder auf, ziemlich geschafft von einem offensichtlich feuchtfröhlichen Mittagessen. Sie fläzten sich in die Sessel und mieden Smitas Blick. Kapoor schwieg vor sich hin. Der Kommissar hatte seine Füße auf den Schreibtisch gelegt und betrachtete, die Hände hinter dem Kopf verschränkt, abwesend die Zimmerdecke. Smita seufzte und ging nach draußen, um in Ruhe eine Zigarette zu rauchen. Fünf Minuten später gesellten sich die beiden Kollegen zu ihr.

»Na, wars lecker?«, fragte sie.

Kapoor brummte nur etwas in sich hinein, der Kommissar antwortete gar nicht. Die Sonne strahlte vom blauen Himmel, aber das herrliche Frühlingslicht trug den drohenden Stachel in sich, dass des Sommers Schrecken unweigerlich nahten. Sogar hier oben auf dem Balkon war die Brise warm, und Smita freute sich, dass sie am nächsten Tag vielleicht weder Pullover noch Schal brauchen würde. Unter ihnen hasteten die Bewohner Delhis durch den Lärm der Straßen, über ihnen wirbelten Drachen durch die warme Luft.

»Da, schaut mal«, sagte der Kommissar plötzlich. Die beiden anderen sahen ihn erwartungsvoll an. »Dort oben.« Er wies mit seiner Zigarette in den Himmel. Ein Vogel mit riesigen Flügeln hing reglos im Aufwind, als würde er eine unsichtbare Welle reiten. Ein Anblick ungewöhnlicher Ruhe an diesem hektischen Ort. Dann wurde der Vogel seines Schwebens müde und ließ sich elegant auf einem Baum nieder, dessen Krone fast bis zu ihrem Balkon hinaufreichte. Ein Geier, dessen hässlicher Kopf in alle Richtungen spähte.

»So schön im Flug, und doch so hässlich«, bemerkte Smita.

»Und so selten«, ergänzte Kapoor. »Hab schon seit Jahren keinen mehr hier gesehen. Und Sie, Boss?«

»Nein, ich auch nicht.«

»Gab es denn keine mehr hier?«, wollte Smita wissen. Ihre beiden Kollegen nickten beinahe überheblich.

»Warum denn?«, fragte Smita neugierig weiter.

»Ich hab keine Ahnung«, antwortete der Kommissar. »Ich freu mich aber, mal wieder einen zu sehen. Ist bestimmt schon zwanzig Jahre her.«

Kapoor blies Rauchringe in die Luft und beobachtete den

riesigen Vogel im Baum unter ihnen. »Vielleicht weiß er ja Dinge, die wir nicht wissen.«

Das Handy des Kommissars klingelte. »Hallo?«

»Guten Tag, Sir«, sagte eine wohlerzogene Stimme am anderen Ende.

»Guten Tag«, antwortete der Kommissar. »Mit wem spreche ich denn?«

»Mit einem Vampir, Sir. Der von neunfingrigen Männern umgeben ist. Sollten wir nicht endlich miteinander sprechen?«

Der Kommissar warf seinen Kollegen einen alarmierten Blick zu, in der Hand glimmte seine Zigarette.

»Stellen Sie mich ruhig auf laut, Sir. Ich fände es gut, wenn Kapoor Sahib und Miss Smita dies auch hören.«

Die Augen des Kommissars schweiften über die Stadt, von der Kuppel einer herrlichen Moschee zu den Kühltürmen eines Kraftwerks. Die Luft war erfüllt vom Lärm des Verkehrs, überall wimmelten Menschen umher, auf den Straßen, in den Gebäuden, auf den Dächern, an den Straßenecken und sogar auf den alten Befestigungsanlagen auf der anderen Seite der Straße. Er schaltete den Lautsprecher ein, während er weiter die Stadt absuchte, obwohl sein Verstand ihm sagte, dass es unmöglich war, die Stimme zu orten.

»Freut mich, dass Sie anrufen«, sagte er trocken.

»Ganz meinerseits, Sir. Ist auch ein schöner Tag dafür, finden Sie nicht? Und bitte versuchen Sie gar nicht erst, mich zu lokalisieren. Wenn einer von Ihnen den Balkon verlässt, lege ich sofort auf.«

»Der einzige Grund für mich, diesen Balkon zu verlassen, wäre, um dir ordentlich den Arsch zu versohlen«, antwortete Kapoor fröhlich.

Die Stimme lachte. »So was habe ich schon öfter über Sie gehört, Onkel. Von meinen Freunden, besonders in den letzten Wochen. Wann begreift ihr endlich, dass wir nicht eure Feinde sind?«

»Auf jeden Fall seid ihr nicht unsere Freunde«, mischte sich Smita ein.

»Warum denn nicht, Miss? Weil wir letzten Sommer hier und da Spielchen mit den dummen Kids gespielt haben? Weil meine Freunde und ich das, was uns zustand, von Männern eingesammelt haben, die ihren Verpflichtungen nicht nachkommen wollten? Wir haben immer nur einen einzigen Finger genommen: den, den diese Dummköpfe uns versprochen hatten, als sie in ihrem Suff den Eid schworen.«

»Mehr steckte nicht dahinter?«, fragte der Kommissar.

»Mehr ist es nie gewesen. Die Finger waren gar nichts. Ein Symbol. Ein Bußgeld. Ein Preis.«

»Was ist mit dem Drogendealer?«

»Den haben nicht wir umgebracht, und das wissen Sie genau.«

»Und seine Freundin?«

»Wir wussten, wo sie sich aufhielt. Als wir bei ihr ankamen, war sie schon tot.«

»Wer hat ihn umgebracht?«

»Er hatte eine lange Kundenliste.«

»Wisst ihr es?«

»Vielleicht. Aber interessiert Sie das denn wirklich?«

»Warum sollten wir Ihnen glauben?«

»Warum sollte ich lügen?«

»Warum habt ihr uns dorthin gerufen?«

»Wir wollten reden.«

»Und schlagt mich zusammen?«

»Das war ein Fehler. Einige von uns sind noch sauer wegen dem, was mit meinem Bruder passiert ist.«

»Dem, der ums Leben gekommen ist?«

Die Stimme lachte. »Versuchen Sie erst gar nicht, das Puzzle zusammenzufügen. Wir sind alle Brüder.«

»Dem fehlte kein Finger«, warf Kapoor ein.

»Mir fehlt auch keiner.«

»Ein Kastensystem«, murmelte der Kommissar.

»Genau. Wir sind für die Bruderschaft da, Sir. Aber wir gehören ihr nicht an. Was habe ich schon mit einem Lumpensammler oder einem Schuster vom Dorf gemein?«

Die Cops standen im hellen Nachmittag und hörten zu, frische Zigaretten brannten in ihren Händen.

»Weshalb habt ihr nicht mit mir geredet, als ihr die Gelegenheit hattet?«, fragte der Kommissar.

»Miss Smita lief davon. Starke Leistung, Miss. Vor allem mit solchen Schuhen. Sie sahen toll aus.«

»Sie sind der Typ mit dem Palästinensertuch«, sagte Smita bestimmt.

»Ich trags auch jetzt.«

Drei Augenpaare wandten sich unwillkürlich der Stadt zu. Schallendes Lachen dröhnte aus dem Handy.

»Ihr scheint euch eurer Sache sehr sicher zu sein«, setzte der Kommissar die Unterhaltung fort.

»Ganz einfach, weil wir eine Menge wissen.«

»Zum Beispiel?«

»Zum Beispiel, wo Sie abgetaucht sind.«

Kapoors Augen flackerten auf.

»Kein schlechtes Versteck, Sir. Aber jetzt kennen wir sie.«

Die drei Cops warteten ab.

»Wir wissen auch Bescheid über Miss Smitas persönliches Interesse an dem Vergewaltigungsfall, den Sie so spektakulär gelöst haben.«

»Tatsächlich?«, fragte Smita scharf. »Wussten Sie auch, dass einem der Vergewaltiger ein Finger fehlte?«

»Wir sind ja keine Religion«, sagte die Stimme gelassen. »Wir erwarten nicht, dass unsere Brüder sich einer höheren Moral unterwerfen. Ehrlich gesagt bin ich froh, dass er tot ist. Aber dass er ein Vergewaltiger war, hat mit mir nichts zu tun. Ich bin kein Vergewaltiger.«

»Waren Sie in jener Nacht dort?«, fragte der Kommissar.

»Kann schon sein.«

»Warum hast du deinen Freund nicht gewarnt?«, fragte Kapoor.

»Passen Sie auf, Kapoor Sahib. Ich habe gesagt, ich bin froh, dass er tot ist. Glauben Sie etwa, dass Ihre Neffen nur Ihnen treu ergeben sind? Weshalb wohl haben sie die Vergewaltiger so schnell gefunden?«

Kapoor lachte spöttisch. »Ich würde dich gern irgendwann mal treffen, mein Junge. Nur wir zwei allein.«

»Das glaub ich Ihnen gern, Onkel. Es macht Ihnen doch nichts aus, dass ich alles tue, damit das nie passiert?«

Kapoor lachte wieder, diesmal fiel die Stimme am anderen Ende in sein Lachen ein.

»Was wollen Sie denn überhaupt?«, fragte der Kommissar sachlich.

»Was alle wollen. Ein besseres Leben. Ein anständiges Haus. Ein Auto mit Ledersitzen.«

Jetzt lachte Smita los. »Ist das etwa alles, was ihr wollt? Mehr Ehrgeiz habt ihr nicht? Ihr seid wohl auch nur eine Bande von kleinen Gaunern.«

»Vielleicht, Miss Smita. Aber wir hoffen, mal dorthin zu gelangen, wo das nicht mehr der Fall ist.«

»Mein Gott«, antwortete Smita. »Mit eurem Netzwerk, eurem Wissen. Was könntet ihr alles verändern. Aber ihr wollt gar keine Veränderung, stimmts?«

»Natürlich nicht«, sagte die Stimme, in ihrem Ton war das abschätzige Achselzucken deutlich zu hören. »Wir wollen nur ein Stück von der Welt, so wie sie ist.«

Die drei Cops hörten schweigend zu.

»Das müssen Sie doch verstehen. Wir fangen ja gerade erst an, diese Welt zu verstehen und wie sie funktioniert. Warum sollten wir da eine andere wollen?«

Es entstand eine Pause, in der er seine Gedanken zu ordnen schien.

»Es fing vor ein paar Jahren mit einem Spiel an. Im Internet. Mit ein paar ähnlich gesinnten Freunden. Und dann, im letzten Sommer, haben Sie sich eingemischt. Aber es war schon vorher außer Kontrolle geraten. Wir hatten ja keine Ahnung, dass es sich so schnell ausbreiten würde. Inzwischen gibt es ganze Heerscharen von neunfingrigen Männern in Delhis Umgebung, angeführt von Männern wie mir. Wir sind keine politische Partei. Wir sind keine soziale Organisation. Wir sind keine Bürgerwehr, und wir sind bestimmt auch keine Kriminellen. Noch nicht.«

»Und was«, wiederholte der Kommissar freundlich, »wollt ihr dann wirklich?«

»Von Ihnen? Nicht allzu viel. Respekt. Ein offenes Ohr. Razia.«

Der Kommissar blies den Rauch aus. »Warum?«

»Wir interessieren uns für sie. Über alle anderen wissen wir Bescheid. Aber sie ist uns ein Rätsel. Alle hören auf sie, doch keiner weiß, wer sie ist. Selbst in einer Stadt wie dieser ist das ungewöhnlich, finden Sie nicht, Sir? Mein Bruder ist vom Weg abgekommen. Doch vielleicht war er das immer schon, und sie hat nur die Gelegenheit genutzt, die er ihr bot. Vielleicht ist es für alle besser, dass er tot ist. Aber er wollte im Grunde das Richtige.«

»Und das wäre?«

»Wer ist Razia, Sir? Wer ist sie?«

»Sonst noch was?«, fragte der Kommissar statt einer Antwort.

»Wir wollen nur ernst genommen werden. Sorgen Sie dafür? Dass die Ministerin uns ernst nimmt? Und alle anderen auch?«

Der Kommissar rieb sich die Augen und sah zum Himmel hinauf, wo ein vorbeifliegender Hubschrauber ein flirrendes Tattoo gegen das wolkenlose Firmament zeichnete.

»Was«, fragte er dann, »können Sie mir über das entführte Kind erzählen?«

Ein leises Lachen ertönte. »Ich dachte schon, Sie würden nie mehr danach fragen.«

* * *

Der Junge war in einer ruhigen Mittelschichtsgegend südlich der Outer Ring Road versteckt worden. Überbleibsel alter Städte standen zwischen den hoch aufragenden Gebäuden neuerer Viertel und im Schatten von barocken Apartmenthäusern. Doch an den schattigen Wegen dieser Gegend, am Rand von Parks, die später am Tag von dösenden alten Männern und pensionierten Lehrern bevölkert sein würden, lagen alte einstöckige Häuser, an denen die Farbe abblätterte und vor denen Wäsche auf der Leine flatterte. Ein Einsatzkommando hatte eines dieser Häuser den Abend und die Nacht über observiert und alle Bewegungen um das Haus herum festgehalten. Mindestens ein männlicher Erwachsener war da, der das Haus nur verließ, um Besorgungen zu machen. Außerdem eine Frau unbestimmten Alters, das hatte man durch ein leicht offen stehendes Fenster sehen können, durch das man auch leise ein Radio spielen hörte. Abends lief der Fernseher, offensichtlich sah man dieselbe fade Kost, die alle anderen in der Stadt konsumierten. Es gab keinen Hinweis auf weitere Bewohner im Haus, nichts, was auf die Anwesenheit eines Kindes hindeutete.

Der Zugriff wurde für den folgenden Morgen geplant, sobald der männliche Erwachsene das Haus verlassen hatte. Ein Trupp von drei Beamten wurde abkommandiert, ihn festzunehmen, sobald sie vom Kommissar oder von Kapoor die Nachricht erhielten, dass das Kind in Sicherheit war. Der Mann verließ das Haus in aller Frühe, als die Luft noch kalt und der Himmel rosafarben war. Hustend und spuckend ging er zum nahen Markt. In seiner Hand baumelte eine Milchkanne, die er ganz offensichtlich füllen ging. Der Kommissar wartete die vereinbarte Zeit ab, dann ging er hinüber und läutete. Der Fernseher lief schon und wurde abrupt ausgeschaltet. Der Kommissar nickte Kapoor und Smita zu, die herübergelaufen kamen und auf beiden Seiten der Tür Stellung bezogen. Der Kommissar läutete noch einmal. Als sich nichts rührte, holte er tief Luft und versetzte der Tür einen heftigen Fußtritt. Sie gab sofort nach, und ein paar Sekunden später standen die drei im Haus, ihre gesicherten Waffen in den Händen. Sie wollten ja den Eltern ihr Kind nicht tot übergeben, wie Kapoor treffend bemerkte.

Die völlig verängstigte Frau, die sie im Haus vorfanden, machte keine Anstalten zur Gegenwehr. Sie war jung und verstand nur sehr wenig Hindi. Unruhig schielte sie zu dem dunklen Raum hinüber, aus dem sie gerade gekommen war und dessen Tür offen stand. In drei Sätzen war der Kommissar dort, die Pistole im Anschlag. Auf dem Bett lag der Junge, die Augen geöffnet. Ihre Suche war beendet. Kapoor glitt an ihm vorbei und hob mit den Pranken das Kind an seine Brust. Dann stand Smita hinter ihm. »Alles sauber«, meldete sie und atmete sichtbar auf, als sie den kleinen Jungen in Kapoors Armen sah.

»Er steht unter Drogen«, befand Kapoor, »scheint sonst aber okay zu sein. Er atmet ganz normal.« Seine Waffe hatte er längst weggesteckt. Rasch untersuchte er den Jungen. »Kein Fieber. Warm angezogen. Überhaupt nicht kalt. Alles in Ordnung.«

»Halten Sie die Frau fest«, befahl der Kommissar Smita. Die deutete nur mit dem Kopf zum vorderen Raum, wo die Frau schon in Handschellen neben dem Fenster kauerte, an dessen Gitter sie gefesselt war.

Plötzlich peitschten Schüsse durch den stillen Morgen, und kurz darauf das Heulen einer Frau, Schreie von Männern und schließlich das dünne, unaufhörliche Panikwimmern der zu Tode erschrockenen gefesselten Frau hinter ihnen. Der Kommissar fluchte, Kapoor machte einen Satz auf Smita zu und übergab ihr das sedierte Kind. Sie presste es an sich, rannte mit ihm zum Wagen hinaus und sprang hinein. Der Fahrer wartete schon mit laufendem Motor und einem Finger auf dem Schalter der Sirene. Er fuhr an, kaum hatte sie die Tür zugeschlagen. Bevor sie um die Ecke bogen, sah sie noch, wie der Kommissar und Kapoor vor dem Haus mit gezogenen Waffen in Gefechtsstellung gingen. Um sie herum zwei Hunde, ein älterer Spaziergänger, ein Hand in Hand gehendes Paar, die freien Hände erschrocken vor den Mund gehalten, ein Kind in Schuluniform, das sich an die Mutter klammerte. Vom Durcheinander aufgeschreckte Vögel flogen kreischend umher. Ein wirklich friedlicher Morgen, dachte sie. Bevor wir kamen.

* * *

»Was zum Teufel ist hier los?«, wollte Kapoor wissen.

Ein Mann, der männliche Erwachsene von zuvor, lag zu seinen Füßen, sein Blut mischte sich mit der Milch aus der umgestürzten Kanne. Eine Kopfbewegung Kapoors, und einer der Cops kniete nieder, fühlte den Puls, schüttelte den Kopf. Der Kommissar steckte die Waffe weg und fluchte noch einmal. Gegen die inzwischen höher stehende Sonne blinzelnd, suchte er nach der Quelle der Schreie. Eine sinnlose Suche, stellte er fest, denn das einstimmige Wimmern war inzwischen zum vielstimmigen Geschrei geworden, als Mütter und Hausfrauen und Dienstmädchen dieses ruhigen Viertels gemerkt hatten, dass gerade jemand ums Leben gekommen war. Jetzt kniete auch der Kommissar neben der Leiche nieder, sah die Einschüsse, schaute zu den Männern der Einheit hoch. Trotzig und niedergeschlagen standen sie jetzt da, die Finger noch am Abzug ihrer Pistolen, bis Kapoor ihnen fluchend befahl, die Waffe wegzustecken. Der Kommissar wandte sich wieder der Leiche zu, durchsuchte die Taschen des Mannes. Kapoor drehte sich zu den Umstehenden und sagte das Zauberwort: »Polizei.«

Die Hunde waren schon wieder verschwunden, obwohl die leckere Mischung aus Blut und Milch sicher dafür sorgen würde, dass sie bald wiederkämen. Die Mutter hatte ihr Kind an den Rand der Szene gezogen und stand heulend da. Das Kind weinte nicht, sondern nahm alles mit weit aufgerissenen Augen in sich auf. Das Paar stand Schutz suchend an eine Wand gelehnt. Der ältere Spaziergänger war der Einzige, der auf Kapoor zuging.

»Ich habe alles gesehen«, rief er schon von Weitem.

Kapoor klappte sein Notizbuch auf und notierte seine Daten. Dann dankte er ihm und schärfte ihm ein, sich zu Hause zur Verfügung zu halten, bis seine Aussage zu Protokoll genommen worden war. Einer der anderen Männer hatte schon telefoniert und die übliche Maschinerie in Gang gesetzt. Weitere Cops waren unterwegs, eine Einheit der Gerichtsmedizin und ein Krankenwagen, der, das war allen klar, nicht mehr gebraucht wurde.

Der alte Mann wollte nicht gehen. Er stand herum, brabbelte vor sich hin, rollte die Augen. Er konnte sich kaum beherrschen. »Das war kaltblütiger Mord!«, schrie er. Er zeigte auf die drei Polizisten, die jetzt den Tatort sicherten und sensationslüsterne Passanten, Schüler und Spaziergänger davon abhielten, die in ihrem Blut liegende Leiche zu begaffen. Sein Finger zitterte zwar und seine Stimme auch, doch zeigte er mit aller Entschiedenheit auf die Männer.

Kapoor legte beruhigend einen Arm um seine mageren Schultern und führte ihn vom Tatort weg. »Ich weiß, ich weiß«, sagte er besänftigend. »Aber gehen Sie jetzt bitte. Ich komme später, um Ihre Aussage aufzunehmen, versprochen. Ich will ja auch die Wahrheit wissen.«

»Ich habe in der Armee gedient«, sagte der alte Mann bestimmt. »Ich weiß, was Recht ist. Ich habe keine Angst. Ich werde aussagen.«

»Das glaube ich Ihnen«, antwortete Kapoor respektvoll. »Aber jetzt gehen Sie bitte.«

Der alte Mann ging davon und blickte dabei immer wieder auf die Szene zurück. Die Männer, auf die er gewiesen hatte, schauten ihm nach. Sie hatten jetzt ihre Sonnenbrillen aufgesetzt.

Kapoor ging neben dem Kommissar in die Hocke. Der starrte auf die magere Ausbeute in seinen Händen und auf die Straße vor sich, ohne zu bemerken, dass das Rinnsal aus Blut und Milch inzwischen an seinen Stiefeln angelangt war. »Was war denn da los?«, fragte der Kommissar.

»Der alte Mann hat alles gesehen.«

»Offensichtlich. Wird er aussagen?«

»Scheint so. Ein bisschen früh am Tag. Jede Menge Testosteron und Adrenalin. Er sagt, er ist in der Armee gewesen.«

»Wann?«

»So wie er aussieht, beim Aufstand 1857. Ich befrage ihn besser bald, bevor er sichs anders überlegt.«

Der Kommissar nickte. »Die Cops aus dem Bezirk hier?«

»Hab schon auf der Wache angerufen, der Chef muss gleich da sein.«

»Reden Sie mit den Jungs. Bevor sie sich untereinander absprechen können. Wir wissen ja alle, was hier gerade passiert ist.«

Kapoor rappelte sich ächzend hoch. Er verzog noch das Gesicht, als er zum nächststehenden der drei Cops hinüberschlenderte. »Wer von euch hat ihn erschossen?«

Der Mann schaute zur Seite, während die Beamten von der örtlichen Polizeiwache ankamen. Sie übernahmen die Sicherung des Tatorts, klingelten an Türen und beruhigten die Weinenden. Die schluchzende Frau aus dem Haus, in dem das entführte Kind versteckt gewesen war, wurde abgeführt und an die Frauenabteilung überstellt. Die beiden anderen Mitglieder der Spezialeinheit, die am Tatort gewesen waren, kamen herüber zu Kapoor. Der zündete sich eine Zigarette an und setzte sich auf die Motorhaube des nächsten Autos. Die drei Männer standen jetzt nebeneinander schweigend vor ihm.

»Wer von euch hat geschossen?«, fragte er noch einmal ganz ruhig.

»Ich wars«, antwortete einer der drei schließlich.

»Wie oft?«

»Zwei Mal.«

»Ich habe drei Schüsse gehört.«

»Der letzte war von mir«, sagte einer der beiden anderen.

»Und weshalb?«

»Er kam vom Markt zurück. Wir hörten, dass im Haus etwas los war. Eine Frau schrie. Ich hatte den Eindruck, dass er schneller ging.«

»Und?«

Der erste Schütze übernahm wieder. »Dann hat er nach seiner Waffe gegriffen. Ich habe ihm befohlen, stehen zu bleiben. Das hat er nicht getan, also hab ich meine Waffe gezogen.«

Kapoor nickte wieder, die Zigarette glomm noch friedlich in seiner Hand. »Wie weit warst du von ihm weg?«

»Gut drei Meter. Vielleicht weniger.«

Kapoor sah den zweiten Mann an. »Und du?«

»Ungefähr genauso weit. Aber zur Seite hin.«

Kapoor sah den dritten an, den, der keinen Schuss abgefeuert hatte. »Wo warst du denn?«

»Hinter den anderen. Sechs, sieben Meter vielleicht.«

»Und der Mann hat keinen von euch bemerkt?«

Die drei schwiegen.

Während um sie her die gewohnten Ermittlungen am Tatort losgingen, wartete Kapoor ab. Alle vier waren sich bewusst, dass sie im Mittelpunkt der Aufmerksamkeit Hunderter Augenpaare standen. Trotz der Kühle des Morgens begann einer der Männer zu schwitzen. Wenn Kapoor es sah, ließ er es sich nicht anmerken.

»Drei Kugeln«, sagte er schließlich kopfschüttelnd. »Kopf und Brust. Drei Meter oder weniger. Da kann man ja nur gratulieren.«

Die drei traten stumm von einem Fuß auf den anderen.

»Er hatte keine Waffe. Keine Pistole. Kein Messer. Nicht mal einen Schlüsselbund.«

Sie drucksten weiter vor Kapoor herum, während er rauchte und sie musterte.

»Schon mal jemand umgebracht, mein Junge?«

Der erste Mann schüttelte den Kopf.

»Und du?«

Auch der zweite schüttelte den Kopf und wollte etwas sagen, doch Kapoor brachte ihn mit einer Handbewegung zum Schweigen. »Hat es sich gelohnt?«

»Er war doch ein Verbrecher, Sir«, gab einer der Schützen trotzig zurück.

»Woher wisst ihr das? Habt ihr mich mit dem Kind aus dem Haus kommen sehen? Alles, was ihr gesehen habt, war ein Mann mit einer Milchkanne in der Hand.«

»Sie hätten in Gefahr sein können, Sir.«

»Mit meinen Neffen in der Nähe?« Kapoor lachte ironisch. »Denen ich so sehr vertraue? Wie sollte ich da jemals Angst haben?«

Die drei wandten ihre Blicke ab.

»Wer von euch hat den Deal gemacht? Etwa beide? Oder alle drei, und der Dritte hat die Nerven verloren?«

Sie schwitzten alle, während Kapoors Stimme jovial weiterdröhnte.

»Oder hat nur der Erste den Auftrag übernommen, und du hast Panik gekriegt und auch geschossen? Und jetzt siehst du deine Chance, warst dabei und streckst jetzt, wos ans Kassieren geht, auch die Hand aus? Oder sagt ihr mir etwa die Wahrheit, hmm? Kann ich meinen Neffen trauen oder nicht?«

»Sie kennen mich seit drei Jahren, Sir«, sagte der Dritte leise, der, dem keine Patronen im Magazin fehlten.

»Ja, das stimmt«, erwiderte Kapoor. »Ich schlage vor, ihr drei legt euch schon mal eure Geschichten zurecht. Ihr werdet weiß Gott Gelegenheit genug bekommen, euch in Widersprüche zu verwickeln.«

Zerknirscht wandten sich die drei zum Gehen.

»Eins noch«, zwang Kapoor sie zum Innehalten. »Euch ist doch klar, dass dieser Mann nicht das letzte Glied in der Kette war, oder?«

Die drei wandten sich um.

Kapoor grinste sie an. »Das seid ihr drei.«

* * *

Der dritte Cop kam nach einer Weile noch einmal zu Kapoor, genau wie der es vorausgesehen hatte. Erst zögernd, dann immer energischer beteuerte er seine Unschuld, wobei es ihm egal zu sein schien, dass die beiden anderen Cops noch trotzig in der Nähe standen. Das war, so bestätigte er, eine Hinrichtung gewesen. Der erste Schütze war auf den Mann zugegangen und hatte ihn provoziert, worauf der geflohen war. Im nächsten Augenblick hatte der Schütze seine Waffe gezogen und auf ihn geschossen. Der zweite hatte dann auch sofort geschossen, aber es ließ sich nicht mit Sicherheit sagen, ob der auch an der Verschwörung beteiligt war. Vielleicht hatte ihn nur der Adrenalinschub feuern lassen. Tatsache war, dass die Schüsse des ersten völlig grundlos abgegeben wurden.

Kapoor dankte ihm und warnte ihn, dass seine Probleme jetzt erst richtig losgingen, doch wenn er seinen Kopf und seine Story klarhätte und in den Verhören, die unweigerlich folgen würden, genau das aussagte, was er gesehen hatte, dann würde ihm nichts weiter passieren. Diesen schießwütigen Arschlöchern schulde er jedenfalls nichts, machte Kapoor ihm klar. Und sie waren ja auch auf der Seite der Guten, nicht wahr, das verstand er doch?

Der andere nickte bedrückt.

»Niemand hat je behauptet, dass es leicht ist, das Richtige zu tun«, schloss Kapoor.

»Aber doch viel leichter, als einem unbewaffneten Mann in den Rücken zu schießen«, antwortete der junge Cop. Kapoor nickte und schickte ihn weg.

Der Kommissar machte die drei jungen Cops auf seine Weise zur Schnecke. Die beiden, die geschossen hatten, sollten ihre Karriere bei der Polizei als beendet betrachten und froh sein, wenn sie nicht im Gefängnis landeten. Wenn sie glaubten, die Macht des Mannes oder der Männer, die sie bezahlten, würde genügend Schutz bieten, dann hatten sie sich heftig getäuscht, und er, der Kommissar, würde es zu seiner lebenslangen Aufgabe machen, ihnen das Leben so schwer wie möglich zu machen.

Er sagte dies so emotionslos, dass selbst Kapoor beeindruckt war. Schweigend sah er zu und wartete ab, ob einer von ihnen ein Geständnis ablegen würde. Aber natürlich tat dies keiner der beiden.

»Immerhin«, sagte er schließlich zufrieden, »haben wir das Kind retten können.«

* * *

Inzwischen war der kleine Junge schon von Smita den ungläubigen Eltern übergeben worden. Die Reaktion der Mutter war für Smita vorhersagbar gewesen. Dass der Vater so emotional reagieren würde, hatte sie nicht erwartet. Der Anblick der beiden, wie sie sich und ihr noch unter Drogen stehendes Kind in die Arme nahmen, sollte sie bis in den Schlaf und die Gedanken der nächsten Tage verfolgen.

Ein Kinderarzt war gekommen, um den Jungen zu untersuchen. Kurz darauf traf auch der Großvater ein. Jetzt spürte Smita, wie ihr die Kontrolle über den Fall und die in ihn verwickelten Personen zu entgleiten begann. Der alte Gentleman hatte ihr höflich, doch bestimmt erklärt, dass er es wäre, der mit ihr Kontakt aufnehmen würde, nicht andersherum. Sie hörte ihm ungläubig zu, versuchte einzuwenden, dass die Ermittlungen doch noch liefen. Er lächelte, bot ihr eine Tasse Kaffee an und wählte die Nummer des Polizeipräsidenten von Delhi, der ihr unmissverständlich erklärte, sie solle jetzt kein großes Trara veranstalten. Die Eltern waren inzwischen mit ihrem Kind von der Bildfläche verschwunden.

»Und wer übernimmt die Verantwortung, wenn sie die Stadt verlassen?«, fragte sie hitzig. »Das würde ich dann schon tun«, antwortete ihr oberster Boss locker. »Machen Sie sich keine Gedanken mehr darüber. Die werden nirgendwohin fahren, die sind ja nicht dumm. Sie brauchen jetzt vor allem Zeit, um darüber hinwegzukommen. Außerdem haben Sie Ihre Sache sehr gut gemacht. Genießen sie Ihren Erfolg. Ab jetzt und für alle Zeit steht eine sehr mächtige Familie in Ihrer Schuld.« Und damit legte er auf.

So hatte sie die Familie davongehen sehen und hatte nichts weiter als die Handynummern des Großvaters und der Eltern in ihrer Handtasche. Dies, und die Erinnerung an die Frau, wie sie weinte, ihr Kind an sich drückte und sagte: »Der alte Bastard hat gesagt, er wäre sicher, und ich habs nicht geglaubt«, worauf ihr Mann ihr bedeutete, still zu sein, und ebenfalls weinte. Sie hatte dem Kommissar telefonisch berichtet, was geschehen war, hatte fast sein Schulterzucken hören können und die Anweisung erhalten, ihre beiden Kollegen im Hauptquartier zu treffen, wo ein Haufen Papierkram auf sie wartete. Sie hatte vom Tod des Entführers gehört, hatte zur Kenntnis genommen, dass die festgenommene Frau tatsächlich so nutzlos war, wie sie erwartet hatten, hatte im Fernsehen auf allen Kanälen Fotos von sich selbst und dem Kommissar gesehen und Liveaufnahmen vom Tatort. Die Leiche des Mannes war gnädig entfernt worden, auf dem Asphalt waren noch die Milch- und Blutflecken zu erkennen.

* * *

Es war ein ruhiger Nachmittag im Büro. Der Kommissar hatte alle Interviewanfragen mit dem knappen Hinweis darauf abgelehnt, dass die Ermittlungen noch im Gange waren. Die drei Cops, die den Milchholer überwachen sollten, hatten ihre Dienstmarken und Pistolen abgeben müssen und warteten auf die erste einer ganzen Reihe von Befragungen. Die Freude über die Rettung des Kindes wurde dadurch geschmälert, dass der Fall jetzt endgültig in einer Sackgasse gelandet war. Dass dies auch von der Presse breitgetreten werden würde, war allen klar.

Was für Smita die Absurdität der Situation noch verstärkte, war die Feierstimmung, die über dem Hauptquartier hing. Als ob die gesamte Polizei von Delhi ihre Augen verschloss vor dem, was an diesem Morgen geschehen war, sagte sie zu Kapoor. Als ob die Rettung des Kindes die letzte Runde in diesem Spiel gewesen wäre.

»Ich bin mir nicht sicher«, sagte Kapoor nachdenklich, »ob das Kind überhaupt in Gefahr war.«

»Wegen dem, was der Baulöwe gesagt hat?«, wollte Smita wissen.

»Weil er längst tot wäre, wenn sie ihn hätten umbringen wollen.«

Smita überlegte einen Moment. »Das waren gar keine richtigen Kidnapper, Sir. Außer dem Zettel haben sie keinerlei Forderungen gestellt.«

»Ganz genau. Es ging um etwas ganz anderes. Das war von Anfang an ein abgekartetes Spiel. Und es ist genau so gelaufen, wie sie es wollten.«

»Einschließlich des Tipps von unserem Vampir?«

»Nein. Der passt nicht hier rein. Aber gekommen wäre

der Tipp irgendwann. Vielleicht nicht so bald. Das war nur eine Frage der Zeit.«

»Wie können Sie da so sicher sein?«

Kapoor zeigte in die Runde, sein Arm wies auf das stille Büro, den nachdenklichen Kommissar, den Partylärm draußen. »Wir sind die einzigen Deppen, die meinen, sie hätten versagt, Mädchen. Alle anderen denken, es sei Partytime. Nicht einer unserer Vorgesetzten hat uns zu sich zitiert, um uns zusammenzustauchen, weil ein Verdächtiger erschossen wurde. Es ist ihnen scheißegal, was die Medien sagen. Und den Medien ist es in ein paar Tagen auch scheißegal.«

»Und das heißt?«

»Das heißt, dass die Sache gelaufen ist. Wir sind gelinkt worden. Mal wieder.«

Smita stimmte grimmig nickend zu. »Komisch. Die Mutter weinte und sagte dabei immer wieder dasselbe.«

»Was denn?«

»Dass irgendein alter Bastard versprochen habe, dass ihrem Kind nichts passieren würde. Und dass sie ihm nicht geglaubt habe. Was hat sie damit wohl gemeint?«

Das Handy des Kommissars summte und holte ihn aus seiner Abwesenheit. Er seufzte und griff danach. Er kannte die Nummer. »Guten Tag, Ma'am«, sagte er höflich.

Ein Schwall elegant formulierter Glückwünsche ergoss sich durchs Telefon. Der Kommissar nahm sie mit dem einen oder anderen Dankeswort entgegen. »Das wusste ich nicht«, sagte er irgendwann, und dann: »Freue mich, dass ich helfen konnte.« Unter der Last des Lobs sanken seine Schultern immer tiefer. Als das Gespräch beendet war, sah er müde seine Kollegen an.

»Die Ministerin?«, fragte Kapoor.

Der Kommissar nickte.

»Ist sie zufrieden?«

»Ganz offensichtlich.«

»Kein Wort von einer Sackgasse, natürlich.«

Jetzt schüttelte der Kommissar den Kopf.

»Der Großvater ist wohl ein alter Freund?«

»Uralt.«

Seufzend stand der Kommissar auf und begann im Raum auf und ab zu gehen.

»Sie sagte etwas ganz Interessantes. Der Großvater hat sie angerufen, nachdem das Kind entführt worden ist, und gefordert, es unversehrt zurückzubekommen. Sie hat ihm versichert, dass sich die gesamte Polizei des Bundesstaats darum kümmern würde, aber Garantien gebe es natürlich nicht. Der alte Mann hat insistiert, keine Ruhe gegeben und genau das von ihr verlangt: eine Garantie für das Leben seines einzigen Enkels. Da hat sie, wie sie sagte, schließlich nachgegeben und ihm mündlich diese Garantie gegeben. Sie war überglücklich, dass sie ihr Versprechen halten konnte, sie wusste gar nicht, wie sie mir danken sollte.«

Kapoor und Smita sahen sich an.

»Ich habe vorhin eurer Unterhaltung genau zugehört«, fuhr der Kommissar fort.

»Der Großvater?«, fragte Smita ungläubig.

»Die Freundschaft mächtiger Leute ist nicht immer ein Segen«, bemerkte Kapoor trocken. Der Kommissar nickte. »Ich glaube, sie wollte, dass ich Bescheid weiß. Vielleicht sogar, dass ich es verstehe. Als wolle sie mich zum Komplizen machen.« Er setzte sich wieder und nahm seine gewohnte Position ein: Hände hinter den Kopf, Füße auf den Schreibtisch.

»Sind wir denn Vollidioten?«, fragte er nach einer Weile. »Wir haben den Fall erfolgreich abgeschlossen. Niemand außer ein paar Schmutzblättern, die niemand liest, wird je danach fragen, was hinter der ganzen Sache gesteckt hat. Warum kein Lösegeld gefordert wurde, was eigentlich das Motiv war. Nichts dergleichen. Und hier feiern alle. Vielleicht kriege ich sogar noch einen Orden an die Brust geheftet, wenn das alles vorüber ist.«

Die beiden anderen Cops warteten, bis ihr Chef seine Gedankenkette zu Ende gedacht hatte.

»Ganz Delhi spricht ja über diese andere Möglichkeit. Dass das Ganze nur inszeniert wurde, um den Baulöwen und seinen Hintermann in Schwierigkeiten zu bringen. Es muss nichts Wahres dran sein, das Gerücht reicht. Der Schaden ist schon angerichtet. Der Unternehmer weiß das, und der Großvater weiß das, und ihr und ich und alle anderen wissen es auch.«

»Was sollen wir also tun, Chef?«, wollte Smita ratlos wissen.

»Wir sind die Polizei, Smita. Was sollten wir denn Ihrer Meinung nach tun?«

»Jemand ist erschossen worden. Kaltblütig hingerichtet.«

»Von unseren eigenen Leuten«, fügte Kapoor hinzu. »Das finde ich überhaupt nicht lustig.«

»Was ist eigentlich mit dem Toten? Wissen wir etwas über Freunde oder Bekannte? Er muss doch eine Vergangenheit haben«, wollte der Kommissar wissen.

»Ich hab mich da ein bisschen umgehört. Er ist nicht erst seit gestern in der Stadt.«

Damit stapfte Kapoor hinaus.

Smita schaute ihrem Chef zu, wie er intensiv nachdachte.

»Ich lass mich nicht gern manipulieren«, sagte sie schließlich, ihre Stimme klang laut durch das fast leere Büro.

»Geht mir ganz genauso.«

»Glauben Sie auch, dass wir den Tipp so oder so bekommen hätten, Sir? Dass die neunfingrigen Clowns einfach nur schneller waren als die Männer, die hinter dem Ganzen stecken?«

Der Kommissar nickte stumm.

»Woher wissen die so viel?«, fragte Smita.

»Der Vampir und seine Leute? Delhi ist immer schon ein fruchtbarer Nährboden gewesen für alle Arten von Gemeinschaften. Die Menschen kommen von überall hierher. Sie sprechen die Sprache nicht, kennen niemand. Und so schließen sie sich mit Männern und Frauen zusammen, denen sie sich irgendwie verbunden fühlen.«

Smita wartete ab, sie wusste, dass ihr Chef noch nicht geendet hatte.

»Arbeiter schließen sich zusammen, um gemeinsam Lotterie zu spielen, und teilen den Gewinn. Paare gründen

Sparclubs und legen jeden Monat Geld zurück, damit sie irgendwann Zinsen kassieren können. Studentengruppen, politische Bewegungen, Nachbarschaftsvereine. Festivalkomitees, Gewerkschaften, irgendwelche Tagediebe, die gern chinesische Filme sehen und Kampfsport betreiben. Sogar die großen Kolonialclubs. Nichts anderes als Überbleibsel der Klassengesellschaft der Kolonialzeit! Mit Mitgliedern, die dieselben Ansichten über Vergangenheit und Zukunft haben. Nur für geladene Gäste, der Rest der Welt muss draußen bleiben, und kein Mensch weiß, was da vor sich geht. Das sind richtige Geheimgesellschaften, Smita. Aber niemand beschwert sich drüber, weil alle hoffen, eines Tages selbst aufgenommen zu werden. Eine Vereinigung neunfingriger Männer? Ich bin überrascht, dass es dafür so lange gebraucht hat. Loser und Faulpelze gibts genug in dieser Stadt. Sie sind überall und sehen alles.« Er klopfte auf sein Handy. »Das Einzige, was neu daran ist, ist das hier.«

»Macht Ihnen das keine Angst?«

»Was denn? Dass es noch ein anderes Delhi gibt? Das der Männer, die auch ein Stück vom Kuchen haben wollen und sehen, dass sie es nicht kriegen, wenn sie nicht zusammenhalten?« Er zuckte die Achseln. »Wenn sie anfangen, Gesetze zu brechen, dann fang ich an, mir Sorgen drüber zu machen.«

»Sie sind von denen verprügelt worden!«

»Vielleicht hatte ichs ja verdient«, grinste der Kommissar. »Weil ich so blind gewesen bin.«

Tee wurde gebracht, und die beiden tranken ihn in kameradschaftlichem Schweigen, während die Schatten im Büro des Kommissars länger wurden. Der Tag war schon anstrengend genug gewesen, doch sie beide wussten, dass noch eine Menge Arbeit vor ihnen lag, wenn sie den Fall wirklich lösen wollten. Den Weg zu kennen, den sie vor sich hatten, ließ sie die kurze Erholungspause genießen und deren Ende gleichmütig abwarten. Es kam schließlich in der Person des Baulöwen, den Kapoor hereinführte.

***

»Er wollte mit uns reden. Hat sich nicht abwimmeln lassen.«

Der Bauunternehmer nickte den beiden höflich zu, setzte sich auf den angebotenen Stuhl und schlug die Beine übereinander. »Viel zu tun heute?«, begann er das Gespräch.

Er hatte auch hier im Büro seine Sonnenbrille nicht abgesetzt und trug einen Anzug, dem man seine Stillosigkeit nur verzieh, weil er teuer aussah. Sein Hemd, ein edles Teil aus Seide und Baumwolle, stand am Hals offen. Smita sah unwillkürlich auf seine Schuhe: zweifarbige Golfschuhe, so stillos stilvoll, dass es kaum zu ertragen war.

»Gratuliere«, fuhr er fort, nahm endlich die Sonnenbrille ab und steckte sie in seine Brusttasche, die Bügel nach innen, damit sie sein seidenes Brusttaschentuch nicht störten. Sein Mund lächelte, doch seine Augen blieben wachsam.

Der Kommissar neigte leicht den Kopf und nahm so den Glückwunsch für sich und sein Team entgegen.

»Ich habe schon mit dem Großvater gesprochen«, fuhr der Mann fort. »Er ist sehr glücklich. Er war vor allem von Ihnen beeindruckt, Ma'am.« Er lächelte Smita direkt an, doch sie machte sich nicht die Mühe, zu antworten. »Er sagte, Sie seien jung, intelligent. Sie hätten Prinzipien und seien ein Glücksfall für die Polizei.«

»Ach, tatsächlich?«, sagte Smita kurz angebunden.

Der Mann nickte. Da war wieder sein Haifischlächeln. »Er sagte, Sie wüssten, wann man den Mund halten muss.«

»Ist das von Vorteil?«

Der Besucher breitete die Arme aus und zuckte die Achseln. »Er ist ein alter Mann. Seine Generation mochte solche Frauen. Männer meines Alters mögen es, wenn ihre Frauen ein bisschen anders sind.«

Smita spürte, wie ihr die Zornesröte ins Gesicht stieg, doch sie schaute weiter stoisch den Baulöwen an.

»Dass Sie schweigen, ist eine Sache, Madam. Doch Kapoor Sahib und der Kommissar? Ich hätte gedacht, dass Männer wie Sie, in Ihrer Position, inzwischen schon den Mund aufgemacht hätten.«

»Worüber denn?«, überging der Kommissar die Unverschämtheit. »Der Fall ist doch längst geschlossen.«

Der Immobilienhai schaute ihn skeptisch an und wandte sich dann Kapoor zu. »Onkel, denken Sie das auch?«

»Was ich denke, ist meine Sache«, gab der barsch zurück.

Der Baulöwe lachte lauthals los, wechselte die übereinandergeschlagenen Beine und wandte sich wieder Smita zu. »Vor zehn Jahren hätte mein Onkel nicht einfach hier gesessen und mit jemandem wie mir Tee getrunken. Er wäre da draußen gewesen und hätte sein Geschick an den Gangstern dieser Stadt erprobt, um rauszukriegen, was passiert ist. Die Zeiten ändern sich natürlich. Aber ich bin doch ein bisschen überrascht, dass Kapoor Sahib sich auch so sehr geändert hat.«

Er lehnte sich behaglich auf dem billigen Bürostuhl zurück. »Haben Sie den Onkel schon mal üben sehen, Madam? Ach ja, richtig, das habe ich Sie bereits gefragt. Aber es ist wirklich sehenswert.«

Kapoor räusperte sich, ein Warnsignal in der Stille des Büros.

Der Baulöwe sah ihn mit gespielter Überraschung an. »Jeder braucht ein bisschen Übung, Onkel. Das wissen Sie so gut wie ich. Warum wollen Sie sie vor dem Unvermeidlichen bewahren?«

»Willst du jetzt etwa freiwillig als Trainingsgegenstand herhalten?«, fragte Kapoor freundlich.

»Passen Sie auf, was Sie sagen, Kapoor.«

»Das brauche ich nicht, mein Junge. Du weißt doch noch, weshalb du hier bist.«

»Darüber spricht bald keiner mehr.«

»Und wenn schon. Irgendwann kommst du mal wieder her. Oder wir treffen uns an einem Checkpoint auf der Straße. Meinst du etwa, die Gorillas vor deinem Haus können verhindern, dass ich dich bei den Eiern zu fassen kriege? Was machst du wohl, wenn ich zu drücken anfange?« Der Cop lehnte sich auf seinem Stuhl zurück und legte einen Fuß auf sein Knie, die Schuhspitze zeigte direkt auf den Besucher.

»Ich weiß gar nicht, wie du es geschafft hast, deiner Frau ein Kind zu machen, nachdem du mich getroffen hattest. Willst du nicht noch eins haben, du dummes Arschloch?«

Die Augen des Baulöwen waren nur noch Schlitze, die Ader auf seiner Stirn pochte, doch seine Stimme blieb höflich, sein Ton ruhig. »Ich finde bei Ihnen bestimmt auch etwas, wo ich zudrücken kann. Das wissen Sie so gut wie ich.«

»Sicher«, nickte Kapoor. »Aber du wirst es nicht tun. Dazu hast du zu viel auf dem Kerbholz. Das weißt du so gut wie ich, stimmts?«

Der Kommissar lachte, die Hände immer noch entspannt hinter dem Kopf. Nach einem kurzen Moment lachte auch der Baulöwe los, während Smita hörbar die Luft ausstieß.

»Entschuldigung, Madam. Bitte nehme Sie mir meine Worte nicht übel. Wir haben ja alle unter ziemlichem Druck gestanden, seit das arme Kind entführt wurde.«

Smita nahm seine Worte mit einem kaum merklichen Kopfnicken zur Kenntnis. Drei Augenpaare waren auf sie gerichtet, doch sie wandte ihren Blick keine Sekunde von dem Mann, bis dieser den seinen senkte.

»Also, weshalb sind Sie hier?«, nahm der Kommissar den Faden wieder auf.

»Sie glauben doch nicht etwa, dass dieser tote Idiot dahintersteckte, oder?«

»Wollen Sie wissen, ob ich eine inszenierte Straftat erkennen kann?«

Der Unternehmer lachte kurz und heiser. »Wenn Sie an Informationen interessiert sind, Sir, dann hätte ich vielleicht welche für Sie.«

»Sie gehen wohl davon aus, dass wir noch keine haben?«

Der Baulöwe nickte. »Eins weiß ich genau: Niemand will, dass in diesem Fall weiter ermittelt wird. Das hat der Großvater mir deutlich zu verstehen gegeben. Und nichts, was ich seither gehört habe, lässt mich das anders sehen. Oder irre ich mich etwa?«

Der Kommissar sah ihn schweigend an.

»Sir, wir wissen doch alle, dass ich am Arsch bin. Egal, ob das Kind jetzt wieder zu Hause ist. Es gibt niemand in ganz Delhi, der nicht denkt, dass ich hinter der Entführung stecke oder zumindest damit zu tun habe. Und selbst wenn sie es nicht denken, ändert das nichts an der Tatsache, dass der Verdacht am Anfang auf mir lag. Jetzt glauben alle, dass ich den Typen von heute Morgen habe umlegen lassen. Um mich selbst zu schützen. Entweder das, oder sie denken, das Ganze war eine Show, um mich in Schwierigkeiten zu bringen. Und dieses Ziel haben sie ja auch wunderbar erreicht. Ich bin im Moment der einzige Mann in dieser Stadt, der die tatsächlich Schuldigen finden will, habe ich recht?«

»Und was wäre, wenn Sie recht hätten?«

»Na ja. Ich hatte gehofft, dass ich es nicht wäre. Der Einzige.«

»Was können Sie uns denn erzählen?«

»Der Tote war ein Bengale. Und die Frau auch, die dumme Schnepfe, die in dem Haus war. Richtig?«

Der Kommissar nickte.

»Der Mann ist ein kleiner, bezahlter Ganove. Sein Boss ist ein Typ aus Bangladesch. Er ist in den letzten Jahren immer mal wieder im Knast gewesen.«

Der Immobilienhai nannte einen Namen, worauf der Kommissar Kapoor ansah. Der antwortete mit einem Nicken.

»Hat ein ziemliches Vorstrafenregister. Erst Einbruch, dann ein paar kleine Erpressungen, Störung der öffentlichen Ordnung. Inzwischen ist er zum Slumlord aufgestiegen.«

»Hat sich ja richtig hochgearbeitet«, bemerkte der Kommissar trocken.

»Ich habe ihn nie für irgendwas gebraucht, aber ich kenne ihn.« Er nannte den Namen eines Slums in der Nähe des Flusses.

»Jetzt erzähl mir mal was, das ich nicht schon weiß«, brummte Kapoor.

Der Besucher lehnte sich nach vorn und schaute eindringlich den Kommissar an. »Unsere gemeinsame Freundin hat mich gebeten, zu Ihnen zu kommen, Sir. Sie sagt, Sie sind der Einzige, der helfen kann.«

Dann wandte er sich wieder an Kapoor. »Ich bin gekommen, um Sie um Hilfe zu bitten, Onkel«, sagte er mit Nachdruck. »Bitte. Sie sind gute Cops. Anders als die Arschlöcher da draußen. Keiner von denen hätte die Eier gehabt, so mit mir zu reden, wie Sie das eben getan haben. Das weiß ich genau, und deshalb bin ich hier.«

»Warum sollte ich dir helfen?«, fragte Kapoor.

»Tun Sies nicht für mich. Tun Sies, weil es das Richtige ist.«

»Was wissen Sie denn von richtig und falsch?«, fragte Smita verächtlich.

»Kann sein, dass ich den Unterschied inzwischen vergessen habe. Aber ich hoffe, Sie noch nicht.«

* * *

Ein Hauch von Sommer lag in der Abendluft, als sie zu dem Slum fuhren, wo der Mann aus Bangladesch lebte. Seine Geschichte war genau so, wie der Baulöwe es beschrieben hatte. Er war ein kleiner Gangster gewesen, der mit dem Immobilienboom in Delhi zum Slumlord in genau der Sorte von Armenvierteln aufgestiegen war, in die sie jetzt unterwegs waren. Er hielt Ordnung in seinen Mietshäusern und besorgte sich die Unterschriften auf seinen Dokumenten mit der Hilfe eines endlosen Stroms von Männern aus dem Hinterland Bengalens; Männer wie der, der seinen letzten Atemzug in einer Pfütze aus Blut und Milch getan hatte. Der sich allein in Delhi durchgeschlagen hatte und den Slumlord über Freunde kennenlernte, die schon für ihn gearbeitet hatten, und der jetzt eine Zahl in einer Statistik war. Ziemlich typisch, dachte Smita.

Die Unterhaltung war auch ziemlich typisch gewesen. Der Hinweis des Baulöwen, dass der Slumlord und seine Helfer beschnitten waren, Kapoors lachende Reaktion und die stillschweigende Belustigung des Kommissars: All das hatte Smita so sehr geärgert, dass sie seither fast nichts mehr sagte. Keiner im Wagen konnte ihren schmallippigen Ausdruck übersehen.

»Was ist los mit Ihnen, Mädchen?«, fragte Kapoor freundlich.

»War das viele Gerede darüber, dass es hier um Muslime geht, wirklich nötig?«, fragte sie zurück.

Kapoor seufzte, der Kommissar schaute aus dem Fenster.

»Mal im Ernst. Wir sind doch für alle Menschen dieser Stadt da, oder etwa nicht?«

»Ja, das sind wir. Deshalb wollen wir jetzt auch die Komplizen eines toten Muslim-Kidnappers schnappen, damit wir den Mord an ihm aufklären können. Die einzigen Leute, die sich um den Mann scheren, sitzen in diesem Auto.«

»Als ob Sie sich wirklich für den Toten interessieren würden.«

»Vielleicht nicht«, antwortete der Kommissar. »Tun Sies denn?«

Smita schaute missmutig aus dem Fenster.

»Die Gerechtigkeit«, erklärte der Kommissar, »ist blind gegenüber dem, was ein Mensch glaubt.«

»Das Problem ist doch, dass wirs nicht sind.«

Der Kommissar dachte einen Moment nach, dann nickte er zustimmend. »Was eine Rolle spielt, Smita, ist nicht, was wir denken, sondern wie wir handeln.«

Sie sah ihn an, die Silhouette seines Gesichts gegen die Lichter des Verkehrs, der ihnen auf der langen Brücke über ein Labyrinth von Eisenbahnschienen entgegenkam. Die Sonne ging unter, der Mond stand schon silbern über dem Horizont. Der Himmel war tiefrosa und dunkelblau, und die letzten Drachen des Abends wirbelten durch die Luft.

»Glauben Sie das wirklich?«

Er schaute ihr in die Augen, wog seine Worte vorsichtig ab. »Vielleicht nicht. Doch hilft es mir, den Tag zu überstehen und das zu tun, was getan werden muss. Und es hilft mir, mit Leuten klarzukommen wie Ihrem Onkel hier.« Er zeigte grinsend auf den Hinterkopf Kapoors, der wie immer vorn neben dem Fahrer hockte.

Kapoor wandte sich zu Smita um. »Also, Mädchen«, sagte er lachend, »wollen Sie mit mir über das streiten, was ich denke? Oder helfen Sie mir bei dem, was wir zu tun haben?«

Smita schüttelte ebenfalls lachend den Kopf.

Der Wagen fuhr dorthin, wo der einzige Mann aus der örtlichen Polizeiwache auf sie wartete, dem Kapoor traute. Er stand an einem Schlagbaum, der die privilegierten Bewohner eines ruhigen Viertels mit baumbestandenen Straßen von den bedrohlichen Horden des Slums auf der anderen Seite der Straße trennte. Der Ruf des Muezzins zum Abendgebet erklang elektrisch verstärkt durch die Luft, als der Cop auf Smitas Seite in den Wagen stieg. Sie rutschte zur Seite, um ihm Platz zu machen.

Rasch erklärte er ihnen die Lage. Der Slum gegenüber war sogar für die Polizei tabu, außer sie gingen dort zu mehreren rein. Der Mann, den sie suchten, war einer von vielleicht einem halben Dutzend Chefs, deren Wort hier Gesetz war. Die Menschen im Slum stammten nicht alle aus Bangladesch. Da gab es Hausangestellte und Verkäufer, Büroangestellte und ähnliche Leute, die in den Häusern, Läden und Büros der Gegend arbeiteten, und sie kamen von überall her. Aber die harten Typen waren in ihrer Mehrzahl Bengalen, und die Einheimischen hatten Angst vor ihnen, vor allem, wenn sie getrunken hatten.

»Was ist mit den einheimischen Gurjars?«, fragte Smita.

»Sie haben ihren Frieden mit diesen Halunken gemacht«, antwortete der Cop aus dem Bezirk. »Es blieb ihnen nichts anderes übrig. Sie sind wie die Ratten«, fuhr er fort. »Klein, schnell, hinterhältig. Gut mit dem Messer. Pistolen benutzen sie meist nicht. Die braucht man hier gar nicht. Rasiermesser und Stilette reichen völlig aus. Sie stechen lieber, anstatt zu schießen. Man muss sie sich drei Meter vom Leib halten und die Waffe auf sie richten. Und sofort den Anführer ins Visier nehmen. Dann tun sie, was man ihnen sagt. Aber dreht ihnen nie den Rücken zu.«

Im schwindenden Licht sah er den Kommissar an. »Haben Sie einen Haftbefehl, Sir?«

Der Kommissar schüttelte den Kopf.

Der Cop zuckte die Achseln. »Eigentlich braucht man hier auch keinen. Die Hälfte dieser Hurensöhne ist sowieso nicht registriert.« Er beugte sich nach vorn und klopfte Kapoor auf die gut gepolsterte Schulter. »Versuchen Sie bitte, keine anständigen Bürger umzulegen, Onkel.«

Smita wunderte sich, ihr eigenes Lachen im allgemeinen Gelächter zu hören. Der Bezirkscop grinste. Er wies auf das Haus, neben dem sie parkten, eine palastartige weiße Villa mit einem uniformierten Wächter davor, der sie misstrauisch beäugte.

»Ein politisch aktiver Anwalt«, erklärte der Bezirkscop. »Eine Legende in der Stadt, eigentlich in ganz Indien. Wenn sein Dienstmädchen oder auch nur jemand aus deren Familie im Kreuzfeuer eine Kugel abbekommt, dann ist aber der Teufel los.«

»Wir hoffen ja, dass überhaupt nicht geschossen wird«, klärte ihn der Kommissar auf.

Der Cop nickte und wollte gerade aussteigen, stieß dann jedoch einen Pfiff aus und schloss die Tür noch einmal. Auf der anderen Seite des Schlagbaums war ein Auto vorgefahren. Ein Mann mit einer brennenden Zigarette stieg aus, streckte sich gemächlich, rauchte im Licht der Straßenlaternen. Ein vorbeifahrendes Auto erhellte seine Züge, und Kapoor stieß einen Fluch aus, der vor allem die Mutter und die Schwester des Mannes betraf.

»Jetzt brauchen Sie vielleicht wirklich nicht mehr zu schießen«, sagte der Bezirkscop. »Das Arschloch hat zu Recht Angst gekriegt.«

»Wie bitte?«, fragte Smita.

»Der Typ aus Bangladesch, Miss. Seit den Morgennachrichten hat er versucht, Kontakt mit uns aufzunehmen. Die Leute, die er kennt, sogar die, die nicht auf seiner Lohnliste stehen, haben dauernd versucht, irgendetwas rauszukriegen. Einer meiner Informanten wohnt in seiner Nähe. Der hat mir erzählt, dass er wohl vorhat, die Stadt zu verlassen. Seine Frau und seine Kinder sind vor gerade mal zwanzig Minuten zum Bahnhof gefahren.« Er spürte, dass Smita ihn im Dunkel des Wageninnern ansah. »Der Onkel wusste Bescheid. Ich hab ihn auf dem Laufenden gehalten.«

Kapoor vorn im Wagen nickte. »Ich hatte gehofft, dass wir als Erste bei ihm sind. Er muss gewusst haben, dass die Hatz losgeht, als er heute Morgen den Fernseher einschaltete.«

Der Kommissar machte eine Kopfbewegung in Richtung der hochgewachsenen Gestalt des rauchenden Mannes, der gleich darauf zum Wagen herübergeschlendert kam. Kapoor drückte auf einen Knopf und ließ sein Fenster herunter. Ein Gesicht, das man gut aussehend hätte nennen können, wäre es nicht so brutal gewesen, kam auf Augenhöhe herab. Der Mann grüßte den Kommissar, der den Gruß nicht erwiderte, und wandte sich dann Kapoor zu, der ihn seinerseits anschaute.

»Herzlich willkommen zur Party, Onkel.«

»Wusste nicht, dass du eingeladen warst«, brummte Kapoor.

»Aber Sie wissen doch«, lachte der Mann. »Diese Art von Einladungen gehen schon mal an die falsche Adresse.«

»Du weißt genau, dass er uns gehört«, sagte Kapoor scharf.

»Das hat man mir aber anders gesagt.«

»Dann sag ichs dir jetzt.«

»Da brauch ich aber ein bisschen mehr.«

»Was denn zum Beispiel?«

»Einen Anruf von einer Nummer, die Sie ganz bestimmt nicht haben.«

Kapoor lachte und langte selbst nach einer Zigarette. Er stieg aus, lehnte sich gegen den Wagen, zündete sich die Zigarette an und nahm einen tiefen Zug.

»Es ist mir eine Ehre«, sagte er dann, »das gleiche Arschloch zu jagen wie du. Selbst die Leute, die du umlegst, werden noch berühmt.«

»Sie kennen mich doch schon von früher. Vor meiner Karriere, Onkel.«

»Schon damals wusste ich, dass du es noch weit bringen würdest.«

»Sie haben immer schon ein Auge für Talente gehabt.«

»Man brauchte kein Genie zu sein, um zu sehen, was dein Talent war, mein Junge.«

Der Kommissar gesellte sich zu ihnen, während sich die Nacht endgültig und mit einer Wärme auf sie niedersenkte, die den bevorstehenden Sommer ankündigte. Er nahm die Zigarette, die Kapoor ihm anbot, lehnte das angebotene Feuer des dritten Mannes ab, entzündete sie selbst und lehnte sich ebenfalls gegen den Wagen.

»Wer hat Sie hergeschickt?«

»Was spielt das für eine Rolle, Sir? Der Mann war doch seit dem Moment tot, als er die Entführung übernommen hat. Er war der Einzige, der das noch nicht wusste.«

Der Kommissar nickte. »Es hat wohl keinen Sinn, Ihnen zu sagen, dass es Ihre Pflicht ist, dabei zu helfen, diesen Fall zu einem guten Abschluss zu bringen?«

»Genau darum gehts mir ja, Sir. Nur deshalb bin ich hier.«

»Ihnen zu sagen, dass Ihre Laufbahn dann auch beendet ist, wäre wohl auch Zeitverschwendung.«

»Mein Laufbahn liegt nicht in Ihrer Hand, Sir. Außerdem werden Leute wie ich ohnehin nie Kommissar. Ich tue jetzt schon, was ich am besten kann.«

Der Kommissar sah den toten Glanz in den Augen des anderen, das Jagdfieber und den Schein von etwas, das er wohl immer einnahm, um sich für die Aufgabe in Stimmung zu bringen. Er spürte, wie jemand an seine Seite trat, roch Smitas Shampoo hinter sich. Der Mann sah kurz auf die Frau, dann auf den Bezirkscop, der auch ausgestiegen war und sich neben sie gestellt hatte, und warf ihm wie nebenbei ein Salam zu, das jedoch nicht erwidert wurde.

»Bist du mit denen unterwegs?«, fragte er.

»Mit dir sicher nicht.«

Der andere lachte herzhaft und schnippte seinen Zigarettenstummel gegen die Wand hinter sich. Der Wächter am Tor nebenan bemerkte dessen Haltung und Bewegungen, zog sich in sein Häuschen zurück und schloss die Tür hinter sich.

»Sie haben sich eine verdammt schlechte Nacht ausgesucht, um den Cop zu spielen, Onkel.«

»Willst du mir drohen, mein Junge?«

»Ihnen drohen? Kapoor von der Delhi Police? Es gibt niemand, der das könnte und noch am Leben wäre.«

»Leben Sie denn noch?«, murmelte der Kommissar.

»Auf jeden Fall mehr als das Arschloch auf der anderen Straßenseite. Gehen Sie mir aus dem Weg, Sir. Heute Nacht muss jemand sterben.«

»Jemand«, wiederholte Smita kühn.

»Ich bin genau in der richtigen Stimmung dafür, Herzchen. Wenn die Zeit kommt, fackle ich nicht lange.«

»Haben Sie den Dealer umgelegt?«, fragte der Kommissar unvermittelt.

»Nun mal langsam, Chef. Bin ich etwa der einzige Killer in dieser Stadt?« Er grinste sie alle noch einmal an und ging dann zu seinem Team, zwei Männern von der gleichen Sorte. Rauchend standen sie am Straßenrand.

Kapoor sah, wie Smita unwillkürlich schauderte. »Das geht nicht nur Ihnen so, Mädchen. Dieses Arschloch macht mir auch 'ne Gänsehaut.«

»Wie viele hat er wohl schon umgelegt?«, fragte sie leise.

»Das weiß nur er allein«, antwortete der Kommissar. »Und für wen.« Dann wandte er sich dem Bezirkscop zu. »Okay, das ändert jetzt alles. Wir haben weniger Zeit, als wir dachten. Was meinen Sie?«

Der Cop überlegte einen Augenblick. »Ich bin eine Zeit lang mit dem Irren in einem Team gewesen«, sagte er dann. »War mir alles zu viel, deshalb hat man mich dann wieder in Uniform gesteckt. Aber ich kenne seine Methoden. Der kommt immer durch die Eingangstür, was anderes kennt der nicht.«

»Und das heißt?«

»Das heißt, dass wir von hinten reingehen. Na, dann mal los.«

* * *

Nacht liegt über der Yamuna.

Die Straße führt sie am Rand des Slums entlang, auf der einen Seite liegen die bescheidenen Hütten der armen Leute, auf der anderen die Glaspaläste der Mittel- und Oberschicht Delhis. Der Fahrer rast, vom Bezirkscop geleitet, die Straße entlang zum Fluss, bis er in eine Siedlung einbiegt. Der Schlagbaum am Tor wird auf Befehl des Cops geöffnet. Weiter geht es auf einer Piste, die mehr aus Ufersand als festem Grund besteht. Im Mondlicht erreichen sie die Siedlung, die direkt an den Fluss grenzt, wie so viele andere in der Geschichte dieser nach Wasser dürstenden Stadt. Eine Siedlung von Einwanderern, beherrscht von einem Slumlord, der genau wie seine Nachbarn aus dem Land ihrer Väter hierhergezogen ist. Auf der Suche nach Glück sind sie hergekommen. Was sie gefunden haben, ist dieses Labyrinth armseliger Bruchbuden, die ihre ganze Habe enthalten und zwischen denen offen die Abwasserkanäle fließen. Doch dies ist nun ihr Zuhause, und sie sind jetzt und für alle Zeit Bürger von Delhi, auch wenn sie hier alle paar Meter in Scheiße treten.

Smita bleibt neben dem Kommissar stehen und spürt seinen Blick auf sich. Sie schaut zurück, und er fragt: »Spüren Sie es auch?«

Sie nickt, und er sagt: »Keine Zeit zum Nachdenken mehr. Zeit zu Handeln.«

Dann rennen sie los. Rufe hallen durch die Nacht, Gestalten treten aus Hauseingängen, ein Mann versucht sie aufzuhalten und wird von einem Faustschlag Kapoors zu Boden gestreckt. Durch offene Türen erspäht Smita ein Kricketspiel im Fernsehen, eine Familie, die zusammen etwas spielt. Einen Mann und eine Frau, die zu streiten scheinen, doch vielleicht ist dies nur ihre Art, miteinander zu reden in der von Lärm geschwängerten Luft. Eine ganze Welt von Eindrücken wirbelt an Smita vorbei. Während der Bezirkscop sie eine Treppe hinaufführt, fühlt sie das kalte Gewicht der Waffe in ihrer Hand. Dann laufen sie über die Dächer, springen von einer Zementplatte zur nächsten, ducken sich unter Wäscheleinen hindurch, Satellitenschüsseln, Wassertanks.

Schreie gellen von den engen Gassen unter ihnen herauf. Sie hören Türen schlagen, eilige Schritte hinter sich und sehen, wie ihnen Männer nachjagen. In der Ferne, doch immer näher kommend, hören sie den Lärm einer zweiten Verfolgungsjagd, und der Bezirkscop neben Smita keucht: »Gleich sind wir da.«

Ein Schuss und dann noch einer, dann Schreie. Noch immer laufen sie wie besessen. Der Kommissar gewinnt an Vorsprung, während Smita Seite an Seite mit dem Bezirkscop läuft. Über ihre Schulter sieht sie, wie Kapoor sich umdreht und mit seiner Waffe in die Richtung zielt, aus der sie gekommen sind. Eine Bande, mit gezogenen Messern, ist hinter ihnen her und kommt jetzt langsam näher. Smita hört, wie Kapoor ihnen zuruft, sie sollen sich vor seiner Waffe in Acht nehmen. »Wisst ihr Arschlöcher überhaupt, mit wem ihr es zu tun habt?«

Der Bezirkscop bleibt am Rand eines Dachs stehen und sichert eine Treppe, die an der Seite des Gebäudes nach oben führt. Dann stürzt plötzlich aus irgendeiner Tür in diesem unübersichtlichen Gewirr von Dächern ein Mann hinaus, von dem der scharfe Gestank pissegetränkter Angst ausgeht. Ihm folgt sein Killer, die Pistole baumelt locker in der Hand.

Der Slumlord schreit in Todesangst. Der Kommissar geht auf ihn zu, die Waffe im Anschlag. Schluchzend fällt der Slumlord auf die Knie, er sieht nicht, dass die Pistole des Kommissars nicht auf ihn, sondern auf den Mann hinter ihm gerichtet ist.

Der lacht nur und schaut zur anderen Seite des Dachs, von wo der Bezirkscop mit seiner Pistole auf seine beiden Kollegen zielt, die mit gezogenen Waffen leise aufs Dach gekommen sind. Smita tritt mit geladener Waffe neben den weinend am Boden kauernden Mann, sucht freies Schussfeld auf den Killer. Der lacht noch einmal, zieht mit einer Hand eine Schachtel Zigaretten aus der Tasche, schüttelt eine so weit heraus, dass er sie in den Mund nehmen kann, und steckt die Schachtel wieder weg. Er holt sein Feuerzeug hervor, kurz blitzt eine Flamme auf, dann erhellt die Glut der Zigarette sein Gesicht, und er bläst Rauch in den klaren Nachthimmel.

»Wegen diesem Typen? Kann doch nicht Ihr Ernst sein!«

Der Kommissar schweigt, atmet ruhig und gleichmäßig, seine Waffe zittert keinen Moment. Der andere beobachtet ihn lauernd, raucht und wartet. Die Waffe baumelt weiter in seiner Hand.

»Sie wissen doch, dass sich niemand auch nur einen Dreck um diesen Kerl schert«, sagt er schließlich. »Denken Sie wirklich, dass es eine Rolle spielt, was er aussagen könnte? Wenn er überhaupt etwas aussagt?«

»Es spielt keine Rolle, was man denkt«, sagt Smita, »sondern was man tut.«

Der Henker wendet sich ihr zu, neigt kurz den Kopf. »Ich könnte ihn jetzt ganz einfach umlegen«, sagt er im entspannten Plauderton. »Bevor Sie auch nur einen Schuss abgeben.«

»Mag sein«, antwortet der Kommissar. »Aber dann kommen Sie nicht mehr lebend von diesem Dach runter.«

»Mein Job wäre auf jeden Fall erledigt.«

»Und Sie wären auf jeden Fall tot. Warum nicht einfach ihn und sich selbst am Leben lassen?«

»Sie würden mich wegen diesem Stück Scheiße da umlegen? Sicher, dass Sie ihn überhaupt im Wagen haben wollen? Bepisst hat er sich schon, der Rest kommt sicher auch bald.«

»Wir kommen schon klar.«

Der Killer seufzt. »Sie wissen doch, dass er es nicht bis in den Gerichtssaal schaffen wird. Wenn ich ihn jetzt nicht umlege, wirds jemand anderes tun. Ein Cop, ein Häftling, ein Wächter.« Er schlendert gemächlich zu dem von Weinkrämpfen geschüttelten Mann hinüber, der jetzt zusammengekrümmt am Boden liegt. Immer noch die Waffe in der Hand, geht er neben ihm in die Hocke. »Halt besser den Mund, mein Junge. Dann stirbst wenigstens nur du.«

Smita gleitet neben ihn, hält ihm die Waffe fast an die Schläfe. Er schaut zu ihr auf und grinst, hebt seine Pistole in die Höhe und sichert sie betont langsam. Dann steht er auf, geht zu seinen Männern hinüber, die es ihm nachtun, und hebt grüßend zwei Finger in Richtung der anderen Cops auf dem Dach.

»Wir sprechen uns noch«, sagt Kapoor.

»Ich freu mich drauf, Onkel«, grinst der Henker. Dann verschwindet er mit seinen Helfern die Treppe hinunter und in die Gassen voller normaler Menschen und kleiner Gauner, die Männern wie ihm immer aus dem Weg gehen.

Kapoor wendet sich verächtlich vom Trupp der verunsicherten Angreifer ab, die er bis jetzt in Schach gehalten hat, steckt seine Waffe weg, geht zum weinenden Slumlord hinüber und stößt ihn mit dem Schuh an. Er kauert neben ihm nieder, schaut ihn aufmerksam an und knallt ihm dann lässig ein paar Ohrfeigen, womit das Weinen abrupt aufhört.

»Wir haben dir gerade das Leben gerettet«, murmelte er, als rede er mit sich selbst. »Mal sehen, ob du der Mühe wert bist.«

Die Nacht ist warm und silbrig hell. In der Nähe liegt das verseuchte Ufer der Yamuna mit Akshardham und Noida gegenüber. Zur anderen Seite hin die beleuchteten Säulen von Nehru Place und Ashram und Jasola, und rings herum sucht die auf Gewalt gegründete Stadt nach Beute. Eine Bande eben noch so harter Kerle schaut verdutzt auf das jämmerliche Wrack ihres Anführers. Ein Kommissar der Polizei von Delhi steckt seine Waffe weg, seufzt tief und zündet sich eine Zigarette an. Der Bezirkscop ruft Verstärkung herbei, während sich Smita zum zweiten Mal in diesen kühlen Monaten übergeben muss.

Nekropolis

Der Sommer kommt über Nacht in diesen Breitengraden. Doch Kommissar Sajan Dayal kümmerte sich nicht darum, dass die Rosen Delhis welkten und die Dahlien verblühten. Er wusste, das Fallen der Orchideen- und Kapokbaumblüten würde bald vom Blühen der Flammenbäume und Goldregen aufgewogen, und die Kräuselmyrten würden ihrerseits beweisen, dass sogar das brutale Wetter Delhis versöhnende Schönheit hervorbringt. Dies war so tief in seinem Unterbewusstsein verankert, dass ihm das Ende der kühlen Jahreszeit nicht die geringsten Kopfschmerzen bereitete.

Die Sonderkommission hatte den Mann, der angeblich hinter der Entführung des Kindes steckte, in dieser Nacht vorläufig festgenommen. Doch hatte seine Haft kaum länger gedauert als das kühle Wetter. Die Arien, die er kannte, warteten noch darauf, gesungen zu werden, als man den Polizeitransporter, der ihn zu seinem ersten Termin vor dem Untersuchungsrichter bringen sollte, abfing und ihn befreite. Die Beamten, die ihn bewachten, zeigten sich als absolut unfähig für die Aufgabe. Doch wie Dayals direkter Vorgesetzter nicht ohne einen Anflug von klammheimlicher Freude sagte: »Was soll man machen?«

Der Festgenommene hatte offensichtlich behauptet, austreten zu müssen. Sein Bewacher hatte nicht nur anhalten lassen, damit er das tun konnte, sondern hatte sich sogar selbst zu dem Gefangenen an die nächste Mauer gestellt. Dort hatte er einen Schlag auf den Kopf bekommen. Dem Fahrer und den beiden anderen Beamten war es ähnlich ergangen, während sie wartend am Straßenrand standen und rauchten. Der Slumlord war spurlos verschwunden.

Das war um die Mittagszeit geschehen.

Bevor es Abend wurde, waren im ganzen Slum Greiftrupps der Polizei ausgeschwärmt. Zwei Transporterladungen voll Bengali sprechender Männer, deren einziges Verbrechen es war, den verschwundenen Mann gekannt zu haben, wurden ohne weitere Umstände abtransportiert. Straßensperren wurden errichtet und Steckbriefe verteilt. Doch die Chance, den Verschwundenen tatsächlich zu finden, war, so sagte ein Beamter zu einem befreundeten Reporter – »natürlich off the record, verstehen Sie?« –, als ob man eine Nadel im Heuhaufen suche.

Dass er den Fehler begangen hatte, weiter an einem Fall zu arbeiten, den niemand gelöst haben wollte, war dem Kommissar nicht entgangen. Dass sein Team stolz auf diese Schande war; dass die Nachricht von ihrem Zusammenstoß mit dem Killerkommando Smita und den Bezirkscop zu Berühmtheiten gemacht hatte, die man zum Essen und auf einen Drink einlud; dass Kapoor, wenn überhaupt möglich, jetzt noch eine größere Legende für seine Neffen war – diese Ironie des Schicksals genoss der Kommissar, denn er war ein Mann, der seinen Trost suchte, wo er ihn fand.

Der Beifall, den die Festnahme des Slumlords geerntet hatte, war schon nach zwei Tagen verschwunden. An seine Stelle trat eine Gleichgültigkeit dem Fall gegenüber, die fast schon unheimlich war. Die Berichterstattung in den Medien war genauso, auch wenn Dayal persönlich hoch gelobt wurde. Man sah ihn fast schon auf dem Gipfel seines Ruhms als Delhis Ritter der Gerechtigkeit und Ordnung. Den Kommissar hatte dies nicht aus der Ruhe bringen können. Das, so sagte er seinen Mitarbeitern, sei nur zu erwarten gewesen, auch wenn die Diener der Mächtigen jetzt in Aktion traten und alle Hebel in Bewegung setzten, damit das bisher Unbekannte unbekannt blieb. »Wir haben getan«, sagte er gelassen, »was wir tun mussten.«

Dabei musterte der Kommissar wieder einmal interessiert

die Farbe an der Decke. Kapoor und Smita saßen ihm gegenüber. Gerade waren sie aus dem Abschlussmeeting gekommen, bei dem die Kommissarkollegen Dayals dankbar den Schleier über den Fall gebreitet und der Sonderkommission für ihre unschätzbaren Dienste gedankt hatten, die nun nicht mehr gebraucht würden.

»Manche Dinge ändern sich nie«, bemerkte der Kommissar trocken.

Smita schaute ihn an und biss sich auf die Lippen.

Schließlich konnte sie sich nicht mehr zurückhalten. »Manche Dinge ändern sich doch, Chef. Jetzt hat sich gerade was geändert. Ich weiß, ich bin hier die Jüngste. Aber sehen Sie es denn nicht auch so?«

Kapoor und der Kommissar seufzten unisono.

»Also?«, setzte Smita nach.

»Helfen Sie mir mal auf die Sprünge«, sagte der Kommissar. »Was meinen Sie denn genau?«

»Na, all das hier. Ich weiß, Sie beide sind stolz auf Ihren politischen Instinkt. Ich weiß, dass Ihre Laufbahn darauf gründet, Verbrecher zu fangen, ohne zu vielen Leuten auf den Schlips zu treten. Sie beide kennen diese Stadt viel besser als ich. Doch sogar für Sie muss das hier doch anders sein. Oder etwa nicht?«

Der Kommissar musterte die Decke jetzt nur noch intensiver.

»Ich meine«, fuhr Smita fort und war jetzt nicht mehr zu stoppen, »schauen Sie sich doch mal die Nachrichten an. Die Leute reden über Geld, als ob es gar nichts wäre. Hunderte, Tausende von Millionen verschwinden einfach so. Häuser in Delhi kosten leicht mehrere Millionen Dollar. Menschen, die Handys haben, aber keinen Strom, um sie zu laden. Mütter mit kleinen Kindern, aber ohne Wasser, um sie zu baden. Männer an der Regierung mit Macht über Leben und Tod. Der Tod. Sir. Ein toter Drogendealer und seine Freundin. Die Presse ist kompromittiert, die Leute sehen die Nachrichten und glauben, was sie sehen. Unsere eigenen Kollegen werden zu bezahlten Killern. Und da soll nichts anders sein?«

»Die Zahlen sind vielleicht größer«, gab Kapoor zu. »Aber die Geschichte ist noch genau die gleiche.«

»Tatsächlich?«, sagte Smita und war jetzt richtig empört. »Und haben Sie beide da immer schon die Rolle von Statisten gespielt?«

»Vorsicht, Mädchen!«, polterte Kapoor.

Sie biss sich wieder auf die Lippen und schaute weg.

»Sind Sie es denn nie leid, immer alles vertuschen zu müssen?«, murmelte sie.

Ihre Kollegen schwiegen.

»Deswegen bin ich jedenfalls nicht zur Polizei gegangen.«

»Weswegen denn dann?«, wollte der Kommissar wissen.

»Um den Leuten zu helfen. Um Delhi sicherer zu machen. Aber jetzt weiß ich nicht mal mehr, für wen ich es sicherer mache. Oder vor wem.«

»Wollen Sie denn nicht Karriere machen?«

»Natürlich will ich Karriere machen. Aber doch nicht so.«

»Sie haben immer das Richtige getan. Wenigstens hier in dieser Sonderkommission.«

»Es interessiert doch niemanden, was wir getan haben.«

»Im Gegenteil. Sie haben in diesen vergangenen Monaten eine Auszeichnung und eine Belobigung bekommen. Und den Ruf, gut mit der Waffe umzugehen, werden Sie auch nicht so schnell verlieren.«

Sie musste ein Lächeln unterdrücken. »Die Leute sind trotzdem tot.«

»Sie haben das Richtige getan«, sagte der Kommissar nochmals mit Nachdruck.

»Und was hats gebracht?«

»Wir haben zur richtigen Zeit das Richtige getan. Wir hätten auch nichts tun können, wie alle anderen. Aber wir haben gehandelt.«

»Und wann werden wir erfahren, ob das etwas bewirkt hat?«

»Schon bald.«

»Sie haben eine Wahl getroffen«, sagte Kapoor. »Unterschätzen Sie nicht, wie schwer das ist.«

Sie sah zur Seite. Er beugte sich zu ihr hin und klopfte ihr auf die Schulter. »Erinnern Sie sich an den Bezirkscop neulich Abend?«

Smita nickte.

»Ein guter Kerl. Ich will Ihnen was über ihn erzählen.«

Er setzte sich wieder gerade hin.

»Aus seiner Wache kommen die Leute für die Razzien nach illegalen Einwanderern. Sie wissen, wie das läuft. Das machen nie die Cops von den Wachen vor Ort, weil die den Bossen in den Slums einen Tipp geben könnten, die dann die Leute warnen, bevor die Razzia losgeht. Und so wird er mit seinen Jungs immer mal wieder abkommandiert, um diese Leute unter irgendeiner gottverdammten Brücke aufzuspüren, wenn es nicht zu nah an seiner eigenen Wache liegt. Aber irgendjemand schafft es immer, sich zu verstecken. Findet irgendein Loch, in das er sich verkriechen kann, um abzuwarten, bis die Cops wieder verschwinden. Also treibt man die Kids zusammen, je jünger, desto besser, und sucht die entsprechenden Eltern dazu. Und wenn man ein Kind findet, bei dem nicht beide Elternteile auftauchen, dann taucht man es kopfunter in das nächste Wasserfass. Kurz bevor es zu spät ist, zieht man es wieder hoch. Es schnappt nach Luft und schreit wie am Spieß.« Kapoor streckte sich und setzte sich anders hin. »Es schnappt nach Luft und schreit wie am Spieß, Mädchen. Und dann macht man weiter, bis die Eltern aus ihren Löchern kommen. Denn das tun sie immer. Außer, sie sind nicht da. Dann war das ganze Geschrei des Kindes umsonst.«

Kapoor nickte vor sich hin.

»Er ist ein guter Kerl. Er ist nicht darauf aus, in den Hütten unten am Fluss eine Gratisnummer zu schieben, wie alle anderen auf seiner Wache. Er weiß, dass jetzt jemand richtig sauer ist auf ihn. Da sitzt er nun am Stadtrand unter drittklassigen Geschäftsleuten, die ihm die Pest an den Hals wünschen, wenn sie ihn nur vorbeikommen sehen. Er hat kein großes Einkommen und keine Aussicht auf Beförderung, und durchschnittlich einmal im Monat muss er ein

Kind kopfunter in ein Fass voll kaltem Wasser stecken. Oder jemandem zuschauen, der das tut, dann zündet er sich vielleicht eine Zigarette an und sieht weg.«

»Und was heißt das alles?«, fragte Smita beinahe unhörbar.

»Das heißt«, fuhr Kapoor fort, »dass ich ihm die Chance gegeben habe, das Richtige zu tun. Einen Mann zu retten, den er nicht mag. Wegen einer Sache, von der er nichts weiß. Und das hat er getan, ohne zu fragen. Zwei Mal hat er sich jetzt mit dem Killer angelegt und den Leuten hinter ihm. Er wird in seiner Bezirkswache bleiben bis ans Ende aller Zeiten, Mädchen. Er ist nicht im höheren Polizeidienst wie Sie. Er hat nicht Ihre Bildung und Ihre Perspektiven. Und dennoch hat er das Richtige getan.«

»Und das bedeutet?«

Kapoor lächelte und schaute woandershin.

Der Kommissar lachte. »An Ihrer Stelle würde ich nicht zu lange darüber nachdenken. Ihr Onkel ist ein Meister darin, einen aufs Glatteis zu führen. Aber er hat dabei doch etwas Wichtiges gesagt.«

Smita wartete ab.

»Die Wahl. Die haben wir beide, und Ihr Onkel hier ist alt genug, dass es ihm egal ist. Stimmts?«

Kapoor lächelte.

»Ab sofort lassen wir uns nicht mehr benützen«, sagte der Kommissar entschlossen.

»Zeit, ein paar Leichen aus dem Keller zu holen«, fügte Kapoor hinzu.

Jetzt begann auch Smita zu lächeln.

»Und was wollen Sie zur Party heute Abend anziehen?«

* * *

Es war kühl genug für einen leichten Schal, warm genug für nackte Schultern. Von beidem gab es genügend zu sehen an diesem Abend. Die Party fand draußen statt, im Garten eines Hauses, das nicht allzu groß war, doch einen hübschen

Rasen hatte, über dem Glaslaternen in vielen bunten Farben hingen. Die Rauchschwaden der Moskitospiralen waberten über den Blumenbeeten und mischten sich mit dem Rauch der Zigaretten und Zigarren in den Händen der Partygäste. Es hatte am Abend ein paar Tropfen Regen gegeben, genug, dass die Absätze der Damen in den weichen Boden einsanken, weshalb sie dankbar auf den Sofas und Stühlen Platz nahmen, die im Kreis um Duftkerzen und Öllampen aufgestellt waren.

Das Haus gehörte dem lauten PR-Mann, den der Kommissar beim Frühstücksbrunch der Ministerin kennengelernt hatte. Er wohnte in einem Neubaugebiet, das genauso schick wie illegal war und wo die Luxusvillen mit ihren hohen Mauern drum herum zwischen nicht asphaltierten Straßen und schlecht gezogenen Stromleitungen standen. Hinter dem Haus lag Brachland, wo Hirten noch immer ihr Vieh weideten und in den Sand gezogene Linien schon zukünftige Kriege über Eigentumstitel prophezeiten. Auf der anderen Seite der hohen Mauern breitete sich die Dunkelheit aus. Auf dieser Seite roch die Nacht nach teurem Parfüm.

Der Kommissar und Smita waren zu früh gekommen, das heißt, sie waren pünktlich gewesen. Ihr Gastgeber empfing sie freundlich, auch wenn er noch in Unterhosen war, und bat sie, es sich schon mal bequem zu machen, während er sich für den Abend fertig machte. Unterdessen liefen seine Dienstboten emsig in Haus und Garten umher, verteilten Aschenbecher, trugen Säcke mit Eiswürfeln herein, wischten Regenwasser von der Terrasse. Dann kam ein Kellner mit einem Tablett voller Cocktails, andere boten Fleischspieße an, und bald war der Garten von den Unterhaltungen der besseren Gesellschaft Delhis erfüllt.

Wie der PR-Mann dem Kommissar anvertraute, wurde auch die Ministerin erwartet, und dazu mindestens drei weitere Mitglieder des Kabinetts. Im Verlauf der Unterhaltung ließ der Gastgeber durchblicken, dass er eine alte Verbindung mit dem Kommissar entdeckt hatte. Ihre Väter waren nämlich zusammen auf dem College gewesen. Das bewies zumindest eins, bemerkte der Kommissar zu Smita: Der Mann hatte Nachforschungen angestellt.

Dem PR-Mann und seinen Freunden war nicht entgangen, dass der Kommissar jetzt so etwas wie ein Held war. Viele Gäste waren schon auf ihn zugekommen, um sich mit ihm bekannt zu machen, während Smita ihren eigenen Kreis von Bewunderern um sich hatte. Der Blick des Kommissars schweifte über die wachsende Zahl von Umstehenden, er nahm Komplimente und Applaus entgegen und wartete darauf, das leise Wort zu hören.

»Sajan.«

Er wandte sich um und lächelte sie an. Sie beantwortete sein Lächeln mit Mund und Augen, ihrem ganzen Sein, und es kostete ihn alle Mühe, ihr nicht gleich da um den Hals zu fallen.

»Wie vornehm du aussiehst«, sagte sie und legte ihre Hand auf seinen Blazeraufschlag. Er sah sie an, wie sie diskret elegant in einem fast durchsichtigen Sari mit ärmelloser Bluse vor ihm stand, einen dünnen Schal über den Schultern. Ihr Bauch war frei, und ein kleiner Brillant blitzte auf. Dayal fragte sich, ob es ein Clip war oder ob sie tatsächlich Blut vergossen hatte, um ihn dort zu tragen. Ihre Hand blieb noch einen Moment auf seiner Brust liegen, eine Geste, die er nur zu gern erwidert hätte. Dann zog sie sie lächelnd zurück, nahm die angebotene Zigarette und wartete, dass er ihr Feuer gab. Während er die seine anzündete, musterte sie ihn, den Kopf anmutig zur Seite geneigt.

»Ein wunderbarer Abend, nicht?«, sagte er.

Sie nickte zustimmend.

»Kennst du die Leute hier alle?«, fragte er.

Ein leichtes Achselzucken. Alle, die von Bedeutung sind, schien es zu sagen.

»Ich sehe, du hast das Mädchen mitgebracht.«

»Sie hat es verdient, dabei zu sein.«

»Auf jeden Fall. Sie scheint die Aufmerksamkeit zu genießen.«

»Sie ist jung und lebendig. Weshalb sollte sies nicht?«

Razia lächelte und schaute zur Seite. »Wie gehts dir?«, fragte sie über ihre Schulter.

»Gut.«

»Schon dran gewöhnt?«

»Woran denn?«

»Teil des Spiels zu sein, Sajan. Tu doch nicht so.«

Ein Raunen ging durch die Gästeschar, eine wichtige Person war angekommen. Das fröhliche Trompeten des Gastgebers verkündete die Ankunft der Ministerin. Die alte Dame rauschte elegant durch die ihr huldigende Menge, nickte hier jemandem zu, schüttelte da eine Hand, erlaubte den Kuss eines besonderen Günstlings. Sajan fühlte, wie er von Razia in den Schatten eines alten Baums gezogen wurde. Er sah, wie die alte Dame vor Smita stehen blieb, wie sie eine Hand an das Gesicht seiner jungen Mitarbeiterin legte, diese intime Geste der Verbundenheit, die die alte Dame noch in der größten Menschenmenge herbeizaubern konnte. Er sah den Blick in Smitas Augen, ihr Glücksgefühl und ihre fast widerwillige Freude. Er spürte, wie Razias Hand nach der seinen griff, dann seinen Arm hinaufglitt und ihn leicht auf den Hinterkopf schlug.

»Sie ist jung«, echote sie spöttisch. »Und lebendig. Warum sollte sie die Aufmerksamkeit nicht genießen?«

Im Schatten des riesigen alten Baums, der auf wundersame Weise den Bau dieses und all der anderen Häuser überlebt hatte, wandte er sich ihr zu. Seine Hand strich über die warme Baumrinde, die zerklüftete Oberfläche seiner Geschichte. Plötzlich schien es ihm, als seien sie da, die Hirten und Reiterhorden vom Ende des Mogulreichs, und rasteten ein Weilchen in seinem stillen Schatten. Er roch die Winterpicknicke der englischen Familien der Zeit Queen Victorias, die hier, so weit von zu Hause fort, auf halbem Wege zwischen Mehrauli und den Ruinen von Tughlaqabad Rast machten. Wie in einem Traum sah er eine Landschaft voller Grabmäler vor sich und die zerfallenen Mauern vergessener Städte, und er spürte dieses Land voll kahlem Sand, wertlos für jeden außer für Ziegenhirten, einmal, zweimal aufgegeben, immer, wenn die Stadt sich woandershin verlagerte. Tief in sich spürte er die Ironie, dass dieses öde Land nun so viel wert war, und fragte sich, was wohl die Ziegenhirten und Reiterhorden vergangener Jahrhunderte aus all dem hier gemacht hätten. Summen, die die Vorstellungen jeglichen Zeitalters überstiegen, wurden für Land ausgegeben, das zum Weiden von Ziegen und Rindern und zum Begraben zahlloser namenloser Toter hergehalten hatte. Wozu das alles, dachte er. Dieses Pack hier, diese Partygesellschaft, diese Minister und ihre Schranzen und die Männer in Stiefeln und die eleganten Frauen. Sie alle werden auch zu Staub vergehen. Und dem dieser Stadt hinzugefügt werden.

Er spürte wieder Razias Hand auf seiner Brust und kehrte mit einem Blinzeln aus der Vergangenheit zurück.

»Für dich gibts keinen Unterschied zwischen damals und heute, nicht wahr?«

»Sollte nicht ich der sein, der dich das fragt?«

»Ich glaube, du würdest meine Interessen vollkommen zeitgemäß finden.«

»Du warst dabei«, sagte Sajan. »Ich wars nicht.«

»Das stimmt. Ich denke, das macht tatsächlich einen Unterschied.«

Die Ministerin kam zu ihnen herüber. Sie warf Razia ein Lächeln zu und legte dann ebenfalls ihre Hand auf des Kommissars Blazeraufschlag. »Wie schön, Sie hier zu treffen«, sagte sie. Wärme lag auf ihren Lippen und in ihren Augen. Smita folgte ihr dicht auf den Fersen. Razia und sie sahen sich über die Schulter der Ministerin an. Razia schaute leicht lächelnd zu Boden, während Smita spürte, wie ihr das Blut in den Kopf stieg.

»Einen Sessel, Kind«, bat die Ministerin. Smita ging und holte den erbetenen Sessel, den sie auf Verlangen der alten Dame mit der Lehne an den Baum stellte, zur Abendgesellschaft hingewandt. Einige Zaungäste schickte sie mit einem Wedeln der Hand weg, sagte ihnen, sie sollten sich amüsieren gehen und sich nicht weiter um diese alte Dame kümmern. Sie sei ganz zufrieden damit, eine Weile dem Treiben zuzusehen, ohne auf ihre Bodyguards achten zu müssen. Sie setzte sich bequem im Sessel zurecht und schickte Smita los, ihr einen Drink zu besorgen. Der Kommissar und Razia standen hinter ihr im Schatten. Jemand, der sie von Weitem sah, hätte meinen können, sie säße da allein.

»Ich bin so froh, dass Sie hier sind, Sajan«, sagte sie leise. »Wie hat dieser schreckliche Mensch das hingekriegt?«

»Anscheinend waren unsere Väter zusammen auf dem College.«

»Tatsächlich!«

»Es lohnt die Mühe nicht, das herauszufinden, Ma'am.«

»Sehr richtig. Das mag ich an Ihnen, Sajan. Sie sind so pragmatisch. Sie wissen, wann sichs zu graben lohnt, und wann man sich einfach umdrehen und gehen muss.«

Der Kommissar nahm dies schweigend hin.

»Danke, dass Sie diesen Slumlord gefasst haben«, fuhr sie fort. »Das war viel besser so als die Aktion, die diese Dummköpfe geplant hatten. So wars viel sauberer. Weniger offene Fragen.«

Der Kommissar spürte, wie Razia ihm schweigend die Hand drückte.

»Manchmal frage ich mich, ob die Leute auf unserer Seite es wert sind, beschützt zu werden. Mal ganz ehrlich: einen solchen Irren auf ihn loszulassen. Zum Glück haben wir Sie. Ich bin froh, dass Sie auf Razia gehört haben. Sie sind gerade noch rechtzeitig gekommen, stimmts?«

»Wer hat dafür gesorgt, dass er verschwindet?«

»Das kümmert mich nicht.« Die alte Dame zuckte die Achseln. »Dass er nicht mehr da ist, reicht mir. Sie können übrigens gern rauchen, das stört mich nicht.«

Der Kommissar zog sein Päckchen hervor, gab Razia eine Zigarette, zündete beide an.

»Das Rauchen fehlt mir«, fuhr die Ministerin fort. »Ich habe mein ganzes Leben lang geraucht. Und schauen Sie mich jetzt an. Auf allen Seiten von Trotteln umgeben. Und wenn ich wirklich eine Zigarette brauche, dann verweigert man sie mir. Meine Ärzte. Mein Medienberater. Meine Enkelkinder. Alle haben sie sich gegen mich verschworen.«

Sie schnüffelte gierig nach dem Rauch, der sich in den Baum hinter ihr hinaufwand. Die beiden rückten näher zusammen, Razias Brust drängte sich gegen Sajan.

Die alte Frau lachte, als sie hinter sich das Rascheln von Razias Sari hörte. »Ich freue mich, dass ihr zwei so gut miteinander auskommt«, sagte sie. »Sie ist entzückend, nicht wahr?«

Der Kommissar wusste, dass diese Frage ihm galt, und er nickte schweigend, obwohl ihm klar war, dass die alte Dame es nicht sehen konnte.

»Ja«, fuhr die Ministerin fort. »So ist sie schon mein ganzes Leben lang gewesen, Sajan. Wissen Sie, wie entmutigend es ist, alt zu werden, wenn man weiß, dass es nicht so sein muss? Dass jemand anders da eine Wahl hatte?«

»Ist es wirklich eine Wahl?«, fragte der Kommissar.

Die beiden Frauen schwiegen.

»Nun?«

»Ich möchte nicht ewig leben. Das habe ich nie gewollt. Es hat mir genügt zu dienen. Ich wollte normal leben, so gut es ging.«

»Sie haben gut gelebt«, sagte Razia sanft. »Und Sie haben gut gedient.«

Die alte Frau fuhr fort, als habe sie es nicht gehört. »Lieben, eine Familie haben, alt werden. Ich war ungefähr so alt wie Sie, Sajan, als ich sie kennenlernte. Meine Kinder brauchten mich nicht mehr. Ich war genau richtig.«

Razia lachte leise.

»Sind Sie genau richtig, Sajan? Werden Sie dienen, so wie ich es getan habe?«

»In wessen Namen? Zu welchem Zweck?«

»Die Flamme ist immer dieselbe. Wir sorgen nur dafür, dass sie weiterbrennt.«

»Das war nicht meine Frage, Ma'am.«

»Deshalb sind wir überhaupt auf dich aufmerksam geworden«, sagte Razia.

»Uns gefiel, wie Sie mit den Jungs damals umgegangen

sind«, sagte die Ministerin. »Verbindlich im Ton, hart in der Sache. Sie haben immer die richtigen Fragen gestellt.«

»Eine Antwort habe ich immer noch nicht«, antwortete der Kommissar ein bisschen vorschnell.

Die beiden Frauen lachten.

»Vielleicht sollten Sie mal mit diesen Jungs reden«, fuhr der Kommissar fort. »Vielleicht haben die ja was Wichtiges zu sagen.«

»Worüber?«, fragte die Ministerin gelassen. »Dass sie auch bei diesem Spiel dabei sein wollen? Das werden sie schon, wenn die Zeit dafür reif ist. Wenn wir dafür bereit sind und wenn wir meinen, dass sie es sind.«

»Vielleicht geht es nicht um Taten. Vielleicht geht es darum, mit wem Sie sprechen.«

»Reden Sie nicht so mit mir, junger Mann. Das beunruhigt mich. Und in meinem Alter darf man sich nicht mehr beunruhigen.«

»Du musst verstehen«, flüsterte Razia ihm ins Ohr. »Wir wissen, was wir tun. Schau dir die Geschichte dieser Stadt an. Wer hat sie denn zusammengehalten?«

»Denken Sie an die Vergangenheit«, sagte die Ministerin. »Die Sie so sehr lieben. Männer wie die hier sind immer nur Störenfriede gewesen. Haben nichts geschaffen.«

»Wir sind es, die entscheiden, wann sie beim Festmahl dabei sein dürfen«, sagte Razia.

»Sie sind ja schon dabei«, antwortete der Kommissar.

Die alte Frau schnaubte verächtlich Richtung Festgesellschaft. »Sie meinen nur, sie sind es. Schauen Sie sich doch diese Leute an. Eine kultivierte Fassade, doch im Grunde total vulgär. Sie haben sich hereingeschlichen. Doch sie sind nur deshalb hier, weil wir sie dulden. Kümmern wir uns erst mal um die hier, dann können wir immer noch mit Ihren Wilden weitermachen.«

»Werden sie je zu dieser Stadt gehören?«, fragte der Kommissar.

»Niemals. Doch ihre Kinder vielleicht. Wenn sie den Schmutz ihrer Mütter und Väter losgeworden sind.«

Smita kam über den taufeuchten Rasen zu ihnen, sie hielt ein bauchiges Glas mit etwas Goldfarbenem in den Händen. Ihr Gastgeber schwänzelte hinter ihr her.

»Eine lange Wartezeit«, sinnierte der Kommissar.

»Nur ein kurzer Augenblick«, entgegnete Razia sanft. »Die Ewigkeit ist eine lange Zeit.«

* * *

Es war, so dachte er, wirklich eine wunderbare Nacht. Die beiden hatten sich unbemerkt davongeschlichen, waren schnell durch das Tor, das Sträßchen hinunter und durch den Sicherheitszaun gewandert, der das Neubaugebiet schützte. Jetzt spazierten sie durch das Brachland dahinter, gingen Hand in Hand im hellen Licht des Mondes, zwischen Büschen und Gestrüpp, Steinen und Flaschenscherben. Zur einen Seite hin leuchtete der Qutb Minar, zur anderen glänzten im Mondlicht alte Grabmäler und die Ruinen von Festungsanlagen. Razia erschauerte fast unmerklich und zog ihren dünnen Schal fester um ihre Schultern.

»Weshalb sind wir hierhergekommen?«, fragte sie.

»Um allein zu sein.«

»Wir können überall allein sein.«

»Nicht so wie jetzt.«

»Und diese ganzen Toten hier?«

»Sind wir nicht alle tot für dich, Razia? Du überlebst uns doch alle.«

Sie neigte ganz leicht den Kopf.

»So zu leben wie du es tust, wie du es getan hast, hat zumindest einen Vorteil: Perspektive.«

»Du weißt so viel«, murmelte sie. »Und doch weißt du nicht, was ich jetzt am liebsten tun möchte.«

Im Mondlicht schaute sie zu ihm auf, und er beugte sich zu ihr nieder und küsste sie. Dann richtete er sich wieder auf.

»Oh, warum das jetzt?«, fragte sie mit gespieltem Ärger.

»Weil ich diesmal lieber reden möchte.«

Im gespenstischen Licht des Mondes standen sie sich gegenüber, auf einer offenen Sandfläche, die von alten Steinen begrenzt war.

Er nahm ihr Gesicht zwischen seine Hände. »Hast du immer gedacht, dass diese Stadt ein Preis ist, der behütet werden muss?«

»Ist sie es nicht wert, behütet zu werden?«

»Sie ist inzwischen alt genug, um auf sich selbst aufzupassen.«

»Das bin ich auch«, lächelte Razia.

Sie küsste ihn flüchtig.

»Wir sind vielleicht alt genug, klug genug, stark genug. Doch jeder braucht einen Beschützer, meinst du nicht?«

Er lächelte, zuckte die Achseln und stellte zögernd die Frage. »Was genau ist es denn? Irgendwann einmal war es vielleicht Gier. Dann Selbsterhaltung. Und jetzt? Stolz? Langeweile? Überdruss?«

»All dies zusammen, Sajan. Seit jeher. Nicht zu sterben wird schnell langweilig. Außerdem haben vor den Mauern immer Barbaren gestanden. Wer entscheidet, wer eingelassen wird und wer draußen verhungern muss?«

»Die Stadt selbst.«

»Ich bin die Stadt.«

»Warum dann diese ganze Farce? Und wozu zum Teufel brauchst du mich?«

»Du hast das richtige Alter, Sajan. Den richtigen Hintergrund. Wir machen dir den Aufstieg leichter.«

»Polizeichef?«

Sie ließ einen verächtlichen Laut hören. »Welch ein geringer Ehrgeiz. Das ist viel zu wenig. Du wirst nicht immer Polizist bleiben.«

»Dann sollte ich jetzt wohl dankbar sein.«

»Nein, wir sind es. Dass wir dich gefunden haben. Einen Mann aus Delhi, der sich seiner Herkunft bewusst ist.«

Sie legte ihre Hände auf die seinen, die immer noch an ihren Wangen lagen. So standen sie in der stillen Nacht.

»Bist du wirklich unsterblich? Oder ist das alles nur ein Spiel?«

»Küss mich«, sagte sie, »und finde es selbst heraus.«

Da küsste er sie wieder. Nach einer langen Weile, in der sich alles vereinte, was für Sajan von Bedeutung war, löste er sich von ihr und sah, wie sich langsam ihre Augen öffneten.

Er hob eine Hand von ihrer warmen Wange, um die anderen heranzuwinken, und so kamen sie näher, schlichen heran wie Raubkatzen, ihr Anführer trug auch jetzt sein Palästinensertuch. Sie schaute zu ihnen hin, dann zu ihm, ohne Empörung, Bedauern oder Vorwurf in ihrem Blick.

»Warum?«

»Wenn du wirklich Razia bist, spielt es keine Rolle. Dann können sie dir nichts anhaben.«

Sie nickte und lächelte.

»Hast dus gewusst?«, fragte er.

»Meinst du etwa, so kannst du dir Frieden mit ihnen erkaufen? Und was ist mit denen, die danach kommen?«

Er antwortete nicht, umfasste wieder ihre weichen Wangen.

»Du bist wie wir, Sajan.«

»Nicht in allem.«

»Worin bist du anders?«

»Die Zukunft macht mir nicht so viel Angst wie dir.«

Sie schaute verwundert zu ihm auf, während die Männer aus Delhis Vororten sie schweigend in der bleichen Nacht umstanden und warteten.

»Willst du denn nicht, dass die Stadt weiterlebt?«

»Die Stadt, die du zu beschützen meinst, ist längst vergangen.«

»Manchmal frage ich mich, ob sie überhaupt je existiert hat«, sagte sie wie zu sich selbst. »Sind diese Männer also die Zukunft?«

»Vielleicht nicht. Doch sie sind hier. Innerhalb der Mauern. Du kannst sie nicht wegwünschen. Niemand kann das.«

»Soll ich jetzt mit ihnen reden?«

Er nickte.

»Der Mann, dieser Slumlord. *Du* hast ihn«, sagte sie bestimmt.

Wieder nickte er.

»Diese Leute hier haben das getan. Mit deiner Hilfe. Und deinen Leuten.«

Er nickte ein drittes Mal.

»Was willst du damit erreichen?«

»Erst mal, dass die Leute, die drei Morde auf dem Gewissen haben, dafür vor Gericht gestellt werden. Wer immer sie sein mögen.«

»Und wie willst du dafür sorgen, dass er am Leben bleibt?«

»Das brauche ich gar nicht. Er hat uns schon alles gesagt, was er weiß. Auf Video. Die Datei ist schon hochgeladen, wir brauchen sie nur noch freizuschalten. Ihn umzubringen wird niemandem mehr etwas nutzen. Seine Familie ist schon weg. Und er wird es auch bald sein. Er wird wissen, dass er besser nie mehr zurückkommt, wenn das hier vorbei ist. Was wir von ihm wollten, das haben wir inzwischen. Eine Aussage, die niemand je mit uns in Verbindung bringen kann.« Er schüttelte den Kopf. »Ich brauch weiß Gott nicht mal einen Prozess. Solange die Wahrheit ans Licht kommt, bin ich zufrieden.«

Da lachte sie. »Ein neues Zeitalter.«

»Ganz genau.«

»Ist dir bewusst, dass sie dich fertigmachen werden?«

»Das werden sie schon nicht. Ich hab ja dich.«

Sie sah ihn forschend an und griff wieder nach seinen Händen. »Was willst du von mir?«, flüsterte sie.

»Ich möchte, dass du darüber nachdenkst, wem du die Treue halten willst«, antwortete er und küsste sie lang und liebevoll.

»Dir bin ich treu«, flüsterte sie.

»Das weiß ich.«

Er sah ihr nach, als sie, umringt von der kleinen Gruppe schweigender Männer, über die Kuppe eines kleinen Hügels verschwand. Dann bemerkte er, wie sich Kapoors massige Gestalt von dem Baum löste, den sie am Nachmittag zuvor ausgewählt hatten. Und er fühlte Smitas Augen auf sich gerichtet, als sie auf ihn zukam.

Sie schwiegen alle drei im Licht eines gleichgültigen Mondes. Kapoor zündete sich eine Zigarette an. Der Kommissar und Smita taten es ihm nach, und der Rauch von drei Zigaretten stieg einträchtig zum Himmel.

»Was werden sie ihr wohl antun?«, rätselte Smita.

»Nur das, was sie verdient hat«, erwiderte Kapoor.

»Vielleicht nicht einmal das«, murmelte der Kommissar. »Sie kann sehr überzeugend sein.«

Smita lachte als Erste, dann fiel Kapoor ein, und schließlich auch der Kommissar. Ihr Lachen erfüllte die Weidefläche, wurde von den Felsbrocken und zerfallenen Grabmälern zurückgeworfen, umschlang sie wie alte Erinnerungen, verhallte genau wie diese, und dann war alles wieder still.

Der Kommissar schaute seine Kollegen an. »Es ist noch nicht vorbei.«

»Und was sollen wir tun?«

»Unsere Arbeit, Smita. Aufpassen, dass wir keine Fehler machen. Die Bösen ins Kittchen bringen. Die Bürger dieser Stadt schützen.«

»Vor wem denn?«, fragte Smita, doch weder der Kommissar noch Kapoor antworteten.

»Kommen Sie mit, Chef?«, fragte Kapoor.

Der Kommissar schüttelte den Kopf. »Vielleicht braucht sie mich ja noch«, sagte er. »Wenn sie nicht … ihr wisst schon.«

»Sie lieben sie, stimmts?«, entfuhr es Smita.

»Ich weiß, was ich will«, antwortete der Kommissar und bemühte sich, sie dabei nicht anzusehen.

»Na, dann komm, Mädchen«, sagte Kapoor.

Der Kommissar hörte, wie ihre Sohlen im Sand knirschten, als sie davongingen.

Epilog

Der chaotische Ausgang des Entführungsskandals fiel mit dem Beginn des heißen Wetters zusammen. Die rostroten neuen Blätter der Feigenbäume wurden schon zartgrün und der Ozongeruch des Sommers lag in den Nasen und Kehlen von Delhis Bewohnern, während sie in den Nachrichten die neusten Entwicklungen verfolgten. Das explosive Video mit der Zeugenaussage des Slumlords hatte sich über das Internet rasend schnell verbreitet. Noch der letzte empörte Bürger erfuhr vom zynischen Versuch einiger Minister der indischen Regierung, einen ihrer Kollegen mit einer getürkten Entführung in Schwierigkeiten zu bringen. Ein gekidnapptes Kind, ein Mord, die Verwicklung so vieler mächtiger Männer: Das war ein starker Cocktail, und die gesamte politische Klasse bekam das zu spüren. Die Gespräche an den Saftständen drehten sich nur noch um die Machenschaften der Mächtigen. Ihre Verkommenheit, so befand man allgemein, wurde nur noch von ihrer Schamlosigkeit übertroffen. Die Minister, die so offensichtlich gegen ihren Kollegen konspiriert hatten, wurden aus dem Kabinett entlassen, all ihre Unschuldsbeteuerungen nützten ihnen nichts angesichts des Volkszorns. Auch der, den sie treffen wollten, wurde geschasst. Seine lauten Klagen, er sei doch Opfer und nicht Täter, gingen im allgemeinen Trubel unter.

In beiden Kammern des Parlaments wurden Untersuchungsausschüsse gebildet. Junge Abgeordnete, die Profil gewinnen wollten, hielten flammende Reden, während ihre älteren Kollegen, von der Macht der neuen Medien, die sie nicht verstanden, zum Stillhalten gezwungen, in trotzigem Schweigen verharrten.

Die Tatsache, dass so etwas geschehen konnte, war schlimm genug. Dass es öffentlich gemacht worden war, war zu viel. »Wie weit ist es gekommen«, meinte ein Minister zu seinem Assistenten, »wenn wir jetzt tatsächlich für unsere Handlungen zur Rechenschaft gezogen werden? Wozu soll man da noch an der Macht sein?« Das Mitgefühl seines Gesprächspartners war da kein großer Trost, und es gab auch keinen in ihren eigenen, weit entfernten Wahlkreisen. Die Macht der elektronischen Medien und die unauslöschliche Verbreitung des Videos im Internet hatten zur Folge, dass die Scham für das Establishment auch im Inneren der Republik weiterging. Die Kollateralschäden wurden immer größer, weil Polizisten und andere Beamte, die einer plötzlich bedrohlichen Öffentlichkeit ihre Fähigkeiten beweisen wollten, täglich neue Enthüllungen machten. Der Fall eines toten schwarzen Drogendealers und seiner ebenfalls toten indischen Freundin erwies sich als noch nicht endgültig geschlossen. Ein Dossier über seine Kunden, in dem die Namen einiger der einflussreichsten Bürger Delhis auftauchten, und dazu noch die vieler ihrer Kinder, wurde entdeckt und auf jeder Nachrichtenseite im Internet veröffentlicht. Die VIP-Lounges im Abflugbereich des Indira Gandhi International Airport waren überfüllt von plötzlich sehr pressescheuen Individuen.

Zu Smitas Belustigung vertraute sich eine indiskrete Minderheit von Delhis Partygängern gegenseitig an, wie viel Glück sie gehabt hätten, nicht auf der Liste zu stehen, denn jeder wisse doch, dass auch sie Kunden des Dealers gewesen seien. Wieder andere, die sich darüber ärgerten, nicht die zweifelhafte Berühmtheit ihrer besten Freunde zu genießen, erklärten jedem, der es hören wollte, dass nur Amateure diesen Mann angerufen hätten, weil jeder, der wirklich dazugehörte, wusste, dass sein Zeug schlechte Qualität war. Die, die sichs schönreden wollten, meinten, es wäre eigentlich ganz gut so. Die Partyszene Delhis ufere langsam ohnehin aus, und wer kenne überhaupt noch all diese neuen Leute.

Die Ministerin hatte seltsamerweise niemand unter Feuer genommen, wohl auch deshalb, weil sie ihre Bemühungen um die Befreiung des Kindes so gut in Szene gesetzt hatte. Der Kommissar hatte ein paar zuverlässigen Presseleuten die Information gesteckt, dass sie ihm die Anweisung zur Festnahme des Slumlords gegeben habe, gerade um zu verhindern, dass der offizielle Killer ihn umlegte. Den hatte man inzwischen suspendiert, um seine Methoden einer genauen Untersuchung zu unterziehen. Dass der Kommissar sie verteidigt hatte, war der alten Dame nicht entgangen.

»Ich danke Ihnen«, sagte sie, als sie beim Kaffee auf ihrer überdachten Veranda saßen und zusahen, wie die Sonne über ihren gut gesprengten Rasen wanderte. Über ihnen quietschte ein alter Ventilator.

»Wofür?«

»Das wissen Sie doch, Sajan. Dafür, dass Sie mich nicht den Wölfen ausgeliefert haben.«

»Da haben vielleicht eher die Wölfe Glück gehabt, Ma'am.«

Sie lachte leise, worauf die Hunde zu ihren Füßen die Köpfe hoben.

»Sie stecken doch hinter dieser ganzen Sache, stimmts?«, fuhr sie fort, und ihre Augen blitzten dabei.

Der Kommissar gab keine Antwort.

»Nicht, dass es mir viel ausmacht. Aber ich frage mich schon, was Sie von mir halten.«

»Ich wünsche Ihnen nur das Allerbeste.«

»Verurteilen Sie mich denn nicht?«

»Die Ausübung von Macht hat ihre eigenen Erfordernisse.«

»Das stimmt. Vielleicht sehen Sie ja schon die zukünftigen Urteile über Sie selbst, hmm?«

»Ich möchte lieber annehmen, dass es in meinem Leben nicht so weit kommt.«

»Aber Sie wissen doch, dass es durchaus so weit kommen könnte, nicht wahr, mein lieber Sajan?«

Der Kommissar nickte zustimmend.

»Tatsächlich haben Sie fast exakt so gehandelt, wie ich es mir vorgestellt hatte. Unsere Ziele sind vielleicht unterschiedlich, doch wir handeln ähnlich. Entschlossen. Wir haben eine gute Wahl getroffen mit Ihnen. Das glaube ich auch jetzt noch.«

»Ändern Sie etwa gerade Ihre Meinung über alles andere?«

»Nein. Dafür bin ich zu alt. Aber ich bin nicht immun gegenüber Selbstzweifeln, wissen Sie. Ich bin ja nicht verrückt. Ich habe immer die Möglichkeit in Betracht gezogen, dass ich, dass wir falschliegen. Und vielleicht tun wir das auch. Vielleicht aber auch nicht. Ich tröste mich mit der Tatsache, dass ich bald tot sein werde und nicht darauf warten muss, bis es sich herausstellt.«

Sie lachte, und der Kommissar stimmte höflich ein.

»Dieser junge Mann, mit dem ich Ihrer Ansicht nach reden sollte: Denken Sie, er würde einen guten Politiker abgeben?«

Der Kommissar dachte über den Mann mit dem Palästinensertuch nach. Die Regierungspartei hatte ihn als Kandidaten für einen Sitz im Stadtparlament von Delhi aufgestellt. Die frei gewordenen Sitze mussten wieder besetzt werden. Sein meteoritenhafter Aufstieg war von den Medien skeptisch begleitet worden, doch der spektakuläre Anstieg seines Ansehens in seinem Wahlbezirk ließ schließlich die Kritik an seiner Nominierung verstummen.

»Er ist clever. Korrupt. Skrupellos.«

»Genau richtig also, wollen Sie sagen.« Die alte Dame lächelte.

»Kabinettkaliber«, gestand der Kommissar zu.

»Unsere gemeinsame Freundin hat mir lange von ihm berichtet. Sie war sehr wortgewandt.«

»Und Sie wohl auch, Ma'am. Ohne Ihre Hilfe wäre er nicht so weit gekommen. Das höre ich zumindest.«

Die alte Dame sah einen Augenblick lang den Kommissar an und wies dann mit dem Kopf zum Kaffee hin. Er lehnte höflich ab. »Das Wetter«, sagte er. »Zu heiß für zu viele Tassen nacheinander.«

»Ja, das Wetter«, stimmte die alte Dame zu. »Dieser Sommer ist so, wie ich es noch aus meiner Kindheit kenne. Überall sprießen die Blätter, und bald blühen alle Bäume. Feiner Staub in meiner Nase, ein Sturm am Abend. Fast kann ich die Klingel des Eisverkäufers hören. Doch die haben heute gar keine Klingel mehr, oder?«

Der Kommissar trank den letzten Schluck aus seiner Tasse.

»Ich erinnere mich, wie man mich und meine Brüder – der älteste war vielleicht acht – ins Badezimmer steckte, dessen Boden mit Wasser bedeckt war. Das Wasser war die ganze Nacht über da gewesen und war schön kalt. Dann bekamen wir einen Eimer voller Mangos und verbrachten den ganzen Tag damit, den leer zu machen. Ich schmecke heute noch diese Mangos, spüre das Wasser zwischen meinen Zehen, rieche meine Brüder, die sich über und über mit dem Fruchtfleisch der Mangos bekleckert hatten. Wenn wir fertig waren, kam ein Hausmädchen und begoss uns mit Eimern voller Wasser, und ich glaube, wir vielen fast in Ohnmacht vor lauter Begeisterung.« Mit ihren sanften, braunen Augen sah sie ihn an.

»Solche Erinnerungen, mein lieber Sajan, hält diese Stadt für mich bereit. Die Menschen hassen jetzt den Sommer. Ich weiß nicht, weshalb. Man kann ihn ja nicht wegzaubern. Er ist Teil unseres Lebens und unseres Alltags. Eine Jahreszeit wegwünschen zu wollen ist das Vorrecht der Jugend, meinen Sie nicht? Jeder Herbst ist ein weiterer Nadelstich an meinem Totenhemd. Und es ist ja fast fertig, Sajan. Doch auf jeden Fall möchte ich wieder eine Mango schmecken, meine Brüder neben mir riechen. Wenigstens ist das etwas, auf das ich mich freuen kann.«

»Die Erinnerung an Sie wird nicht vergehen, Ma'am. Diese Stadt wird Sie nicht vergessen.«

»Vielleicht. Doch auf welche Weise? Und ist mir das dann noch wichtig?«

»Sie haben einen Dienst geleistet, Ma'am.«

»Ja. Aber wem? Ich habe miterlebt, wie sich diese Stadt verändert hat. Genau wie Sie, genau wie Ihr Vater. Aber ich bin in seinem Alter, und ich bin noch am Leben. Ich habe miterlebt, wie dieses neue Delhi sich von einem Dorf zur Metropole entwickelt hat in den Jahren, in denen all meine Sommer vergangen sind. Manchmal wünschte ich, ich hätte einen Platz außerhalb meiner selbst, von dem aus ich alles beobachten kann. Vielleicht hätte ich dann gewusst, was richtig und was falsch ist, und die Eingebungen gehabt, nach denen ich mich so gesehnt habe.«

»Sie hatten Razia.«

»Ja. Und die hat jetzt Sie. Und sie ändert ihre Meinung, und diese Stadt verblüfft mich immer noch.« Die alte Dame schüttelte den Kopf. »All die vergangenen Jahrzehnte. Dieses Erwachsenenleben, das ich hinter mir habe. Diese Stadt. Ist das alles nur ein Traum gewesen?«

Ihre Augen wurden wieder klar, und sie lächelte. Dann stand sie auf und küsste ihn auf die Wange.

»Ich wünschte, ich hätte Sie sechzig Jahre früher getroffen. Was hätten wir für eine tolle Zeit zusammen haben können!«

Sie brachen in schallendes Gelächter aus. Ihre Hand lag auf seinem Arm, als sie ihn zur Tür brachte.

»Machen Sies gut, mein Junge. Seien Sie stark. Seien Sie vorsichtig.«

Sie winkte ihm zu, als er in den Wagen stieg. »Passen Sie auf sich auf«, sagte sie.

»Und Sie auch auf sich.«

* * *

»Und das«, meinte Smita skeptisch, »ist alles, was die böse alte Hexe zu sagen hatte?«

Das Café auf der Dachterrasse mit der mäßig schönen Aussicht hallte wider vom Gelächter Kapoors und des Kommissars. Auf der Ausfallstraße, die vom Connaught Place abzweigte, toste der Verkehr laut hupend vorbei, doch unter den Markisen auf ihrem Ausguck herrschte eine gewisse Ruhe. Ein klarer, heißer Tag war vorüber, doch am Horizont türmten sich bedrohliche Gewitterwolken auf. Im blauen Himmel wirbelten die Drachen, während sich unten auf der Straße im Schatten eines Feigenbaums durstige Männer um einen Wasserkarren drängten.

»Nein, wirklich«, fuhr Smita mit einem Lächeln fort, »nach allem, was sie getan hat. Da lassen Sie sie einfach mit einem treuherzigen Augenaufschlag davonkommen?«

»Was sollte ich denn sonst machen?«, gab der Kommissar die Frage zurück. »Sie etwa festnehmen? Unter welcher Anschuldigung? Die Geschichte zu manipulieren?«

»Ist doch genau das, was Politiker tun sollen, oder?«, dröhnte Kapoor. »Ihre Spuren im Sand hinterlassen. Wozu sind sie denn sonst gut?«

»Mag alles sein«, antwortete Smita lebhaft. »Aber vergessen Sie nicht, dass sie von Ihnen verlangt hat, den Tod des Dealers unter den Teppich zu kehren. Dafür ist sie nun wirklich verantwortlich.«

»Stimmt. Und für viel Schlimmeres. Das ändert aber nichts daran, dass wir sie in Ruhe lassen. Zumindest für den Moment. Wir brauchen sie nach wie vor.«

»Wofür denn?«

»Damit sie wenigstens für unseren Schutz sorgt. Sie ist immer noch Ministerin. Und es gibt jede Menge Leute bei uns, die nicht so froh darüber sind, wie das alles gelaufen ist.«

»Wir brauchen sie auf unserer Seite, Mädchen«, sagte Kapoor eindringlich. »Auf Ihrer Seite. Wenn Sie Cop bleiben wollen. Wollen Sie das etwa nicht?«

Smita schaute mürrisch zur Seite.

»Ich weiß, das ist nicht ganz sauber«, sagte der Kommissar, »aber wir brauchen auch unsere Verbündeten. Und sie ist eine sehr gute.«

»Kompromisse«, murmelte Smita. »Bündnisse. Wo soll das nur enden?«

»Das endet nie«, antwortete der Kommissar. Kapoor nickte weise über seinen Tassenrand.

»Diese neunfingrigen Freaks, gehören die etwa auch dazu?«, fragte Smita.

Kapoor und der Kommissar nickten wieder.

»Und wenn sie zu weit gehen?«

»Dann knallen wir mit der Peitsche. Rekrutieren andere Leute. Finden neue Verbündete gegen sie.«

»Und das wollen Sie alles wirklich machen, Sir?«, fragte Smita.

Kapoor schaute abwesend zur Markise hoch, der Kommissar zur Seite.

»Werden Sie sich noch dran erinnern, weshalb Sie damit angefangen haben, Sir? Oder verdrängen Sie das alles mit der Zeit?«

Der Kommissar sah sie scharf an.

»Schon gut«, sagte sie beschwichtigend. »Ich komm drüber weg. Am Sommeranfang gehts mir immer so. Sechs elende Monate, auf die man sich freuen kann. Dann eine Jahreszeit durchatmen, und schon gehts von vorne los. So ist die Welt eben, oder?« Ihr Sarkasmus war unüberhörbar.

Kapoor nickte, ohne die Miene zu verziehen. Der Kommissar sah auf seine Uhr und in den Himmel hinauf. Er merkte, wie spät es war und dass die Wolken näher kamen, erhob sich und murmelte einen Abschiedsgruß.

»Wir sehen uns doch morgen wieder?«, fragte er noch. Seine Kollegen nickten. »Gut. Es gibt viel zu tun.«

Seine schlanke Figur verschwand zwischen den voll besetzten Tischen. Smita sah ihm nach, bis sie Kapoors Blick auf sich spürte.

»Nur Geduld«, riet er lakonisch.

Smita lächelte nur.

»Und zwar bei allem«, fügte er noch hinzu.

Sie wartete ab.

»Sie können nicht erwarten, dass er Fragen beantwortet, deren Antworten er nicht weiß.«

»Wirklich, Onkel? Und das macht alles wieder gut?«

»Vielleicht nicht. Haben Sie etwas Geduld mit sich selbst. Sie brauchen diesen Job ja. Uns. Ihn.«

Sie wandte den Blick ab.

»Sie ist ein Gespenst, Mädchen. Sie wird verschwinden mit der Zeit.«

Smita zuckte nur die Achseln.

»Vielleicht stellt sie sich auch gegen ihn. Oder er sich gegen sie. Auf jeden Fall braucht er jemanden, dem er vertrauen kann.«

»Das heißt, wir müssen einfach abwarten?«

»Ist doch das, was wir am besten können, oder?«

Hell klang ihr Lachen durch die Sommerluft. Dann verschwanden auch sie in der hitzeglühenden Stadt.

* * *

»Keine Vampire mehr.«

»Keine Werwölfe.«

»Keine Kopfschmerzen für gut situierte Eltern.«

Die beiden lagerten im tiefen Schatten einer Kolonnade an der Längsseite eines Innenhofs, der das Herzstück einer gut erhaltenen Stadtvilla in einem von Delhis ältesten Dörfern bildete. Paan und Drinks standen vor ihnen. Die ersten dicken Regentropfen fielen auf den staubigen Boden. Einer, zwei, dann mehrere. Ein unregelmäßiges Muster, ein intensiver Geruch nach Feuchtigkeit. Blitzezucken am dunkel werdenden Himmel und ferner Donner kündigten das Gewitter an, und sie schmiegte sich auf ihrem Lager näher an ihren Geliebten.

»Glücklich?«, flüsterte sie an seiner Schulter.

»Wer wäre das jetzt nicht?«, antwortete er.

»Hmm. Ein Drink. Ein Sommergewitter. Ein ruhiger Abend zu Hause.«

Er hob seinen Drink an die Lippen und lehnte sich mit einem müden Seufzer in die Kissen zurück.

»Was«, sagte Razia und seufzte selbst, »habe ich dir angetan?« Mit ihrem Finger zog sie sanft die Linien um Sajans Augen nach, Schatten von Fältchen, die im Sommer zuvor noch nicht da gewesen waren. »Schau dich nur an.«

»Frag nicht nach dem Unglück, in das dein Fortgang mich stürzte. Denk an meine seligen Tage mit dir, auch wenn sie mich ins Verderben stießen.«

Razias Lachen mischte sich mit dem Trommeln des jetzt stärker fallenden Regens. »Schon wieder dies?«, sagte sie neckend. »Zeit, sich was Neues einfallen zu lassen, Kommissar.«

Da zog er sie an sich, das laute Konzert der Tropfen prasselte auf die Steine des Innenhofs.

»Es wird nicht immer so sein, nicht wahr?«, fragte Sajan. Sein Kopf lag wieder in Razias Schoß.

Sie sah in seine Augen hinab und schüttelte den Kopf. »Doch warum sollte es auch so bleiben? Die Dinge ändern sich, und wir auch. Das ist der Lauf der Welt.«

»Du änderst dich nicht.«

»Du bist nicht wie ich.«

»Dann wirst du eines Tages einfach weiterziehen?«

Sie lächelte und streichelte sein Haar. »Du hast mich den Fingerdieben ausgeliefert, weißt du noch?«

»Die konnten dir ja nichts anhaben. Und sie brauchten dich. Rache ist nichts verglichen mit Ehrgeiz.«

»Stimmt. Jetzt sind sie Teil des Spiels und verdanken uns ihre Zukunft.«

»Und ich?«, wollte er wissen. »Bin ich Teil deiner Zukunft?«

»Ich werde dir immer treu sein.«

»Das ist nicht die Antwort, die ich hören will.«

»Eine andere wird es nicht geben«, flüsterte sie in sein Haar.

»Nimmst du die Maske denn niemals ab?«

»Ich weiß es nicht, mein Sajan. Ich habe es nie versucht.«

Der Innenhof wurde von einem grellen Blitz erleuchtet. Sekunden später erklang der Donner.

»Hat dieses Haus einen Keller?«, fragte Sajan.

»Natürlich«, antwortete Razia.

Da schloss er die Augen, und sein Atmen wurde tiefer und langsamer, und sie spielte mit seinem Haar, während er ruhig einschlief, und dann gab es nur noch den Klang des fallenden Regens.

* * *

Die Frau sitzt da und lässt die Perlenschnur durch ihre Finger gleiten. Sie sieht die Welt durch ein steinernes Gitter, das das gleißende Licht dämpft. Sie neigt den Kopf zum sich nähernden Geräusch von Pferden, deren Hufschlag klingt laut in der engen Gasse, durch die sie geritten kommen. Ein junges Mädchen läuft über den Hof, sein Kopf ist unbedeckt unter der hellen Sonne. Seine nackten Füße hasten über die Pflastersteine, springen die steile Treppe hinauf, fliegen über die Terrasse, auf der die Frau kauert. Das Mädchen hockt sich neben sie, und auf den Gesichtern der beiden liegt ein verschwörerisches Lächeln. Durch das Steingitter beobachten sie, wie die Pferde vorbeidonnern. Die Reiter tragen Uniformen, Standarten wehen. Die Frau zieht das Mädchen an sich. Draußen liegt die Stadt. Die Feigenbäume tragen Früchte, die Affen tun sich gütlich an ihnen. Der Sommer nähert sich seinem Höhepunkt. Heiße Winde wehen jeden Nachmittag, und alle im Haus ziehen sich in den kühlen Keller zurück. Doch diese beiden sind draußen in der Sonne und sehen zu, wie der Trupp Reiter vorbeigaloppiert.

»Sehen sie nicht herrlich aus?«, fragt die ältere Frau.

»Hmm«, stimmt das Mädchen zu.

Ein junger Reiter, der ihren Blick zu spüren scheint, schaut zu ihrem Ausguck hinauf, doch sind sie gut verborgen hinter ihrem Gitter, und so reitet er weiter. Das Klirren von Messing und das Knirschen von Leder ist deutlich zu hören.

»Was ist das Beste an ihnen?«, fragt die ältere Frau.

»Dass sie tun, was man ihnen sagt«, antwortet das Mädchen. Beide lächeln angesichts des wohlbekannten Spruchs.

»Wann?«, fragt das Mädchen.

»Bald«, ist die nachsichtige, gleichmütige Antwort.

Das Mädchen lächelt noch einmal und schmiegt sich enger an die Frau, während es die Pferde davonreiten sieht.

Danksagung

Mein Dank gilt allen, die hier aufgeführt sind. Dass ihr hier genannt seid, erkennt meine Schuld an, auch wenn es sie nicht tilgen kann.

Meiner Mutter für die Leselust. Ich wünschte, sie könnte dieses Buch sehen.

Meinem Vater und meinen Schwestern für ihre Unterstützung und dafür, nicht zu viele Fragen gestellt zu haben. Und vor allem dafür, so lange gewartet zu haben.

Abhinandita Mathur für Mehrauli.

Allen ehemaligen Kollegen am Stand in Lajpat Nagar. Viele von euch haben dieses Buch gelesen, ganz oder in Teilen: euer Rat und eure Ermunterung wurde zur Kenntnis genommen und geschätzt.

Jedem einzelnen Reporter der Lokalseiten aller Zeitungen, die diese noch haben. Für die Unterhaltung, die Einblicke, die Geschichten.

Der Bibliothek der Schule der US-amerikanischen Botschaft für die Ruhe und das WLAN.

Pintu, Asha, Kiran und Gulnaaz dafür, die Blase erhalten zu haben. Figo fürs Hineinstechen.

Schließlich und immer: Christine. Für die Welt und alles andere.

Danke, danke, danke.

Worterklärungen

Angulimala	Räuber und Mörder, der seinen Opfern einen Finger abschnitt. Alle gesammelten Finger trug er an einer Kette um den Hals. Wurde von Buddha bekehrt.
Dosa	hauchdünne Fladen aus Reis- und *Bohnenmehl*
Ghalib	Dichtername von Mirza Asadullah Beg Khan, 1797–1869. Berühmt für seine Gedichte in der Sprache der Urdu. Einen bedeutenden Teil seines Werks verfasste er aber auf Persisch. Verbrachte den größten Teil seines Lebens in Delhi.
Gurdwara	Tor zum Guru. Sikh-Tempel
Habshi	Afrikanische Sklaven im alten Indien. Heute als abschätzige Bezeichnung für Schwarze verwendet.
Hanuman	hinduistische Gottheit in der Gestalt eines Affen
Haveli	palastartiges, mit Ornamenten geschmücktes Wohnhaus
Namaste	Grußformel und Grußgeste. Wörtlich: »Ich grüße das Göttliche in dir« oder »Ich grüße den göttlichen Geist in dir«.
Paan Masala	Mischung aus Betelnuss, Gewürzen, Tabak (variiert je nach Zubereitung), die in ein Betelblatt gewickelt gekaut wird.
Puja	Gebet, Opfer

Punjab	Land der fünf Flüsse. Bundesstaat im Norden Indiens
Razia	Regentin des Sultanats von Delhi von 1236–1240; lebte von 1205–1240
Salwar Kamiz	traditionelle Kleidung
Shatush-Wolle	gewonnen aus dem Fell der vor dem Aussterben bedrohten Tibetantilope
Sikh-Religion	Monotheistische Religion, begründet von Guru Nanak (1469–1539). Knapp zwei Prozent der Bevölkerung Indiens sind Sikhs. Sie leben hauptsächlich im Punjab.
Tika	Segenszeichen; Punkt oder Schmuckstück zwischen den Augenbrauen

Spannung im Unionsverlag

GARRY DISHER *Leiser Tod*
Im abgelegenen Buschland hinter Waterloo stolpert den Kommissaren eine junge Frau vor die Füße – nackt, verdreckt und verstört. Der Täter: ein Vergewaltiger in Polizeiuniform? Gleichzeitig lässt eine Reihe von perfekt geplanten Einbrüchen und Raubüberfällen die Ermittler an ihre Grenzen stoßen. Hal Challis sieht sich an allen Fronten belagert.

LEONARDO PADURA *Ein perfektes Leben*
Teniente Mario Conde soll einen Verschwundenen finden, Rafael Morín, der mit Conde zur Schule gegangen ist. Der Mann mit der scheinbar blütenweißen Weste war schon damals ein Musterschüler, der immer das bekam, was er wollte – auch Condes Freundin Tamara. Der Teniente muss sich den Träumen und Illusionen seiner eigenen Generation stellen.

JEAN-CLAUDE IZZO *Die Marseille-Trilogie*
Fabio Montale: ein kleiner Polizist mit großem Herz. Für ihn ist es reiner biografischer Zufall, ob einer Polizist wird oder Gangster. Freund bleibt Freund. Deshalb rächt Fabio zwei seiner Gangster-Freunde, die ermordet wurden. Das Spiel wird allerdings nach Regeln von Leuten gespielt, denen ebenso egal ist, ob einer Polizist ist oder Verbrecher.

MERCEDES ROSENDE *Krokodilstränen*
Der Schauplatz: die Altstadt von Montevideo. Der Coup: ein Überfall auf einen gepanzerten Geldtransporter. Die Besetzung: Germán, gescheiterter Entführer. Úrsula López, resolute Hobbykriminelle. Doktor Antinucci, zwielichtiger Anwalt. Und schließlich Leonilda Lima, erfolglose Kommissarin mit einem letzten Rest von Glauben an die Gerechtigkeit.

Mehr über alle Bücher und Autoren auf *www.unionsverlag.com*

Spannung im Unionsverlag

JEONG YU-JEONG *Sieben Jahre Nacht*
Wie kann ein elfjähriger Junge überleben, wenn alle Welt in ihm den Sohn des »Stauseemonsters« sieht? Des Mannes, der ein Mädchen ermordete und ein ganzes Dorf zerstörte? Einsam und geächtet lebt er in einem Dorf an der Küste. Rätselhafte Besucher tauchen auf. Die Vergangenheit wird aufgerollt. Am Ende ist alles anders, als es schien.

MICHAEL DIBDIN *Entführung auf Italienisch*
Kommissar Aurelio Zen reist für einen Spezialauftrag nach Perugia: Ruggero Miletti, das Haupt einer der mächtigsten Familien Italiens, wurde entführt. Alles scheint sich gegen den Neuankömmling aus Rom verschworen zu haben. Doch im Kampf gegen Korruption und Mafia entwickelt Aurelio Zen seine wahren Qualitäten.

NII PARKES *Die Spur des Bienenfressers*
In einem Dorf im Hinterland Ghanas, in dem sich seit Jahrhunderten kaum etwas verändert hat, verschwindet ein Mann. Der Städter Kayo, der den Glauben der Dorfbewohner an Übersinnliches nicht teilt, wird mit der Aufklärung beauftragt – muss jedoch bald einsehen, dass westliche Logik und politische Bürokratie ihre Grenzen haben.

CLAUDIA PIÑEIRO *Betibú*
Inmitten einer idyllischen Wohnsiedlung wird ein Unternehmer mit aufgeschlitzter Kehle in seinem Lieblingssessel aufgefunden. Im ersten Moment deutet alles auf Selbstmord hin, doch schon bald erwachsen Zweifel. – Claudia Piñeiro nimmt mit scharfem Blick das Verhältnis zwischen Medien und politischer Macht unter die Lupe.

Mehr über alle Bücher und Autoren auf *www.unionsverlag.com*

Spannung im Unionsverlag

JAMES MCCLURE *Artful Egg*
Ein neugieriger Postbote späht durchs Fenster einer weltbekannten Schriftstellerin und entdeckt dabei ihre nackte Leiche. Lieutenant Kramer steht vor einem Rätsel: Offenbar glaubten alle, die Autorin sei längst verreist. Zudem stellt sich seinen Untersuchungen der Postbote in den Weg. Dieser meint, er sei der einzig würdige Ermittler in diesem Fall.

BILL MOODY *Auf der Suche nach Chet Baker*
Ein klassischer Fall von Jazz & Crime: Rauchige Clubs, amerikanische Musiker im selbstgewählten europäischen Exil, die Coffeeshops und kleinen Gassen in Amsterdam bilden den Hintergrund für einen spannenden Kriminalroman, der den Spuren des von den Drogen und der Musik getriebenen Trompeters nachgeht.

CELIL OKER *Lass mich leben, Istanbul*
Remzi Ünal, Istanbuls einsamer Privatdetektiv, nikotinsüchtig und Kaffeeliebhaber, hat schon bessere Zeiten gesehen. Da übernimmt er einen neuen Fall und scheint prompt in ein Wespennest zu stechen. Plötzlich halten ihn schöne, kluge Krankenschwestern, lügende Ärzte und eine verwirrte alte Frau im verkehrsverstopften Istanbul ganz schön auf Trab.

JÖRG JURETZKA *TrailerPark*
Es war wirklich keine gute Idee, die Mafia von Marseille zu beklauen, muss Kristof Kryszinski einsehen. Seit dem Coup hält er sich in Portugal versteckt. Doch schon bald steht er vor einem Dilemma: Flieht er, wird er zum Gehetzten, bleibt er, bringt er sich und alle um ihn herum in Lebensgefahr. Die beste Lösung scheint da, er wäre tot …

Mehr über alle Bücher und Autoren auf *www.unionsverlag.com*

Unionsverlag Taschenbuch

BÜCHER FÜRS HANDGEPÄCK
Ägypten · Argentinien · Bali · Bayern · Belgien · Brasilien · China · Dänemark · Emirate · Finnland · Himalaya · Hongkong · Indien · Indonesien · Innerschweiz · Island · Japan · Kalifornien · Kambodscha · Kanada · Kapverden · Kolumbien · Korea · Kreta · Kuba · London · Malaysia · Malediven · Marokko · Mexiko · Myanmar · Namibia · Neuseeland · New York · Norwegen · Patagonien und Feuerland · Peru · Provence · Sahara · Schottland · Schweden · Schweiz · Sizilien · Sri Lanka · Südafrika · Tessin · Thailand · Toskana · Vietnam

ASLI ERDOĞAN Die Stadt mit der roten Pelerine (UT 819)
JØRN RIEL Sorés Heimkehr (UT 816)
DAGMAR BHEND (HG.) Weihnachten in der Schweiz (UT 815)
JOHANNES MERKEL (HG.) Das Mädchen als König (UT 814)
MAURICE MAETERLINCK Das Leben der Bienen (UT 813)
SALLY MORGAN Ich hörte den Vogel rufen (UT 812)
YAŞAR KEMAL Memed mein Falke (UT 811)
NAGIB MACHFUS Die Kinder unseres Viertels (UT 810)
KOBO ABE Die Frau in den Dünen (UT 809)
AVTAR SINGH Nekropolis (UT 808)
COLIN DEXTER Eine Messe für all die Toten (UT 807)
COLIN DEXTER Zuletzt gesehen in Kidlington (UT 806)
JOSÉ EDUARDO AGUALUSA Das Lachen des Geckos (UT 805)
PATRICK DEVILLE Äquatoria (UT 804)
FISTON MWANZA MUJILA Tram 83 (UT 803)
A. DJAFARI / J. BOOS (HG.) Vollmond hinter fahlgelben Wolken (UT 800)
JURI RYTCHËU Die Suche nach der letzten Zahl (UT 799)
JOHANNES MERKEL (HG.) Löwengleich und Mondenschön (UT 798)
CHRISTINE BRAND Mond (UT 797)
BJÖRN LARSSON Träume am Ufer des Meeres (UT 796)
LEONARDO PADURA Neun Nächte mit Violeta (UT 795)
XAVIER-MARIE BONNOT Im Sumpf der Camargue (UT 794)
JAMES MCCLURE Artful Egg (UT 793)
JAMES MCCLURE Blood of an Englishman (UT 792)
KEN BUGUL Riwan oder der Sandweg (UT 791)
PATRICK DEVILLE Kampuchea (UT 790)
CHRISTOPH SIMON Franz oder Warum Antilopen nebeneinander laufen (UT 789)

Mehr über alle Bücher und Autoren auf *www.unionsverlag.com*